좋은 술, 나쁜 술, 미친 술

좋은 술, 나쁜 술, 미친 술

발행일	2020년 10월 23일		
지은이	진목		
펴낸이	손형국		
펴낸곳	(주)북랩		
편집인	선일영	편집	정두철, 윤성아, 최승헌, 최예원, 이예지
디자인	이현수, 한수희, 김민하, 김윤주, 허지혜	제작	박기성, 황동현, 구성우, 권태련
마케팅	김회란, 박진관, 장은별		
출판등록	2004. 12. 1(제2012-000051호)		
주소	서울특별시 금천구 가산디지털 1로 168, 우림라이온스밸리 B동 B113~114호, C동 B101호		
홈페이지	www.book.co.kr		
전화번호	(02)2026-5777	팩스	(02)2026-5747
ISBN	979-11-6539-437-0 03810 (종이책)		979-11-6539-438-7 05810 (전자책)

이 도서의 국립중앙도서관 출판예정도서목록(CIP)은 서지정보유통지원시스템 홈페이지(http://seoji.nl.go.kr)와
국가자료공동목록시스템(http://www.nl.go.kr/kolisnet)에서 이용하실 수 있습니다.
(CIP제어번호: 2020044293)

(주)북랩 성공출판의 파트너

북랩 홈페이지와 패밀리 사이트에서 다양한 출판 솔루션을 만나 보세요!

홈페이지 book.co.kr · **블로그** blog.naver.com/essaybook · **출판문의** book@book.co.kr

술 은
인간의
모든 것을
앗아간다

좋은 술,
나쁜 술,
미친 술

진목 지음

북랩 book Lab

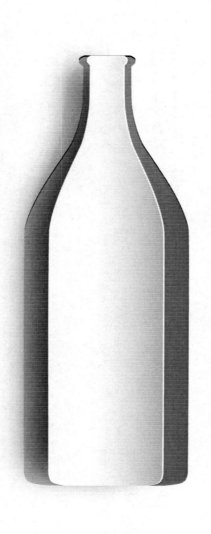

펴내면서

필자는 오랜 알코올 중독 병상 생활을 통하여 알코올 중독자가 어떻게 사는지 관찰하면서, 알코올 중독자들의 삶이 매우 고달프고 슬픈 삶이란 생각이 들었습니다. 알코올 중독은 세상 모든 병의 원인이 될 수 있고 완치라는 개념이 없는 불치의 고약한 병입니다. 그래서 알코올 중독에 걸린 이유를 대라고 하면서 알코올 중독자에게 사회 복귀를 강요하는 일은 우이독경이고 불가능한 일입니다. 그들은 살아 있는 자체가 기적이고 존재하는 소중한 인간일 뿐입니다. 알코올 중독자들은 단주를 하려고 온갖 작전을 다 쓰지만, 결국 술에 지고 말아 그로 말미암아 다른 큰 피해를 보고 사는 것을 알면서도 단주를 못하고 술을 마시고 있습니다.

알코올 중독자는 내일 지구의 종말이 온다고 해도 오늘 술을 마신다고 합니다. 그래서 그것을 의학적 용어로 알코올 의존증이라고 합니다. 그 명칭이 어찌 되었든 공식적으로 파악된 것만 우리나라 인구를 오천만으로 잡고 오 퍼센트인 이백오십만 명이 정식 알코올 의존증(중독) 환자라고 합니다. 하지만 실제로 알코올 중독자 군에 속하면서도 알코올 중독자이기를 거부하는 많은 음주자들을 합하면 더 많을 것이라고 합니다.

알코올 중독이 얼마나 무서운 병인가는 이 책을 읽으면 알 수 있습니다. 물론 방송 매체에서나 영화에서도 알코올 중독의 심각성을 알리지만, 실제로 알코올 중독자로서 알코올 병원에 입원하여 '여러 가지 일을 겪으며 여러 부류의 사람들이 누구나 알코올 중독자가 될 수 있다.'라는 사실을 보고 이 글을 썼습니다. 알코올 중독자들의 결말은 자신의 모든 것을 다 잃고 쓸쓸한 죽음을 맞는다는 사실입니다. 특히 대부분의 알코올 중독자가 길거리에서 죽어 갑니다. 가정을 이루어 보지 못한 사람들도 많고 가정을 이루었다고 하지만 이혼이나 사별로 혼자 술과 함께 사는 사람들이 많습니다.

젊은이들이여, 희망을 가지고 살아가면서 혹시 꿈을 이루지 못하더라도 술과는 인연을 맺지 말기 바랍니다. 술은 마시다 보면 '적당히'란 단어가 적용되지 않습니다. 결국 과음으로 이어지고 우리 뇌가 망가지기 시작하여 일생을 알코올 중독자로 살아가게 됩니다. 특히 젊은이들이 술을 마시면 뇌가 더 쉽게 망가져 간질이나 중추신경 마비 등이 오고 당뇨가 와서 애늙은이가 됩니다.

이 책의 모든 이야기는 일 년 이 개월간의 병원생활과 알코올 중독에 관한 책들을 참고했습니다. 가장 중요한 것은 중독자들과 대화를 나누며 그들의 생각도 담아 본 것입니다. 특히 인상적이었던 것은 한 분은 약사로, 한 분은 정부 고위 공직자로 살다가 자식들을 모두 훌륭하게 키워서 성공시켜 출가를 시키고 말년에 알코올성 치매에 걸려서 자식들 손에 강제 입원이 되어 또 다른 젊은 알코올 중독자들의 도움을 받으며 살아가는 팔십 대 후반의 두 노인의 모습이었습니다. 이분들을 통해 모든 알코올 중독자들의 팔십 대 후반 모습을 보게 되고 그것을 독자 여러분께 알려 드리게 된 것에 작가로서 보람을 느낍니다.

함께해준 모든 알코올 중독 환우께 감사드리며 이 글을 책으로 내어 알코올의 심각성을 세상에 알리게 돼 다행이라고 생각합니다. 독자

좋은 술, 나쁜 술, 미친 술

들이 술에 대한 편견과 오해(술에 대한 환상이나 합리성)를 푸는 반면교
사로 삼기를 바랍니다. 그리고 오늘 내가 기쁘고 즐겁게 마시는 술이
지만, 결국 그 기쁨과 즐거움이 쌓여서 알코올 중독이라는 심각한 병
에 걸리게 해서 뼈아픈 후회들을 남기는 삶이 되고 만다는 사실을 알
려 드리니 참고하시기를 빕니다.

　우리는 어릴 때, 젊을 때부터 단주하는 습관을 길러서 알코올 중독
자가 되지 않도록 훈련해야 합니다. 물론 이 책을 읽으시는 모든 분도
이 책을 잡는 순간 술을 마시지 않는 단주 연습을 주기적으로 해 한
번 주어진 인생을 알차고 행복하게 사시기를 기원합니다. 특별히 청소
년의 음주 증가가 우려되는 때에 이 책을 그들이 읽고 음주 유혹에서
벗어나길 바랍니다. 청소년 음주 문화는 본인과 가정, 사회, 나라 미래
의 화근덩어리가 됩니다. 좋은 술이 나쁜 술이 되고 나쁜 술이 미친
술이 됩니다.

　그리고 이 글에는 픽션과 논픽션이 가미되었음을 양해하시고 읽어
주시길 빕니다. 알코올 중독자들을 자신의 자식이나 동생, 친척, 어버
이로 대하며 오늘도 알코올 중독 환자를 돌보는 저의 주치의 장지훈
선생님을 비롯한 모든 정신과 의사 선생님들의 노고에 경의를 표합니
다. 감사합니다.

2020년 가을날
진목 배상

차 례

 제2부

서로 상생한다는 것

제3부

또 하루가 저물어 갔다

제1부

섭 년 단주도
한 잔에 깨진다

알코올 중독자 병원 공동체

이곳은 백여 명의 알코올 중독자 및 도박 중독자들이 매일 입·퇴원을 하면서 지내는 하나의 병원 공동체이다. 그러나 중국 우한 폐렴의 여파로 몇 개월째 입원이 금지되고 퇴원만 간간이 이루어진다. 참으로 안타까운 일이다. 병원에 있으면서도 이렇게 심각한 상황을 겪는데 지금 세상에는 어떤 일들이 벌어지고 있을까? 국가에서는 여러 가지로 이 국난을 타개하기 위하여 힘쓰고 있다. 하지만 코로나19로 명명된 우한 폐렴은 온 세상을 뒤집어 놓고 있다. 전 세계의 무역과 교류가 올 스톱되었다. 가난한 사람들은 굶는 수준으로 아무 일도 할 수 없다. 나라나 사회나 가정이나 개인의 생활이 완전히 멈춰 있다. 그래도 이 와중에서도 뭔가 시도하려 하지만 모든 것이 허사가 되어가고 있는 느낌이다.

이번 사태의 끝은 어디일까? 인간의 오만방자함에 하늘이 노여워 온 세상을 발칵 뒤집어 놓은 것 같다. 선진국, 후진국, 부자, 가난한 사람, 높은 사람, 낮은 사람, 서양인, 동양인 가리지 않고 감염시키는 코로나바이러스는 공평하게 온 세상을 무력하게 한다. 핵무기로 무장한 국가의 국경도 무사통과해서 핵무기보다 무서운 괴력으로 백성들을 병들게 하고 죽게 한다. 최첨단 레이더도 피한다. 독재자 시진핑, 김정은도 도망가서 숨게 만든다. 미국 트럼프의 해괴망측한 권력도, 한국의 주사파 무리들도 마구 짓뭉개고 만다.

이런 때에 이곳에 모여서 공동체를 이루고 살아가는 우리들은 각자 삶을 이해하고 사랑하고 도움을 주고받으며 생활한다. 이렇게 알코올 중독자들도 술이 없으면 정겹게 살아갈 수 있다. 물론 치료진의 진료

좋은 술, 나쁜 술, 미친 술

를 받으며 약물치료를 해야 한다. 금단 현상으로 여러 가지 사건 사고가 일어난다. 그런 사람들의 사연을 이야기로 꾸며 보기로 했다. 그러나 이런 가운데에서 술은 당신의 모든 것을 마셔 버리고 생명까지 마셔 버린다. 알코올 병원에 입원하면 잠시 단주로써 그런 진행들이 멈춘다.

거창 양민 학살 사건

 팔십칠 세 경남 거창 출신 할아버지, 과음으로 인하여 알코올성 치매가 살짝 왔다. 그런데 그 어르신으로부터 1951년 12월에 일어나 전 세계 언론의 주목을 받았던 '거창 양민 학살 사건'에 대한 이야기를 듣게 되었다. 당시 할아버지는 15살로, 신원초등학교를 졸업하고 중학교 일학년이었다고 한다. 1950년 12월 북한군이 신원면 경찰지서를 습격하여 장악하고 그곳에 진주하고 있었다고 한다. 그리고 신원면 주민 중 많은 사람들이 북한군의 포섭에 넘어가 공산주의 교육을 받았다고 한다.

 할아버지도 중학생 당시 부친과 함께 사상 교육을 받았다고 한다. 그 동네에는 산속으로 가옥이 흩어져 있는데 그곳에 사는 사람들은 해방 후 북쪽에서 내려온 고정간첩들의 소굴이었다고 한다. 할아버지는 동네에서 어릴 때부터 영특하기로 이름이 나 있었다고 한다. 그래서 같은 또래의 아이들과 산속 동네로 놀러 가면 "북한으로 가면 지상천국이라 태어나서 죽을 때까지 배부르게 먹고 살 수 있으며 김일성 장군님께서 소련에서 많은 돈을 가져와 노동자와 농민이 잘사는 나라로 만들었다."라며 아이들에게 당시에는 보지 못한 사탕을 나누어 주었다고 한다. 할아버지도 그들에게 포섭되어 김일성 주석을 흠모하며 그들이 하는 일에 동조도 하고 심부름을 했다고 한다. 주로 경찰서 근황을 알려주고 마을에서 고정간첩들이 먹을 음식을 마련해 주면 산속에 숨어 있는 무장 공비들에게 날라다 주었다고 한다.

 고정간첩들은 그 마을 유지들이라고 한다. 한국전쟁이 나고 미처 후퇴하지 못한 북한군은 그렇게 산속에 숨어서 밤에는 주민들의 가정에

침입해 약탈을 하고 낮에는 고정간첩들 도움으로 연명하였다고 한다. 그런 와중에 북한군이 한 면 소재지 경찰지서를 장악하고 그들의 활동 근거지로 삼았다고 한다. 주민들은 공산주의 인민군 세상이 되었다고 생각하고 그들을 도와주고 곡식도 주고 농사도 같이 지으며 잘 살았다고 한다. 그 면은 완전히 공산화가 되었으니 주민들과 북한군은 서로 공생 관계가 되었다고 한다. 그런데 일 년쯤 후 국군들이 거창군에 남아 활동하는 북한군을 소탕하기 위하여 진주했다고 한다. 그리고 쌍방은 치열한 전투를 했다고 한다. 북한군을 어느 정도 소탕했지만, 이미 공산주의에 물든 일부 주민은 어느 편을 들지 우왕좌왕했다고 한다.

주민들은 군인끼리 싸우는 모습을 보면서 당장 어떻게 하는 것이 좋은지 알 수가 없었고 할아버지가 어린 눈으로 바라볼 때 남한 편이 될지 북한 편이 될지 알 수가 없었단다. 서민들은 누가 통치하든지 하루 세끼 밥만 먹으면 된다고 생각했고 인민군들과 한 이년 정도 살다 보니, 그들 나름대로 주민들을 편안하고 안정되게 일도 같이 하고 서로 평화롭게 지내니 사람들이 그들을 따르는 것이 인지상정이 아니냐고 했다. 그렇게 "백성은 배부르고 등 따뜻하면 사상이나 파당에는 전혀 관심이 없다."라고 한다. 그런데 갑자기 국군이 나타나 서로 총질을 해대니 주민들이 혼란에 빠지고 인민군이 시키면 그들을 따르고 국군이 말하면 국군을 따를 수밖에 없었다고 한다.

사실 한국전쟁 당시 국군 중에도 북한 김일성 사상을 따른 사람들도 있었다고 한다. 마침 당시 인민군 토벌대로 내려왔던 사단장은 제대 후 월북한 사실이 드러나서 충격을 주었다고 한다. 그런 사람이 주민들을 보호할 생각을 했을까? 그 사람의 목적은 주민을 더욱 괴롭히는 작전을 수행할 수밖에 없었을 것이다. 그리고 혼란을 야기하는 것이 그들의 작전 수행 목적이 아닐까 생각된다고 했다. 그러니 신원면 주민들을 신원초등학교에 모이게 해서 마을을 소개(疏開)시킨다는 미명하에 산골로 끌고 가 모두 사살을 하고 그 자리에서 불태워 죽인 것이 거창 양민 학살 사건이라고 한다.

할아버지는 그때 마을에 국군들이 들어와 곧 인민군 소탕 작전을 펼칠 것이니 모두 다른 곳으로 피하라고 했는데 주민들이 국군의 말을 듣지 않고 반항한 것도 사실이라고 한다. 할아버지 기억으로 약 이백여 명이 모였고 그중에는 공산주의자들도 상당수 있었는데 인민군 통치를 받았으니 당연히 그들의 사상에 물든 것이 아니냐고 한다. 그리고 죽이려면 군인끼리 죽이고 살리고 해야지 왜 민간인들을 죽였는지 모른다고 한다. 이백여 명(노인의 기억이라 정확한 숫자 아님) 중 한 여인이 살아나 모든 상황이 세상에 알려져 중요한 이슈가 되어서 국회 차원의 진상 조사가 나왔다고 한다. 그런데 국군 일개 소대가 인민군으로 가장하고 서로 총질을 해서 피해자가 나왔다고 하고 진상 조사도 잘 이루어지지 않았으며, 국군이 마을에 소개령을 내렸는데 주민들이 피하지 않아 큰 피해를 보았다고 발표했다고 한다.

희한하게 그동안 좌파 정권에서 제주 4·3 사건이나 광주 5·18 사건은 입에 거품을 물면서 진상 조사를 하는데 거창 양민 학살 사건은 아직도 미궁에 빠져 있다고 한다. 워낙 복마전으로 얽힌 사건이다 보니 진상을 파악하기가 어렵고 좌파들에게 별 도움이 안 되는 사건이기 때문인지 모른다고 했다. 그러면서 할아버지는 정치는 무서운 것이라고 했다. 조선 시대 사색당파 싸움에 무고한 무수한 사람들이 죽은 사건과 한국전쟁 당시 수많은 사람이 아무 죄도 없이 죽은 것은 모두 정치 싸움에서 비롯된 것이라고 한다. 그래서 할아버지는 늘 정치에 대하여 회의감을 가지고 살았고, 당신은 남한 정부도 북한 정부도 인정하지 않고 지금까지 살아왔다고 한다. 안타까운 것은 좌파 정권도 별수 없이 부정과 부패의 고리를 끊지 못한다는 사실이라고 한다. 정의, 공정, 진실을 부르짖는 그들이 부정부패의 원흉이 되고 거짓말을 수시로 하고 사실을 왜곡하며 힘없는 사람들을 이용하여 이권을 챙겼다는 것이라고 할아버지가 증언한다.

비록 약간의 치매기가 있어 함께 생활하고 있지만, 할아버지는 늘 깨끗하고 정갈하려고 노력한다. 평생 북이나 남이나 나라를 생각하면 울분이 치올라 소주를 많이 마셨다고 한다. 그리고 정치적 영향을 덜 받는 직업을 가질 목적으로 약사가 되었다고 한다. 약사가 되어서 살면서 정치적인 유혹도 받았고 고정간첩으로 포섭을 받기도 했지만, 항상 중립을 지키며 술을 많이 마셨다고 한다. 자녀들은 모두 출가하여 의사도 하고 약사도 하지만 마누라가 죽으니 모두 허탕이고 이렇게 산송장이 되어서 요양원에서 산다고 한다. 늙으면 마누라가 최고라고 한다. "젊었을 때 성격이 안 좋아 마누라를 구박해서 병이 들어 일찍 세상을 버렸지. 그래서 고생을 많이 했어. 확실히 사람은 옳은 길, 바른 길을 가야만 노후에 부부가 서로 행복할 수 있다."라고 말한다.

할아버지는 "평생 어릴 때 전쟁 중 겪은 일로 상처를 받고 어려운 고통을 당하여 술로 세월을 보내며 알코올 의존증 환자가 된지도 모르고 살면서 집사람을 괴롭혀서 지금은 슬프고 아프게 살지."라고 말한다. 또 "나이를 먹으니 고독한 것이 힘들다."라고도 했다. 늙으니 자식들은 아무 소용이 없고 아버지를 부담으로 여기는데 그것은 당연한 인지상정이라고 했다. 당신은 알코올성 치매가 생긴 것을 알고 초기부터 병원에 입원하여 치료를 받고 있다고 한다. 그러나 증세는 날이 갈수록 심해지고 있다. 알코올성 치매는 이렇게 노후의 삶의 질을 형편없이 망가트린다.

어떤 젊은 마약 중독자

한 젊은이가 마약 복용 및 알코올 중독으로 입원했다. 몸 구석구석에 문신이 도배되어 있다. 아직도 약과 술 중독이 해소되지 않아 헤매고 있었다. 왜 그랬을까? 오늘날 우리 젊은이들은 무슨 일로 이렇게 중독에 신음하고 있을까? 입원한 날부터 안하무인이다. 이곳에서는 누구도 믿을 수가 없다. 모두 잘난 사람들만 있다. 그래서 대하는 사람들에게 본인이 누구인가를 깨우쳐 주는 것이 중요하다. 그래서 가끔 혹독한 말로 정신이 들게 하지만 소용없는 일이다. 알코올성 치매가 있어 하루면 다 잊어버리고 만다.

우리가 살아가는 과정에서 이해할 수 없는 수많은 일이 있다. 그런 와중에도 세상은 그런대로 돌아간다. 지금 한반도의 북쪽에는 역사상 유례가 없는 독재 정권이 들어서서 79년간 북한을 통치하며 약 이십 퍼센트의 특권층만 호의호식하고 나머지 팔십 퍼센트의 서민들은 배고픔과 가난에 시달리게 하면서, 권력을 유지하려고 핵무기를 만들고 잠수함까지 만들어 도발을 일삼으며 세계평화를 깨고 권력자들은 편안하게 별장에서 행복하게 살고 있다.

그런 모습은 남한도 마찬가지이다. 이 젊은이는 고아원에서 나와 세파에 시달리며 대리운전 기사로 일하면서 일찍 아내를 만나 결혼 생활을 하는데 일을 하다가 큰 교통사고를 당했다. 그래서 치료 과정에서 마약 패치를 했는데 그것에 중독돼 입원을 하게 되었다. 그런데 처음 해독하는 동안 각종 금단 현상이 일어나 몹시 고통스러워했다. 이곳의 총 조폭 두목으로 치료진조차 겁을 먹고 건드리지 못하는 알코올 중독자가 있었는데, 그 신입 환자가 금단 현상으로 한 행동에 격분하여 한대 겁주려고 때리는 일이 발생했고, 결국 경찰을 부르는 초유의 사태가 벌어져서 그 두목 환우는 강제로 퇴원을 당했다. 그가 나간 후 많은 환우들이 환호를 하면서 즐거워하였다. 그러나 모두 자신들도 언제 그러한 일을 당할지 모르는 일부 환우들은 서로 얼굴을 쳐다보고 안타까워하였다.

이 젊은 환자도 입원 생활에 익숙하지 못해서 힘겨워하였다. 우리 삶에서 어렵게 사는 사람들은 계속 고통이 더 가중되는 것이 현실이다. 아무리 노력해도 가난의 테두리를 벗어나기 힘들다. 1980년대에 군사 독재 타도를 외치며 힘들게 찾아온 한국의 민주주의는 좌파 정권을 탄생하게 했지만, 최종적으로 권력을 잡은 좌파는 그들이 오히려 기득권이 되어서 온갖 부정부패의 민낯을 드러내고 큰 대형 금융사기 사건에 연루돼 거짓말로 자기변명하기에 급급하고 있다.

삼십 년간 위안부 할머니들을 돕는다고 한 사람들은 그 할머니들을 이용하여 축재를 하고 온갖 거짓말을 하면서, 자신들이 정의로운 집단이라고 변명하는 사람은 국회의원이 되었다. 좌파들이 국회까지 장악했으니 이 나라는 어디로 갈지 걱정이라고 그 어린 마약 중독자가 토로한다. 머리도 좋고 말의 논리도 정연했다. 고아원에서 자라서 얼마나 눈치가 빠른지 모른다. 그리고 매우 이기적인 모습을 보였지만, 차분하게 말하면 조용히 따른다.

그에게 필요한 것은 따뜻한 사랑과 배려였다. 그래서 그가 필요하다는 모든 것과 가능한 것들을 들어 주면서 그가 이곳 병원 생활에 적응하도록 도와주었다. 그런데 금단현상으로 한 말을 또 하고 엉뚱한 행동을 했다. 식사 시간에 유튜브 영상을 시청하면서 밥을 먹고 앞뒤

좋은 술, 나쁜 술, 미친 술

가 안 맞는 이야기를 하면서 주위 환우들에게 눈총을 받는다. 그 눈총이나 다른 사람이 불쾌한 감정을 드러내도 신경도 안 쓴다.

　도덕성이나 윤리성은 아예 없다. 자동차를 몰고 다니면서 제멋대로 생활한 이야기를 떠벌린다. 그리고 입원한 지 일주일 동안은 밥도 안 먹고 계속 잠을 자고 온갖 간식거리를 사다 먹었다. 그러더니 이제는 자기 것은 남에게 주지를 않고 얻어먹는 데 달인이다. 너무 쉽게 아무에게나 형이라 부르며 다가선다. 부모님 없이 혼자 자랐으니 인격이 형성될 사이도 없이 성관계를 위한 결혼을 했다고 한다. 자기 자신의 치부도 그대로 드러낸다. 물론 솔직한 대화는 필요하지만, 만난 지 얼마 안 되는 모든 환우들에게 자신의 치부를 드러내고 마약을 한 이유를 변명으로 일관하는 일은 평범한 개인들은 잘 안 하는 행동이다. 그러나 대체적으로 알코올이나 마약 금단이 나타나는 사람들은 그러한 말과 행동을 거침없이 한다. 그리고 약속은 말로는 잘하지만 실천은 거의 하지 않는다. 또 봉사를 한다고 하지만 지속성과 성실성이 없다. 용두사미가 대부분이고 먹는 것과 노는 것에만 온통 정신이 쏠려 있다.

　그는 고아원에서 나오자마자 이십사 시 마트에서 일하게 되었다고 한다. 밤새 일을 해도 "당연히 돈을 받고 하는 일이니 너는 그만한 일을 해야 하지 않느냐?"라며 매일 꾸중 듣고 온갖 잔소리를 들으며, 돈에 착오가 조금만 생기면 계산을 잘못했다고 야단맞고 문제가 생기면 아르바이트 비에서 바로 제해 버리곤 했다고 한다. "그것은 경제 논리에 맞는 당연한 것이다. 평생 모아놓은 돈으로 이십사 시 마트를 운영하는데 손해는 볼 수 없고 아르바이트 시급은 자꾸 오르니 어떻게 하겠느냐?"라고 조언을 해도 자기 일터의 사장이 너무 했다며 상식을 모두 무시하고 자기가 일방적으로 노동 착취를 당하고 인간적인 모욕을 받았다고 한다. 피해의식이 강한 금단현상의 일종이다.

모든 중독자는 자기 자신의 잘못을 인정하지 않는다. 자기가 한 일이 모두 옳다고 우기며 남의 탓을 많이 하는 경향이 있다. 이것을 의학 전문 용어로 투사(投射)라고 한다. 즉 인정하고 싶지 않은 자신의 현실에 대한 사실을 남 탓으로 돌리는 것은 모든 중독자들의 공통된 특징이다. 자기의 처지가 어떤 것인가를 전혀 모른다. '내로남불(내가 하면 로맨스, 남이 하면 불륜)'의 전형적인 현상도 보인다. 거짓말을 많이 하고 바로 들통 날 말도 상상해서 유포하여 다른 사람을 곤란하게 한다. 이른 나이에 결혼하다 보니 온갖 삶에 대한 나쁜 요령은 모두 섭렵하여 살아왔다고 한다.

함께 청소를 하자고 해서 믿음은 안 가지만 한번 함께해 보기로 했다. 그런데 말처럼 일이 쉽지 않고 '남이 하는 것을 보는 것보다는 힘든 것 같다.'라는 느낌을 받았는지 몹시 힘들어했다. 그리고 말썽만 일으킨다. 사실 중독에서 헤어나기 위해서는 꾸준히 봉사를 하는 것도 좋은 일이다. 그러나 대부분 중독자들은 꼼짝하기 싫어한다. 어떤 사람은 독서로, 어떤 사람은 장기나 바둑으로 소일하며 텔레비전도 시청한다. 그리고 봉사를 부탁하면 잘 안 한다. 봉사를 한다고 하면서도 자기 멋대로 하고 싶을 때 잠깐 하고 봉사하기 싫으면 안 한다. 끈기와 인내와 항심(恒心)이 부족하다. 자신에게 이익이 되는 일만 할 뿐이다.

이 어린 환우는 세상 온갖 풍파는 다 겪은 것으로 말한다. 그래서 어쩔 수 없이 마약 패치도 하고 술도 마셨다고 하지만 그 말은 어폐가 있다. 마약조직의 일원으로 일하다가 마약의 매력에 빠져들고 헤어 나올 수 없는 상태가 되어 이곳에 행정 입원이 된 것 같다. 수시로 안절부절못하고 기억력이 제로가 되었는지 매우 큰 슬픔에 빠져 허우적거

좋은 술, 나쁜 술, 미친 술

리는 것 같다. 그 젊은이는 마약 기운이 아직 가시지 않은 상태에서 남의 물건을 훔치다가 걸려서 결국 다른 벌방으로 옮겨 갔다. 이곳은 규율과 규칙을 잘 지키면 별일 없이 지낼 수 있지만 남의 물건에 손을 대면 벌칙을 받는다.

우리 사회도 규칙과 규율을 잘 지켜서 행복한 세상이 되었으면 좋겠다. 그러면 사람들이 온순해지고 행복할 수 있을 것인데 큰일이 아닐 수 없다. 이 어린 환자도 세상을 어둡게 하는 일원으로 활동하면서 수많은 고통을 겪는 가운데 큰 도둑들은 잡지 못하고 자기처럼 생계 때문에 어쩔 수 없이 저지른 작은 도둑은 잡혀서 억울한 옥살이를 한다고 한다.

젊은이 왈, 현재 권력을 잡은 기존 기득권 세력은 군사 정권 시대보다 훨씬 더 부정부패가 심하고 사회는 더 불공정해졌다고 한다. 잠시도 바람 잘 날이 없는데 언론은 철저하게 통제되어 꼼짝 못 하고 선거 비리나 좌파의 부정, 부조리는 기사로 나오지도 않는다고 한다. 정부 조직이 엉성하게 돌아가고 있다고 한다. 젊은이가 마약을 해야만 먹고 살 방도가 있는 이 사회는 분명 잘못되어 가고 있다고 한다.

행정부 수반 대통령이 입법부와 사법부를 장악한 이 나라가 과연 자유 민주주의 삼권분립 국가라고 할 수 있는가? 군사 독재가 한동안 이 나라의 민주주의 발전을 막더니 이제는 좌파 독재가 시작되어 이 나라가 중국이나 북한 같은 사회주의 독재 국가가 되어 시장경제를 탄압하여 국가의 경제 개입으로 '경제 폭망(폭삭 망하다는 뜻)'으로 가는지 모른다고 한다. 이것이 마약을 한 젊은이의 기우(杞憂)가 되기를 빌 뿐이다.

과연 그 젊은이의 심리 상태가 어떠할까? 지금 여러 가지 생각으로 정신이 나간 상태가 된 것 같다. 한 번도 경험해 보지 못한 알코올과 도박 중독자 치료 병원을 경험하며 몹시 불안하고 한없이 눈치를 보면서 좌충우돌하는 것 같다. 식사 중에도 남의 눈치를 보느라 밥을 먹지 못한다. 좌우를 살피며 굴종적인 인사를 서로 나눈다. 세상에는 이런 젊은이가 얼마나 많을까?

코로나19는 우리 사회를 완전히 마비시켰다. 그뿐만 아니라 우리 경제가 최저 임금의 급상승과 소득 주도형 경제로 '폭망' 상태인데 거기에 일격을 가한 격이 되었다. 큰일이라는 생각뿐이다. 실업자는 늘고 국가 부채는 눈덩이처럼 늘어간다. 현세에는 어떻게 살아가겠지만 우리 후손들이 걱정이다. 북한처럼 부익부 빈익빈이 극렬하게 나타날 조짐이다. 이 일을 어떻게 하면 좋을지 대부분 국민이 걱정하고 있다.

그러나 역사는 도도하게 흐른다. 잡초들 세상이 흐르면 잔디의 세상도 오고 부패하고 썩은 물도 흘러가 거대한 바다에 도달하면 정화가 된다. 매국노가 판을 쳐도 그중에 진정한 애국자가 나온다. 일제 치하에서는 영원한 일본제국이 될 줄 알았지만 결국 해방이 되었고, 한국전쟁 당시 적화통일이 될 줄 알았지만 지금까지 면면히 자유 민주주의가 이어져 왔다. 결국 아무리 법을 바꾸고 무엇을 한다고 해도 진실은 밝혀진다. 그것이 하늘과 땅의 이치이다. 역대 정권이 감추려던 비밀이 하나둘 밝혀지며 공과가 드러나지만 현 정권은 역사와 현실을 모두 거짓으로 포장하고 자기들 편들만 감싸고 돌기에 바쁘다.

이제 모든 것이 끝장날 날이 오고 있다고 그 젊은 마약 중독자는 예언한다. 아무리 마약을 하고 나이는 어리다 하지만, 세상을 보는 관찰력은 뛰어나다고 생각했다. 워낙 세상을 험하게 살다 보니 세상 보는 촉이 예민하게 발달한 기분이 든다. 뛰어난 재능을 가지고 태어난 사

좋은 술, 나쁜 술, 미친 술

람들이 세상에 적응하기 힘든 것 같다. 특히 불운한 환경에서 성장한 사람들이 제대로 자기 일을 하면서 살기는 더욱더 힘든 세상이 된 것 같다. 모든 사람됨의 판단을 돈으로 따지는 세상이 되니 가난한 젊은 이들이 설 자리가 없어졌다고 한다. 그러니 권력이나 재력을 가진 사람들이 기를 쓰고 그 힘을 악용하여 돈을 긁어모으려는 것 같다고 했다.

"젊은이, 너무 절망하지 마시게. 세상은 돌고 돌아 어둠이 지나가면 밝은 세상이 돌아온다네. 희망을 가지고 우선 자네 몸이나 간수하게 나. 그런 연후에 세상을 논하게나. 자네의 울분이 세상을 변화시키는 것이 아니고 자네 정신과 마음과 몸이 먼저 변해야 좋은 세상이 오는 것이지. 자네가 마약에서 깨어나지 않으면 세상이 돌고 돌아 도 자네에게는 늘 세상은 지옥이라네." 속으로 그 젊은이에게 말해 주었다. "쓰리고 아프고 외롭고 고통이 그대를 덮쳐도 끝까지 참고 자네를 먼저 이겨 내시게. 그것이 자네가 세상에서 다시 행복과 기쁨을 얻을 수 있는 길이라네." 그러나 그 충고는 젊은이에게 소귀에 경 읽기가 되었다.

알코올 환우들

· 이곳 병원에서 단주 중인 알코올 중독 환우들은 양같이 착하고 선하다. 그러나 세상에 나가면 사고뭉치에다 모든 사람들이 피하는 사람이 되어 버린다. 그래서 퇴원했다가 다시 재입원하기를 반복한다. 차라리 병원에서 차분하게 살아가면 그것으로 행복할 수 있다. 그리고 국가에서 나오는 용돈도 챙길 수 있다. 그러나 밖으로 나가면 동료들을 만나 괴롭게 하거나 여기저기 구걸해 술을 마시거나 사고를 쳐서 교도소로 가기도 한다. 온갖 잡병으로 신음한다.

그래도 이곳 병원에서는 국가의 사회 안전망이 잘 되어 있어 행복과 기쁨을 나누며 살아갈 수가 있다. 이십 대에 알코올 중독자가 되어 칠십 세까지 나름대로 열심히 살아오신 분도 계시다. 그분들은 병원 생활의 달인이다. 이곳에서 돈도 모으고 나름대로 칙사 대우를 받으며 사회에서 살아가는 어느 노인보다도 행복하게 살아간다. 그래서 어느 곳에서 무슨 일을 하든지 자기가 할 나름이다. 비록 술을 마시지만 술을 마시면 모든 모욕을 인내하며 찾아들 둥지로 올 줄 아는 그 노하우 하나로 살다 보니 열심히 살아갈 수 있고, 늘그막에 쓸쓸하지 않고 즐겁고 기쁘게 살아가는 것이다.

새벽이면 일어나 운동을 하고 매일 샤워를 한다. 다른 사람들 일에는 일절 관여하지 않는다. 자기 일에만 열중하고 간식 챙기기에 열심이다. 우리들 일상에서 그분처럼 칠십 대를 잘 보내는 사람도 없다. 삼십 대, 사십 대, 오십 대, 육십 대의 다양한 사람들이 모여서 공동체를 이루어 살아가는 재미와 행복이 있다. 그래서 사람은 혼자 사는 것보다 모여서 공동체를 이루며 사는 것이 하느님께서 사람을 창조할 때부터 섭리하신 원칙과 규율이었는지 모른다.

그런데 사람들은 공동체를 이루고 조화롭게 살려 하지 않고 자기가 하고 싶은 대로, 마음대로 살아간다. 이기심과 질투심에 사로잡혀 공동체 삶에서 벗어나 자기 뜻만 내세우고 자기 권리만을 찾는다. 의무나 희생, 헌신은 눈을 가리고 안 보려 하고 행하지 않으려고 무척 애를 쓴다. 어떤 선택의 기로에서는 어김없이 계산기를 두들겨 이해타산을 따지고 자신에게 이익이 되는 일을 선택한다. 다른 사람 입장이나 위법성은 따지지 않고 모두 무시한다.

아들딸 모두 출세시키고 아내가 죽으니 술로 세월을 보내시다, 친척들에 의하여 이곳에 입원해 계시는 팔십육 세 할아버지가 달력에 무엇인가를 적어 넣으셨다. 들여다보니 '열개 십자'를 썼다. 아마 어느 자녀가 십만 원을 구내매점에 맡겨 놓은 것을 적었나 하고 할아버지 장로님께 물었다. 장로님은 죽을 날짜를 계산해 본 거라고 한다.

장로님은 식사도 적당히 잘 드시고 활동도 하시지만 점점 기력이 떨어진다며 살아서 자녀들에게 부담이 되니 빨리 죽어야 한다고 하셨다. 그동안 자녀들에게 해 줄 만큼 해 주셨는데 뭐가 그렇게 부담이 되느냐고 하니 장로님은 그런 게 아니라고 하셨다. 사람이 자식을 낳아 성장시켜서 사회생활을 잘하게 하면 그것으로 그들이 잘 살아 주는 것만으로도 부모에게 충분한 보상을 하는 것이라고 했다. 그리고 그 이후에는 자녀들에게 무엇을 바라는 것은 어리석은 일이라고 했다. 무엇보다도 자기 자신을 내세우며 '내가 너에게 잘했으니 너도 나에게 할 만큼 하라'라고 하는 것은 어리석은 일이며 꼴불견이라고 한다. 그래서 늙을수록 몸을 움직이며 건강을 챙기고 스스로 모든 일을 해결해야 한다고 한다.

　장로님은 술로 많은 창피를 당했는데 그 술로 인하여 노인 요양원으로 가지 않고 젊은 사람들이 있는 이곳으로 오니 한결 살기가 좋다고 했다. 이곳에서 가능하면 당신이 모든 일을 해결하려 하지만 정 힘든 것은 주위 환우들이 도움을 준다. 그러니 일반 노인 요양원보다는 이곳에서 살아가는 것이 편안하고 안전하다. 이곳 환우들은 술만 안 마시면 모두 인자하다. 그리고 성질만 안 건드리면 안전하다. 그러나 화를 내게 하거나 마음의 상처를 건드리면 무서운 분노를 폭발한다. 그래서 가정이 파탄 난다. 매우 안타까운 일이다. 그리고 술로 인한 여러 가지 질병을 앓고 있어서 마치 종합 병원처럼 다양한 환자가 모여 있고 각계각층 남녀노소 관계없이 모두가 입원해 있다. 물론 남녀병동은 따로 구분되어 있다.

알코올 중독자의 일상

어린 나이에 부모의 가정 파탄으로 다방을 운영하는 할머니 집에서 자라난 머리가 좋은 삼십 대 청년은 입원하여 술 중독이 어느 정도 해소되면, 세상에 나가 무슨 일이든 하면서 독자 생존할 수 있다고 일자리를 소개해 달라고 사정을 한다. 그래서 날짜를 정하고 그때까지 서로 봉사하며 지내자고 약속하고 잘 지냈지만, 어느 날 갑자기 병원을 나간다고 난리를 쳤다. 짐 챙길 가방까지 마련해 주었는데 나갈 때 모습이 반 실성한 사람처럼 보였다.

나갈 때 하루만 통화되었다. 그리고 며칠째 통화가 되지 않다가 돈이 떨어지니 통화가 되었다. 그러나 국가에서 주는 돈을 받더니 또 전화가 불통이다. 돈이 생기면 '장취(늘 술에 취함)'를 하다가 돈이 떨어지면 지인들에게 빌붙어 살거나 구걸해서 술을 마신다. 그야말로 안면몰수 후안무치의 삶이 되는 것이다. 정 죽을 지경이 되면 알코올 병원으로 돌아온다. 그들은 잠시 이곳에서 안식을 찾는다.

하지만 그야말로 한 달에서 두 달이면 또 갈망으로 인한 술병이 도지고 정신 나간 사람이 되어 밖에 나가자마자 술에 취하여 온갖 못할 짓을 하다가 또 죽을 것 같으면 병원을 찾아온다. 술에 취해 세상의 영악한 사람들에게 이용당하여 범죄자가 되는 경우도 있었고, 명의를 빌려주어 바지사장을 하다가 수천만 원의 국세를 미납하여 살아 있어도 산목숨이 아니다. 이것이 그 삼십 대의 삶의 주기이며 모습이다.

대부분 모든 연령대가 다 그런 주기를 밟으며 허송세월하니 가족도, 친척도, 친구도 모두 그들의 주변을 떠나고 이혼은 필수가 된다. 그러다 보니 알코올 병원에 적응하여 나름대로 즐기며 사는 혼란 속에 정신병에 시달리는 분들도 있다. 배는 남산만큼 나오고 모두 당뇨병 환자들인데 먹는 것에 집착하여 돈이 생기면 먹는 것을 사는 데 집중한다. 참으로 슬프고 고통스러운 일이다. 아마 먹는 것으로 따지면 기네스북에 올라갈 것이다. 숨 쉬는 것도 거칠고 잠잘 때는 코를 엄청 골아 다른 환우들을 잠 못 들게도 한다.

그 삼십 대는 술병만 고치면 만사형통일 것으로 생각한다. 힘도 좋고 머리도 어느 정도 돌아가니 말이다. 그러나 술을 마시면 모든 기능이 정지된다. 제대로 되는 일이 없다. 상거지가 되어 길거리를 돌아다닌다. 실제로 그렇게 살다가 객사하는 알코올 중독자들도 종종 있다. 대부분 술로 인하여 뇌 기능이 마비되어 반병신으로 살아가는 사람들도 있다. 조울증, 우울증은 그들의 단골 메뉴이고 스마트폰 중독이나 게임 중독이 되는 사람들도 많다.

알코올 중독자들의 애환

어떤 사십 대 알코올 중독자는 차라리 죽는 것이 낫다고 말한다. 죽는 타령을 하다가 결국 죽는 분들도 있다. 큰일이라는 생각에 마음에 어둠이 드리워질 때도 많다. 그는 다방 하는 할머니 밑에서 살았으니 다방 아가씨들의 귀여움을 독차지하며 살았고 그들이 많이 업어주어서 다리가 팔자로 휘었다. 술은 고등학교 다닐 때부터 마셨다고한다. 중학교까지는 공부를 잘했는데, 고등학교에 다니면서부터 술의마력에 빠져 학교를 간신히 졸업했다고 한다.

세상에 다람쥐 쳇바퀴 돌 듯이 알코올 병원을 오가며 살아가는 사람들이 많다. 우리는 그런 사람의 심정과 아픔을 보듬어 줄 책무가 당연히 있다. 하지만 환우들끼리도 서로 이해해주지 못한다. 서로 작은이유와 일로 서로 다투고 서로 오해하고 미워한다. 작은 일에 서로 오해하고 슬픔과 아픔을 주고받으며 살아간다.

오월도 서서히 저문다. 유월이 올 거라고 뻐꾹새 우짖으며 세상을깨운다. 보리밭에는 보리가 패어가고 동산은 푸르름이 깊어갈 것이다. 찔레꽃, 아카시아 꽃이 하얗게 피어나 사람들 마음을 다정하게 할 것이다. 그래서 뛰쳐나가서 헤매던 사람들이 하나둘 재입원을 한다. 사람 생명의 끈질김은 이렇게 자연과 함께 이어간다. 더운 계절은 알코올 중독자들에게 치명적일 수 있다. 그러니 뻐꾹새 새소리를 들으면본능적으로 병원으로 찾아 들어온다. 이곳에서 한동안 쉬면서 지독한 여름을 지내고 찬바람 이는 가을이 오면 우리는 또 새 힘을 얻어한달음 더 달릴 수 있는 여유를 가진다.

하지만 또 나가면 음주 갈망에 넘어가 여관방 고시원을 전전하며 힘겹게 살아간다. 이미 아내들은 그들을 모두 버렸기 때문에 술집에 가서 뭔가를 해소하려다 그동안 모아놓은 돈을 모두 탕진한다. 그리고 구걸을 한다. 통탄할 일이다. 주치의 선생님들은 골머리를 앓는다. 그들의 치료진도 마찬가지이다. 알코올 중독자들은 자신을 바라보며 무엇이 잘못되었는지 돌아보지 않는다. 그들은 술 마실 이유를 찾고 변명거리를 찾는다. 왜 주변 사람들이 모두 자기 자신을 피하고 떠나는지를 모른다. 오로지 그 모든 사람들 때문에 술을 마신다고 이야기한다.

어처구니없는 사실이지만 그것이 현실이다. 술을 마셔야 살 수 있다고 당당하게 말한다. 신기한 일이 가끔 있다. 잘난 척하며 매일 게임 삼매에 빠진 사람이 배가 아프고 허리가 아파 죽겠다고 하더니 이곳을 탈출하여 이삼일 술을 퍼마시고 들어오더니 멀쩡했다. 술 갈망으로 오는 병이었다.

오십 대의 한 환자는 뭐든지 자기가 봉사를 한다고 하면서 말로만 한다. 그리고 온갖 참견을 다 하고 다닌다. 그러고는 온몸이 아프다고 난리, 난리이다. 파스를 붙여 달라고 하고 '멘소래담'을 떡칠하고 다니면서 빨래는 무척 자주 하고 남의 빨래까지 해준다. 몸이 아프면 그냥 아무 말 안 하고 봉사를 안 하면 그만이다.

봉사라는 것은 마음에서 우러나와야 하는 것이고 가치가 있는 것이다. 그 가치에 무게 중심을 두어야 한다. 어느 편에도 잘못 서면 그 봉사의 가치는 훼손되고 무의미하게 된다. 자유와 정의와 공정을 담은 봉사는 작게는 자신을 변화시키고 나아가 사회를 가치 있는 공동체가 되게 하고 나라가 좋은 방향으로 나가는 데 큰 도움을 준다. 세상은 그래서 많은 발전이 되는 것이다. 그것이 나비 효과이다. 내 작은 변화

좋은 술, 나쁜 술, 미친 술

의 날갯짓이 거대한 변혁의 태풍이 된다는 것이다.

오늘도 삼십 대 청년은 약 삼 주간의 망나니 같은 세상살이를 마치고 병원으로 귀원하였다. 여러 가지 먹을 것을 준비하고 그를 맞이할 준비를 하였다. 야단을 치고 싶었지만 따뜻하고 다정하게 맞이해줄 예정이다. 그러나 가끔은 따끔한 충격도 줄 예정이다. 그가 나갈 때 모습이 생생하다. 갑자기 얼굴에 경련이 일어나며 온몸을 부르르 떠는데 퇴원을 강행하였다. 그러더니 술을 마시고 전화를 했는데 도대체 알아들을 수 없어 끊자고 하면서 무조건 들어오라고 했다. 결국 삼 주 만에 녹초가 되어서 돌아왔다. 또 며칠간 헤매다가 큰 고비를 넘기고 봉사를 하면서 오락 게임에 취해서 살 것이다. 그래도 그 친구는 미운 짓은 안 한다. 자신을 온전히 드러내고 살 뿐이다. 그러니 일단 들어와 잠시 금단을 겪고 난 후에는 재미있게 적응하면서 살아간다.

이곳은 정말 안전하고 좋은 곳이다. 알코올 환자들에게는 그렇다. 알코올 중독자들은 대부분 가정이 파괴되어 집이 없다. 그리고 무척 고독하고 외롭다. 일단 사회에서 알코올 중독자에 대한 인식이 좋지 않아 어디에도 발붙일 곳이 없다. 그래서 더 방황하고 술에 의존할 수밖에 없다. 주치의 선생님과 간호사 선생님들과는 그래도 가족이라는 인식을 가지고 살아간다. 그분들만이 유일하게 알코올 중독자들을 이해하고 도와주기 때문이다. 그래서 나갈 때는 다시는 안 볼 것처럼 나갔다가 또다시 주치의 선생님을 찾아온다. 그리고 수시로 간호사 선생님들과 상담을 한다.

세상 살기에는 부적합한 사람들이지만 병원에 오면 그래도 살아가려고 이런저런 궁리를 한다. 나가서도 술을 안마시면 살아갈 길이 있겠지만 술을 마시면 또다시 망나니가 되어 버린다. 무능한 사람이 되어 버린다. 그리고 세상 사람들에게 눈총을 받으며 괜한 미움을 산다. 그것이 알코올 중독자들의 현실 모습이다. 그럴 때 지체 없이 병원을 찾아와 입원해야 한다. 단주를 하다가 술을 한 잔이라도 마시면 그렇게 해야 한다. 그것만이 생명을 연장할 수 있는 유일한 길이다. 사회 모든 사람들도 그들을 이해하고 거리를 방황하는 중독자들을 병원으로 안내한다면 그들도 살아나고 사회에 끼치는 피해도 줄일 수 있을 것이다.

어디로 가서 무엇을 해야 할지 모르는 알코올 중독자들의 유일한 피신처, 이곳 병원은 이번 코로나19 여파로 더 많은 사람들이 힘겹게 살아가고 있다. 우리가 살아가는 방법은 다양하다. 이곳에서 평생을 살아가고 있는 두 분의 도사가 있다. 그분들은 밖으로 나가기만 하면 술을 마시게 되니 이곳에서 평생을 사신다. 그분들 나름대로 이곳에서 일거리가 있어 소일하면서 살아간다. 기쁘면 기쁜 대로 슬프면 슬픈 대로 하루하루 소일하는데, 오히려 그분들의 단출한 삶이 세상에서 자식들 눈치를 보며 외롭게 살아가는 사람들보다 더 좋아 보인다. 그분들이 지금까지 살아오는 데에는 나름대로 수많은 곤경과 모욕과 고통을 당했으리라 생각된다. 그 모든 것을 극복하고 오늘에 이르렀다.

알코올 공동체 삶

지금 이십 대, 삼십 대, 사십 대, 오십 대, 육십 대가 겪는 그런 모든 과정을 거치고 이제는 칠십 대 노후를 맞아서 초연하게 그들 나름의 삶을 행복하게 영위하고 있다. 이 작은 공동체에도 기쁨도 있고 슬픔도 있고 행복도 있고 불행도 있고 고통도 있고 안식도 있다. 가난도 있고 부유함도 있다. 모든 것이 공존하며 조화롭게 살아가고 있다. 그러나 어디를 가든지 말썽꾸러기들은 있게 마련이다. 우리는 그 말썽꾸러기들을 감싸 안아 주면서 살아야 한다. 탓하거나 미워하면 안 된다. 공동체 생활은 모두 조화를 이루어야 행복이 보장된다.

삼십 대 청년도 평탄치 못한 삶을 살았지만 할머니 덕분에 공장 언니들 사랑을 많이 받고 살아서 그런지 술을 안마시면 삼십 대의 꿈도 이야기하고 즐겁고 기쁘게 살아 보려고 애를 쓴다. 노인들도 도와주고 다른 연장자들에게 해가 안 되도록 무척 애쓰는 모습이 측은해 보인다. 그렇다. 비록 술로 인하여 자신의 삶이 망가졌지만 그래도 그것을 정정하고 바르게 살아가려고 노력하는 그에게 희망이 생겼으면 좋겠다.

누군가 강력한 멘토가 있어야 하고 삼십 대의 자신감에 대하여 겸손함을 가져야 한다. '나는 아직 젊으니까 무엇이든지 할 수 있다'라는 생각은 버리는 것이 좋다. 지금 본인은 지독한 알코올 중독 병에 걸렸다는 사실을 잘 알아야 한다. 그래서 아무 일도 할 수 없다는 사실을 알아야 한다. 그것만이 알코올 중독을 그나마 극복해 가는 삶이라고 할 수 있다.

삼십 대의 젊은이가 알코올 중독을 이길 수 없다. 상당한 시간을 주치의 선생님 말씀에 따라 치료를 착실히 받으며 실제로 나가서 살아갈 궁리를 바르게 해야 한다. 그러기 위해서는 퇴원 계획을 꼼꼼하게 만들고 알코올을 이길 수 있는 유일한 탈출구인 A.A.(알코올 중독자들의 단주자 모임) 모임과 연계하고 나이와 능력에 맞는 직업도 구해야 한다. 그리고 조급해하지 않고 느긋하고 편안하게 살아야만 한다. 조급하게 굴면 일은 더 꼬이고 되는 일이 없어 장취(長醉)로 이어진다.

한 번 입원을 하면 최소한 육 개월 이상 살아야 어느 정도 치료가 된다. 그렇지 않으면 돈만 날리고 치료 효과는 전무하다. 잠시 연명을 할 뿐이다. 그렇게 세월을 보내다 보면 어느덧 사십 대가 되고 오십 대가 되고 육십 대가 된다. 병원에 자주 입·퇴원을 할수록 그 시간은 빠르게 가고 빠르게 늙어 간다. 어쩌면 중간에 객사할 수 있는 확률도 높아진다. 사람이 죽어도 온전하게 죽는 것은 큰 복이다. 객사하는 것은 개가 길거리에서 죽는 것과 같다.

삶의 깊이가 깊을수록 우리가 살아가는 방법은 다양할 수 있다. 병원에서 한가한 시간을 보낼 때 자신을 반성하며 자신을 바라보고 성찰하는 것이 좋다. 이 세상은 그리 간단한 세상이 아님을 알고, 깊고 성실하고 정직하고 진실하게 살아야 한다. 본능적인 음주 태도로 산다면 불행의 연속일 뿐이다. 행복할 기회가 없다. 그러나 아무리 척박한 환경에서 산다고 해도 올바르게 자기 자신의 알코올 중독 병(알코올 의존증)을 고치려고 노력한다면 행운이 따라 모든 일을 완성해 갈 수도 있다.

우리는 그렇게 하루하루를 살아가면 된다. 노련하게 살아가면서 작은 일을 하나씩 성취해 나가면 된다. 독서를 한다면 하루에 오 페이지씩 매일 쉬지 않고 읽는 것이다. 그리고 모든 일에서 오늘 당장 시행할

좋은 술, 나쁜 술, 미친 술

수 있는 작은 것이라도 실천하는 일이 좋은 일이 된다. "안녕하세요.", "잘 잤어요?", "밥 맛있게 드세요." 등 인사말을 시시때때로 만나는 사람들에게 하다 보면 좋은 대화가 오갈 수 있다. 그리고 상대방이 반응이 없으면 다음에는 그런 일을 하지 않으면 된다. 그러나 상대방에게 감정을 갖거나 미움을 가지면 절대로 안 된다. 그냥 자연스럽게 지내면 된다. 그리고 아주 사소한 도움에도 "감사합니다. 고맙습니다."를 자주 말하면 저절로 자신에게 고마워할 일, 감사할 일이 더 많이 생긴다.

삼십 대 청년은 비교적 그런 일에 익숙하다. 술병만 고치면 새로운 출발을 할 수 있는데 술 마시는 일을 반복하여 모든 것이 꼬이고 중단된다. 이번에는 꼭 붙들고 최소한 삼 개월을 견디도록 노력해 보려고 한다. 불가능한 일이지만 사랑과 이해 그리고 신의 도움을 요청해 보기로 마음 깊이 생각했다.

오늘은 주말이다. 사람들이 주말이면 푹 쉬면서 오직 로또복권에 희망을 걸고 지낸다. 떨어져도 그만이라고 생각하면 되는데 거기에 인생을 건다. 웃기는 사소한 일이지만 이곳 환우들에게는 심각한 일이다. 사람의 감정은 미묘해서 그 파고가 종잡을 수 없다. 서로 눈물을 흘리며 맹세를 하지만 그 맹세가 수삼일 만에 깨지고 만다. 작심삼일(作心三日), 알코올 중독자들 대부분이 하는 말과 일에 적용된다.

식탐이 많고 각종 질병에 시달리는 배가 많이 나오고 뚱뚱한 환우가 자꾸만 거울을 보면서 얼굴을 신경 쓰고 있기에 "자네는 얼굴보다 임신이 되어 열 달이 넘은 여인처럼 불룩 나온 그 뱃살을 빼야 한다." 라고 했다. 그래야 얼굴도 좋아지고 인기도 올라간다고 했다. 그런 사람이 둘이 있는데 늘 먹는 것에 집착한다. 관절염, 당뇨, 소화불량, 호흡곤란, 온갖 잡병이 그들을 괴롭힌다. 두 사람이 지금 먹는 것을 반으로 줄이면 만사 오케이일 것 같아서 조언했지만, 소용이 없고 입만 아팠다. 도대체 자기 관리는 등한시하고 오직 먹는 것에 올인 한다. 그 또한 병이다.

한 사람은 자기 어머니께 드린다고 음식을 싸서 배낭에 넣고 나른다. 남는 음식이니 그의 효심을 가상하게 여기는 환우들도 있지만, 그런 행동을 싫어하는 사람들도 있어 말이 많다. 워낙 덩치가 우람하여 다른 사람들은 감히 말도 못 하고 혼자 그를 대적하지만 우리 환우들 마음은 많이 상해 있다. 그 우람한 배를 안고 살아가는 이들도 그렇게 살 수밖에 없는 것을 딱하게 여기기로 했다.

일하는 그룹은 일을 잘하도록 뒤에서 도와주며 그들이 최대한 알코올에서 헤어날 수 있도록 할 것이다. 한번 이곳만이라도 최고의 행복을 누리도록 힘써 볼 요량이다. 작은 공동체를 이끄는 것도 하나의 종합예술이 된다. 오늘 또 두 사람이 재입원하게 되었다. 두 사람 모두 나갈 때는 다시는 안 들어올 요량으로 나갔지만 얼마 버티지 못하고 재입원하였다.

좋은 술, 나쁜 술, 미친 술

재입원한 환우들

모두 아직 술에서 깨어나지 못하고 헤매고 있다. 커피를 달라고 한다. 비누와 수건을 달라고 한다. 담배도 달라고 한다. 정말 염치도 없다. 맨몸으로 들어와 필요한 모든 것을 내놓으라고 한다. 자기 권리인양 당당하다. 아마 아직 취중이라 그런 것 같다. 이제 곧 금단이 와서 서로 괴로울 것 같다. 이곳의 일상이니 그렇게 살면 된다. 하지만 어수선한 일이 벌어진다.

이곳에 돈을 내고 입원하는 환자도 꽤 많다. 그들은 금수저들이고 이곳을 쉼터로 생각하고 장기간 입원해 있는데, 없는 사람들을 무시하고 깔보는 경향이 있다. 그래서 대화도 하고 그들을 이해시키는 데 많은 시간을 보낸다. 오늘 입원하여 아직 정신을 못 차리는 사람이 커피를 마시는데 손이 떨려 커피를 찔끔찔끔 떨어뜨린다. 그것이 당연한 일이다. 눈물이 날 정도로 딱하고 불쌍한 그 사람을 핍박한다. 그분도 음주로 가끔 쉬러 들어오는 사람인데 이번에는 부인과 이혼을 하는 경우라 장기 입원 중이다. 그분도 이제 가정이 해체되었으니 오늘 입원한 사람 꼴이 될 것 같다. 그런 자신의 모습을 보지 못하고 아직도 술기운에 헤매는 사람을 도울 생각은 안 하고 비판만 한다. 속이 많이 상한다. 그래도 그 샌님도 이해해 주어야 한다. 항상 힘들어하면서 자기 방에서 칩거를 하는데 갑자기 환자가 들어와서 떠들어 대니 몹시 힘들 것 같다.

식당에서 세상에 나와 있는 모든 영화를 시청하는 것 같았다. 그럴 수밖에 없지 않을까. 갑자기 알코올 중독으로 가장이 가장 역할을 하지 못하니 힘들지 않을까? 마치 자폐증 환자처럼 다른 사람을 미워하고 온종일 말하지 않는다. 웃지도 않고 매일 시무룩하다. 사실 그런 사람 옆에 있는 사람들도 몹시 슬프다. 정말 아프고 괴롭다.

그러니 어쩌면 이곳 공동체도 우리나라 현실과 똑같다. 남북, 우파 좌파가 갈라져 서로 자기주장을 끝없이 펼치며 자기들만 옳다고 하는데 법과 원칙도 없고 '내로남불'의 현상이 그대로 나타난다. 자기편이면 무조건 감싼다. 반대파는 무조건 비판하고 어렵게 만든다. 내 편은 불법, 부조리, 아파트 투기, 각종 사기 사건도 모두 정당화되는 형국이다. 이곳 공동체도 마찬가지이다. 서로 마음이 맞는 사람들끼리 끼리끼리 모여 자기들끼리만 이야기하고 어울린다. 다른 사람들 흉만 보고 자기들 할 일은 전혀 안 한다. 매일 허송세월한다.

어머니는 위대하다

어떤 뚱뚱한 환우는 자기 어머니에게 입에 담을 수 없는 욕을 해댄다. 가끔 부모 손에 강제 입원된 환자들 대부분이 전화통을 붙잡고 부모에게 하소연하다가 뜻대로 되지 않으면 사람이라면 할 수 없는 욕을 많은 사람들 앞에서 해댄다. 그것이 현실이다. 그것이 알코올 중독자가 서서히 가족들과 단절돼 가는 과정이다.

알코올 중독을 치료하기 위해서는 가족의 따뜻한 사랑과 위로가 필수다. 그러나 대부분 알코올 중독자들은 모두 혼자다. 그 주위에는 아무도 없다. 끼리끼리 모여서 살지만 모두 술 마실 때만 친구이지, 술을 마시고 나면 서로 괴롭히고 싸우고 심지어 주먹다짐까지 한다. 병원 주변에 방을 얻어 놓은 사람들도 많은데 그곳은 알코올 중독자들의 아지트다. 아니면 짐 보관소가 된다. 그리고 그곳에서 중독자들끼리 만나서 술을 마시고 잠도 자면서 살지만 결국 폐를 끼치고 서로 원수지간이 된다. 그리고 또 병원에서 만나 화해를 하고 살아간다. 서로 싸움도 잘하고 화해도 잘한다.

알코올 환자에게 어머니가 계신 경우에는 치료에 큰 도움이 된다. 어머니는 끝까지 자식을 이해하고 보듬어 준다. 그리고 그 자식을 위하여 신앙을 가지고 언제나 기도하며 자식이 잘되기를 바라며 평생 기도한다. 그래서 어머니는 위대하고 모성애로 자식을 이해하고 관대하게 용서를 한다. 그런 용서와 사랑에 자식은 바르게 살아가려고 노력한다. 어떠한 경우에도 좌절하지 않고 바르게 일어나려고 노력한다. 그것이 세상의 이치다.

어떠한 일이 있더라도 어머니에게는 잘해 보려고 노력하지만 안 되는 경우가 많다. 그럴 때 사람들은 큰 실망을 하고 자책을 하여 극단적인 선택을 하는 경우도 있다. 제발 그런 일은 없었으면 좋겠다. 그러나 알코올 중독자들의 경우 자살률도 높다. 그리고 중요한 사실은 알코올 병원이라도 찾아와 스스로 치료를 해 보려는 그것이 희망이며 새로운 시도이다. 그 시도에 잦은 실패가 있더라도 절망할 필요가 없다. 쓰러지면 다시 일어나는 용기를 가져야 한다. 그렇게 인내하고 끝까지 하다 보면 지독한 알코올 중독도 치료될 수 있다. 그것이 우리 알코올 중독자가 희망을 가지고 살아가는 이유다.

　　금단은 약 이 주에서 삼 주 정도면 어느 정도 해소된다. 그리고 우리들은 힘겨운 알코올 갈망과 싸워야 한다. 그래야 하나라도 좋아질 수 있다. 주변 사람들과 신뢰는 모두 끝난 것이다. 알코올 중독자를 믿어 주는 사람은 아무 데도 없다. 대부분 거짓으로 자신을 포장하기 때문이다. 돈 한 푼 구하기도 힘들다. 사기를 쳐야만 된다. 거짓말을 해야만 간신히 돈을 빌릴 수 있다. 누구나 있는 사정을 그대로 말하기 어렵다. 최소한 있는 대로 말하면 좋은데 대부분 '뻥'을 친다. 그러니 상호 불신이 심화하고 있다. 알코올 중독은 각계각층 남녀노소 누구나 걸리는 무서운 병이다. 그러니 알코올 중독자들에게 측은지심을 가져 주시기를 바란다.

어느 육십 대 알코올 중독자

늘 말수가 적고 남몰래 봉사를 하고 책을 많이 읽는 육십 대 아저씨가 당신의 삶의 고통과 슬픈 상처를 실타래 풀어놓듯 했다. 육군 훈련소 조교로 군 생활을 하다가 상관 폭행과 근무지 이탈로 사 년 형을 받고 육군 교도소를 거쳐 민간 교도소에서 만기 출소했다고 한다. 인생의 수많은 고비를 넘기고 여기까지 왔는데 무슨 여한이 있겠느냐며 눈물로 말끝을 흐린다. 젊은 시절에는 교도소에서 이년을 살았는데 노후에는 알코올 병원에서 이렇게 슬프고 외롭게 산다며 사람의 운명은 타고난 궤적을 따라 흘러가는 것이라고 한다.

책을 많이 읽어서 그런지 인생을 달관한 사람으로 보인다. 가정사, 개인사가 술을 안 마시면 견딜 수 없는 상황을 만들었다고 한다. 육십오 년 여정에서 라면 공장을 다니며 일했다가 김영삼 정권 말기에 터진 IMF 금융위기로 감원 대상이 되어 잘려서 건설 일용직 노동자로 전전하다가 버스 운전을 하게 되었다고 한다. 버스 기사를 하다가 잦은 음주로 잘리고 헤매다가 이십 년 전에 이혼한 아내가 갑자기 심장마비로 죽어서 깊은 정신 질환을 앓으면서 기도원을 전전하기도 했다고 한다. 그리고 정신병원에 몇 년 갇혀서 살아간 적도 있다고 한다.

마음의 고통이 심해서 처음에는 발광도 하고 어머니를 원망도 하고 불평불만에 싸여 헤매며 살다가 지금은 모든 것을 포기하고 자신만을 관리하며 살아가는데 기분도 안 좋고 몸이 안 아픈 데가 없다고 한다. 신경질환과 뼈 질환에 시달린다고 한다. 그동안 술만 마시면 이성을 잃고 헤매는 바람에 어머니와 형제들 속을 엄청나게 썩였다고 한다.

카드빚도 지고 온갖 말썽을 다 부리니 어머니나 형제들이 정신병원에 강제 입원을 시켰다고 한다.

예전에는 산속 기도원에서 정신 질환 환자들을 집단 수용하여 생활하게 하였다고 한다. 그러다 한 동료가 심장 마비로 죽게 되었는데 밤에 시신을 몰래 실어다 그 죽은 사람 집에 가져다주어서 동네에서 죽은 것으로 했다고 한다. 무연고자는 죽으면 남몰래 매장을 했다고 한다. 그런 세계에서 살다 보니 한심하다는 생각이 들고 세상 살아가는 것이 무섭기도 해서 기도원에서 몰래 탈출하여 고향으로 갔다고 한다.

그리고 어머니가 혼자 사는 집에 틀어박혀서 밤낮없이 술만 마셔서 몇 개월 지나니 정신도 혼미해지고 온몸에 힘이 빠져 꼼짝 못 하는 상황이 되었다고 한다. 동네에서 함께 사는 아저씨의 친척 중 병원에서 평생을 지내고 있는 이가 있어 그분 권유로 이곳으로 와서 산다고 한다. 이곳에 오니 마음도 안정되고 딸아이와도 연락을 하면서 기쁘게 살고 있다고 한다. 인생살이에 걸림돌이 많은데 우리는 그것을 피하지 말고 치워가면서 살아가야 된다고 한다. 그 걸림돌을 회피하면서 가다 보면 삶은 더 꼬이고 비틀어지고 만다고 한다. 그리고 걸림돌이 바위가 되어 결국은 아무것도 이루지 못하고 쓸쓸한 죽음을 맞고 만다고 한다.

지금 와서 생각하니 젊은 시절 아내가 다른 남자와 바람이 나서 떠난다고 할 때 바로 놓아 주고 새로 갈 길을 차분히 갔다면 아내도 일찍 죽지 않았을 것이고 술 중독도 피할 수 있었다고 한다. 그런데 술로 난관을 타개하려고 하다 보니 알코올 중독이 되었고 이제는 걸림돌을 치우기는커녕 내 한 몸 건사하기도 힘들게 되었다고 한다. 옆에서 보면 계속 책을 읽고 있는데 무슨 책을 읽는지 알 수가 없지만 아무튼 온종일 책을 읽는다. 지겨워하지도 않는다. 그리고 보이지 않은

곳에서 봉사를 몰래 하곤 한다. 그러나 그 사람 속도 알 수가 없다.

아들하고는 아직 연락이 없고 딸하고는 가끔 전화도 주고받는다고 한다. 오늘은 갑자기 바람이 불어 동산에 푸르른 물결이 일렁이더니 하늘에 먹구름이 몰려와 세상이 무척 어두웠다. 구슬프게 임을 찾는 뻐꾹새 노래도 멈추었다. 비가 세차게 내린다. 가끔 들리던 텃새들 노랫소리도 멈추었다. 빗소리만 요란하게 들린다. 환자들도 이런 날이면 감정 기복이 심해지고 '날궂이'를 한다.

어느 사십 대 알코올 중독자

　어제 입원한 사십 대는 링거를 맞으며 의료진의 지시를 따르지 않고 소란을 피운다. 그분은 알코올뿐만 아니라 스마트폰 중독까지 걸려 귀에 이어폰을 꽂고 다니고 커피도 중독 수준으로 십 분 간격으로 마신다. 복도 바닥에는 커피를 쏟아 지저분하게 흘려 놓는다. 거기에 목소리가 커 반나절을 주위 사람들에게 큰 피해를 주었다. 의료진도 지겨워하며 강제적으로 폐쇄 병동으로 옮겨갔다. 병적인 고집과 각종 질병의 소유자이다. 이어폰을 상시로 꽂아 귓병이 생겨 이비인후과로 진료를 받으러 다니고 의사 선생님이 이어폰을 사용하지 말라고 한다. 그러나 그는 이십사 시간을 귀에 이어폰을 꽂고 다닌다. 잘 때도 마찬가지다.

　그뿐만 아니라 얼굴에는 상처투성이다. 몸과 얼굴을 씻지 않아 피부병이 생긴 것이다. 금단 현상이 몹시 심하다. 국가에서 나온 긴급재난 지원금을 모두 술 마시고 코로나19 검사를 받는 데 사용하고, 입원해서는 인권 운운하며 퇴원을 한다고 한다. 맥박이 빨라서 급사할 위험이 있다고 하는데도 무조건 자기가 하고 싶은 대로 하니 이곳에서 쫓겨날 수밖에 없다. 알코올 중독에서 금단 현상이 나타나면 사람으로서 모든 기능이 멈추고 본능적으로 변하여 아무 일도 할 수 없는 상태가 됨을 모두 보여준다. 자기 멋대로 떼를 쓰며 하려고 한다. 치료진에게 인권 운운하며 욕지거리까지 서슴없이 한다. 주변 환우들은 멋쩍게 쳐다보고 있다. 안하무인이다.

　여기에서 공동생활을 하는 모든 사람들은 저마다 애절한 사연이 많다. 평생을 이곳에서 자족하면서 의연하게 살아가는 사람들도 있다.

그들은 건강하고 그런대로 주어지는 하루하루를 즐기면서 서로를 걱정하고 좋은 대화를 나누면서 살아간다. 세상에 나가면 친구는 오직 술뿐이다. 알코올 센터라는 곳이 지방자치단체 산하 보건소에 있지만 유명무실한 상태다. 어쩌면 국가 기관만 생겨 예산 낭비만 한다. 정의기억단체라는 위안부 할머니들을 위한다는 데를 보면 우리나라 복지예산의 현실을 보는 것 같아 씁쓸했다. 복지 모금 단체들도 과연 그들의 본연의 의무를 다하고 있는 것인가? 아니면 조직과 단체를 위하고 혹시 책임자들이 착복하는 일은 없는가? 도대체 모금을 하는데 사용 결산 등은 알 수가 없으니 국민은 깜깜한 상태에서 살아간다. 각 기관이 제 역할을 잘한다면 세상에 알코올 중독으로 인한 폐해가 많이 줄어들 것이다.

오늘 새벽 두 시 거창 할아버지가 갑자기 온몸을 떨며 숨을 제대로 못 쉬어 긴급 호송되어 큰 병원으로 갔다. 다행히 어제 목욕도 시켜 드리고 수염도 깎아 드리고 여러 가지 서비스를 잘해 드리고 저녁 자기 전에는 기저귀와 바지를 새것으로 갈아입혀 드렸다. 아침에 운동을 하며 노래를 부르곤 하는데 오늘은 삼가고 싶었다. 사람의 인연은 무슨 끌림이 있다.

팔십칠 세 할아버지가 이곳에 입원한 지 약 석 달이 되었다. 코로나19로 인하여 노인 병동으로 가지 못하고 이곳에 격리 수용되었는데 알코올 환우들이 식사도 챙겨주고 목욕도 시켜주고 옷도 갈아입혀 드렸다. 무사하시길 바라지만 돌아가실 나이가 되었으니 어쩔 수 없는 일이다. 그의 자녀들은 모두 잘사는 사람들이니 잘되겠지 생각을 해 본다. 팔십칠 년의 삶이 보호자들을 떠나서 홀로 알코올 병원 철침대에서 죽는 것은 아마도 할아버지의 음주로 인한 가족들의 실망 때문일 것이다.

노후를 건강하고 행복하게 지내려면 자신의 관리를 잘해야 한다. 비록 과거에 문제가 있었더라도 새로운 마음가짐으로 지금 현재 할 수 있는 일을 최선을 다해서 한다면 좋을 것이다. 운동을 꾸준히 쉬지 않고 해야 한다. 침대에 누워서 오 분을 하든 십 분을 하든 꾸준히 하면 장수에 도움이 된다. 이곳에서 최고령인 건강한 장년이 있는데 그분은 칠십 대인데도 평생 알코올 중독자로 살았지만 첫 새벽부터 일어나 매일 운동을 한다. 그리고 샤워도 한다. 나이가 칠십을 먹었는데 꽃 중년으로 산다. 이처럼 자기 자신이 스스로 청결을 유지하고 건강도 유지해야 한다. 그러나 대부분 사람들은 그렇게 살지를 못하고 힘들게 살아가고 있다.

왜 그럴까? 일단 알코올 중독자는 투사, 즉 남 탓을 하는 데 길들어 있고 자기변명을 변호사보다 더 잘한다. 그리고 알코올 중독자가 누리는 모든 혜택을 최대한 누리며 살아간다. 그리고 이곳에서 몇 년에서 몇십 년을 살아가는 사람들은 이곳의 생리를 잘 알아서 하고 싶은 일을 마음대로 한다. 그러나 규율과 규칙은 매우 잘 지키며 살아간다. 뚱뚱보 자칭 장로님은 주말마다 외박을 하고 먹고 싶은 고기에 술을 마시고 음주 측정에 걸리지 않는다. 그리고 이삼 주 버티다 또 그렇게 한다. 그런 세월을 살다 보니 그의 몸은 기형이고 당뇨병, 조울증, 낭비벽, 특히 역대급 거짓말을 하여 많은 사람들에게 신뢰를 잃어버렸다.

지금 현재 자기 모습과 상태가 어떤 처지인지 알아야 우리가 세상을 향하여 나아갈 때 최소한의 사람 모습을 갖출 수 있다. 새로 들어오는 환자 중에는 이곳 생활에 적응하지 못해서 실수하는 경우도 종종 있다. 그러면 그분에게 이곳의 생활 규칙을 잘 설명하고 이해를 시켜야 한다. 우격다짐하거나 억지로 주입을 시키려 하면 매우 힘든 일

좋은 술, 나쁜 술, 미친 술

이 된다. 대부분 벽창호다. 자기 '똥고집'이 세고 동료의 말에는 귀 기울이지 않는다. 그러니 매일 시끄럽다. 어떤 오십 대는 뇌수술을 하여 지능지수가 무척 낮고 마마보이다. 무슨 일만 있으면 어머니에게 전화하여 일러바친다. 말참견을 많이 하고 거짓 약속을 자주 한다. 매우 위험한 인간관계를 형성한다. 그래서 주변 사람들의 지탄의 대상이 되었다. 그 가운데 중간자로 서서 서로 대화로 풀어 보려고 노력하는데 서로의 앙금이 깊어서 잘 안 되고 만다.

그럴 때 속이 많이 상하고 기도를 할 뿐이다. 기도를 많이 해야 한다. 원하는 대로 잘 안 되는 경우가 있더라도 꾸준히 쉬지 않고 하다 보면 모든 것이 이루어져 있는 경우도 있다. 그래서 바오로 사도는 쉬지 말고 기도하라고 했는지 모른다. 그러나 우리 인간은 조금만 힘이 들어도 술을 찾는다.

물론 일반적인 사람들에게는 정신적으로 좋은 음료이다. 와인 한 잔씩 하면서 사랑을 나눌 수 있고 맨정신에 할 수 없는 이야기를 나누는 데도 막걸리 한 잔, 소주 한 잔이 도움이 되는 경우도 있다. 일반적이고 상식적인 사람들이 사는 세상사에서는 술이 좋은 역할을 한다. 그러기에 결혼식과 같은 축제에는 술이 빠지지 않고 사람이 죽는 애사에도 술이 빠지지 않는다. 마찬가지로 신에게 제사를 하는 데도 술은 필수용품이다.

그러나 알코올 중독자에게 한 잔의 술은 그야말로 소크라테스의 독배가 된다. 그야말로 법으로 정한 독배이다. 서서히 사람을 죽이는 것이다. "악법도 법이다."라며 독배를 마신 소크라테스의 말처럼, 알코올 중독자에게 한 잔의 술은 정말 악법이 정한 한 잔의 독이 든 술이다. 즉 자신을 자승자박(自繩自縛)하는 것이다. 한 잔의 술은 알코올 중독자에게는 곧 돌이킬 수 없는 재발의 시작이 된다. 단주를 아무리 오래 해도 소용없다. 그 한 잔으로 지금까지의 모든 노력이 허사가 된다. 즉 알코올 중독 재발이 된 것이다. 그래서 알코올 중독은 재발이 가장 쉬운 불치의 병이다.

십 년 단주도 한 잔에 깨진다

알코올 중독이 무서운 것은 재발 확률이 백 퍼센트라는 것이다. 약 칠 년의 단주를 이어 오면서 장례지도사 자격을 따 일하다가 음주 유혹에 넘어가 딱 한 잔 한다는 것이 열흘간 장취로 이어졌다. 그렇게 술값, 방값으로 쓴 돈만 해도 지금까지 모았으면 수억 원이 될 것이다. 팔십여 병을 마시고 이틀을 쉰 후 새벽에 운전을 했는데 도로 중앙선 분리대를 들이박고 말았다. 119 소방대에 의해 구조되어 대형 병원으로 옮겨져 목숨은 건졌지만 죽음을 체험했다. 치료 도중 다시 한번 죽어서 끝나는 줄 알았는데 또다시 살아났다. 아내도 얼마나 실망을 했는지 병원에서 환자가 위급하니 오라고 했는데 "나와는 관계없는 사람이니 병원에서 알아서 처리하라."라고 했다고 한다.

평생 음주로 인하여 죽을 고비를 여러 번 겪었다. 슬프고 아픈 일도 많았다. 아내나 딸아이에게도 큰 피해를 줬다. 물론 누구나 가족들을 위하여 최선을 다하면 좋은 일이다. 우리가 살아가는 과정에서 최선을 다하는 것이 삶의 이치요 도리이지만, 여러 번 좌절하고 그때마다 많은 욕설과 원망, 불평으로 늘 가정이 불안정했다. 그러니 자연히 하는 일에도 고통과 아픔이 많았다. 거짓말을 자주 하고 무슨 일이든 임기응변식이었다. 하나라도 시작해서 깨끗하게 마무리 지은 적이 없다. 모두 알코올 중독이 원인이었다.

아내가 따지고 대들면 무조건 집을 나와 술 한 잔 하고 집으로 다시 들어가고 그러면 경찰에 신고하여 경찰들을 출동시키곤 했다. 또 집을 나와 술을 마시고 차에서 밤을 지새우는 경우가 허다했다. 이렇게 세상을 사는 것이 괴롭고 슬픈 일이다. 그러다가 커다란 교통사고를 당하게 되고 병원에서 퇴원하고 집으로 갔더니 현관문 번호가 바뀌었고 내쫓겼다. 여관으로 들어가 또 술을 마시다 주치의 선생님과 상의하고 알코올 병원에 입원하여 약 이 주간의 심한 금단을 겪으며 자살하고 싶은 생각이 많이 들었다. 우울증, 조울증이 심하게 왔고 어떻게 살아가야 할지 정신이 없었다.

고생 끝에 취득한 대형 면허도 취소되고 벌금과 병원 치료비로 천만 원이 들어갔다. 물적, 정신적 피해가 매우 컸다. 그리고 상실감도 매우 컸다. 음주 운전으로 인하여 대형운전 면허가 취소되었기 때문이다. 운전면허를 빨리 취득하고 싶다. 일종 대형을 따기는 힘들고 보통 면허를 따볼 요량이다. 이처럼 알코올은 중독자가 가지고 있는 모든 것을 일격에 앗아가 버린다.

작년 한 해 동안 빼앗긴 것만 헤아려 보면 음주운전 사고로 벌금 사백오십만 원을 국가에 냈다. 그리고 외과 상 치료비로 오백삼십만 원이 들어갔다. 여러 가지 경비와 자동차를 두 대나 폐차시켜 버렸다. 그리고 아내와 딸도 떠났다. 그동안 지지해주고 위로해 주던 친구와도 결별했다. 사막에 홀로 놓인 신세가 되고 말았다. 큰일이라는 생각에 눈물로 나날을 보내는데 이곳에서 할 수 있는 일을 찾았다.

그동안 소설을 쓰고 싶었고 시도 써 보고 싶었다. 이곳 환경에서 집필하는 게 가장 적합한 일이라는 것을 알았다. 그리고 글을 쓰기 시작하여 지금은 일곱 권 째 책을 만들기 위한 원고를 쓰고 있는 중이다. 이처럼 할 일을 찾으니 자신감도 생기고 새로운 희망의 돌파구가 생기기 시작하였다. 사람은 할 일이 없는 것이 제일 무서운 일이다. 그리고 음주 재발의 원인과 바이러스가 바로 무노동, 무직이다. 하다못해 봉사라도 해야만 알코올 중독을 단주로써 치료할 수 있다.

좋은 술, 나쁜 술, 미친 술

이십 대 도박 중독자들

예전에는 군대에 가서 좋은 습성을 길러 인생을 살아가는 데 많은 도움이 되었는데 요즘은 군대에서 나쁜 습성을 배워서 인생의 걸림돌이 된다고 한다. 바로 군대에서 병사들에게 돈을 많이 주고 스마트폰을 자유롭게 사용하다 보니 도박이나 게임에 중독되어, 제대해서 사회에 나와서도 도박을 하다가 이곳 중독 병원에 입원하여 치료를 받는다.

그들은 군대를 제대한 지 얼마 안 되는 대학생도 있고 멀쩡하게 직장을 다니던 사람도 있고 부모가 부유해서 놀고먹는 친구도 있었다. 예쁘장하게 잘생긴 청년은 일억 원 정도 돈을 날리고 부모님에게 걸려 강제 입원했는데, 한 달에 용돈을 이백여 만 원씩 받아쓰고 있단다. 그래서 그런지 토요일만 되면 외부에서 피자와 통닭 등 먹을 것들을 주문해서 먹는다. 이십 대들은 똘똘 뭉쳐서 이곳에 입원해 있는 모든 환우에게 해를 끼치며 살아가고 있었다. 돈 많은 청년은 부모가 준 용돈이 떨어지면 이 사람 저 사람에게 피자를 시켜 달라고 했다.

중독자들은 예의나 염치가 없다. 무조건 원하는 것이 있으면 수단과 방법을 가리지 않고 취하고 마는 집착증이 있다. 그 모습은 모든 중독자의 특징이다. 한 청년은 간호사를 짝사랑하게 되었다. 퇴원 후에도 계속 사랑을 유지하려고 무척 노력하였다. 그런데 어느 날 그 간호사는 퇴사하고 말았다. 혹시 그 부자 청년과 사랑의 열매를 맺었는지도 모르겠다. 부모님이 부유하고 여유가 있는 사람은 중독이 되더라도 새 길을 찾기가 비교적 쉽다.

도박 중독으로 큰 재산을 날린 친구가 있었다. 그 친구는 재산이 어마어마한 부모님 밑에서 장남으로 태어났다. 그 친구는 성관계와 도박 중독자였다. 수시로 워커힐 호텔 외국인 전용 카지노에 빠져 수천만 원씩 날렸고 유명 연예인들과 연애를 하면서 수억 원을 쓰기도 했다. 결국 부모로부터 받은 건물을 세 채나 팔아 날리고, 끝내는 부모로부터 버림받고 외국으로 전전하다 필리핀에서 변사체로 발견되었다. 도박 및 알코올, 성관계 중독자의 최후였다.

이곳에서 만난 부잣집 아들 청년은 머리가 비상했다. 노래도 잘하고 장기와 바둑도 잘 두었다. 도박만 안 하면 매우 좋은 신랑감이다. 그 간호사와 좋은 인연이 되기를 빌어 보았다. 그는 이곳에서 생활하면서 착실했다. 다른 사람에게 해 되는 일은 절대로 안 했다.

성당을 다니는 서울 유명 대학의 학생은 도박 및 알코올 중독으로 입원했는데, 정신 질환도 함께 있어 무척 힘든 환자였다. 주치의나 치료진을 괴롭게 할 뿐만 아니라 주변 사람들에게 많은 불편을 주면서 안하무인으로 살았다. 식사도 불규칙적으로 하고 외출을 해도 동료들과 별일도 아닌 것으로 주먹다짐까지 했다. 그는 부모에게도 쌍욕으로 전화를 하고 아버지를 죽이고 싶다고도 이야기한다.

왜 저렇게 되었을까? 그의 어머니를 만나 잠시 대화를 한 적이 있는데, 그의 어머니도 자식이 속을 썩여 여기저기가 많이 아프다고 한다. 특히 남편의 폭언에 시달리고 결혼 초기에 남편이 도박을 좋아해서 고민을 많이 했다고 한다. 그래도 아들 하나를 낳아 애지중지 키우고 대학까지 가면서 별 탈 없이 잘 성장했는데, 대학 이학년 때 군대를 다녀와서 도박을 하는 바람에 집 전세금까지 빼서 도박 빚을 갚았다고 한다. 그러나 도박 중독은 더 심해지고 정신 질환까지 생겨 지금은 사는 게 사는 것이 아니라 지옥이라고 한다. 자식이니 이해하고 사랑

좋은 술, 나쁜 술, 미친 술

하지만 점점 지쳐 간다고 한다. 남편 눈치 보랴, 자식 눈치 보랴 어떻게 할지를 모르겠다고 한다. 모자를 보니 '이런 것은 신도 해결하지 못하는 일이구나' 생각했다. 하느님을 믿고 사는 사람들에게 왜 이런 심각한 일이 벌어지는지 알 수가 없다.

그뿐이 아니다. 하느님의 자녀가 중독이 되니 더 무서웠다. 한 오십대는 어릴 때는 복사도 하고 믿음이 좋아서 성소자로 살았다고 한다. 그러나 고등학교에 다니며 꼴통 짓을 하며 술을 마셨다고 한다. 그리고 나쁜 친구들과 어울려 조폭에 가담하게 되어서 학교를 중도 포기하고 세상을 자유롭게 살았다고 한다. 그러다 모든 것을 포기하고 알코올 병원을 전전하며 지금까지 살아왔고 어느 목사님의 도움으로 알코올 병원을 오가며 살아간다고 한다. 하느님께서 불쌍한 이곳의 모든 환우들에게 당신의 자애를 베풀어 주시길 빌었다. 특히 두 모자 신자에게 하느님의 특별한 은총이 있기를 빌었다.

성당에서는 술에 관대하면서도 알코올 중독자에게는 손가락질을 하고 단죄한다. 그러나 개신교 목사님은 알코올을 허용하지 않지만 알코올 중독자를 감싸주고 도와준다. 같은 하느님을 섬기는데 천주교는 알코올 중독자들을 아주 안 좋은 눈으로 바라본다. 그들을 따돌리고 몹쓸 사람으로 각인시킨다. 돈 한 푼도 손해를 보지 않으려고 안간힘을 쓴다. 성당 공동의 돈으로 생색을 내지만 개인 돈은 절대로 안 쓴다. 그리고 성당 자산을 자기 것인 양 쓰고 다닌다. 물론 잘하는 성당들이 대부분이지만 그렇지 못한 곳도 있다는 것이다. 하느님의 자비와 사랑이 없는 교회는 의미가 없는 교회이고 공동체이다.

이곳에 여러 명의 신자들이 있고 그들은 하느님을 섬기는 사람으로서 바르게 살아가려고 노력한다. 아무리 알코올 중독자라고 해도 신앙인으로서 살아 보려고 한다. 봉사도 제대로 하고 정의롭게 살아 보려고 노력한다. 그런 작은 변화들이 알코올을 치료하는 기본이라고 생각한다.

본인은 처음 입원이라고 하는데, 여러 병원을 전전하다가 이곳 병원으로 입원한 환우가 있다. 뭔가에 쫓기는 듯 불안해하면서 안절부절 못한다. 금단 현상이 심하게 나타나는 듯하다. 그런데 입원하면서 토마토 수십 개와 바나나 수십 개, 수박 한 통을 환우들에게 나눠 주라고 사 가지고 왔다. 철재 상가에서 일하면서 동료들과 매일 저녁 퇴근 시간에 술을 한 잔씩 마신 것이 한 병이 되고 두 병이 되고 세 병이 되면서 지금은 알코올 중독자가 되어 누이동생과 제부에게 억지로 끌려와서 입원하게 되었다고 한다. 금단현상으로 말을 더듬고 어눌했다. 오십이 세 지천명의 나이에 아직도 세상의 이치와 도리도 모르는 어린 아이 같은 이야기를 한다.

이곳에 입원하여 금단현상이 일어날 때 공통된 습성은 옛날에 화려했던 시절을 이야기하며 자신을 미화하는 것이다. 이분도 나이 서른에 철재 상가에 들어가서 점원으로 시작하여 관리자가 되었는데, 점원으로 들어온 젊은 애들이 예의가 없고 출근 시간도 자주 어겨 퇴근 후에 술을 마시며 일을 잘해 보자고 이야기하다가 화가 나서 한번 때렸다고 한다. 결국 경찰에 신고돼 합의금을 주고받았는데 형사입건이 돼서 어떻게 될지 모르겠다며 불안해했다.

큰일이라는 생각을 했다. 이분도 이제 알코올 중증 환자로 살아가겠구나 하는 생각이 들었다. 지금 전세를 사는데 하도 외로워서 여자를 하나 사귀었단다. 그런데 결혼하여 살림할 생각은 안 하고 그냥 가끔 만나서 즐기자는 이야기를 하며 월급날만 되면 돈을 챙기고 며칠 함께 머물다 가버리곤 했다고 한다. 그러니 또 열 받아 술을 마셨다고 했다.

중독자들은 기분이 나빠도 한 잔으로 시작하여 장취를 하고 기분이 좋아도 한 잔으로 시작하여 장취로 이어진다. 언제나 술로 문제를 해결하고 결국 장취로 이어져 모든 일상이 엉망이 되고 만다. 도대체 잘 되는 인간관계가 이루어지는 경우가 거의 없다. 모두 잘 안 되는 인간관계가 술을 매개로 이루어져 항상 원망과 불평의 안 좋은 결과를 가져온다. 서로 싸움을 자주 하고 안 좋은 사람들은 칼을 휘두르고 교도소도 간다.

이분도 그동안 주취 폭력으로 돈도 많이 날리고 몇 번이나 형사 입건을 당하여 벌금을 냈는데 이번에는 크게 걸릴 것 같다고 걱정했다. 그러나 더 심각한 것은 자기가 한 행동이 하나도 기억이 안 난다는 것이다. 요즘 주취 폭력에 대한 벌금이 크게 올랐다고 한다. 벌어놓은 돈도 없고 커다란 금전적 피해를 술로 인하여 보았다고 했다. 가족사 이야기까지 꺼내기 시작하였다. 여동생 둘은 각자 살길을 찾아 잘 살아가고 있다고 한다. 그 사람은 여동생들을 잘 두어 그래도 잘 살 것 같다.

여동생이 있는 사람들은 그래도 이곳에서 생활하는 사람 중에서는 비교적 행복한 편이다. 여동생들은 술주정뱅이 오빠를 이해하는 편이고 끝까지 치료가 되기를 바라고 있다. 그리고 누나가 있는 경우도 괜찮다. 그러나 간혹 남자 형제들은 오히려 알코올 중독자의 형이든 남동생이든 남보다 더 중독자를 미워하고 구박한다. 물론 그들 모두도 중독자의 피해자가 맞는다. 그러나 일상적으로 이곳에서 일어나는 모습을 보면 누나나 여동생이 있는 환우들이 행복하다는 것을 알 수 있다.

육십 대의 알코올 중독자 두 사람이 있다. 한 사람은 프란치스코인데 그 누나가 성당을 다니며 착실하게 혼자 살아간다. 누나 덕분에 병원 생활을 하면서 호강한다. 원하는 것은 거의 안 되는 것이 없다. 누나에게 전화하면 모든 것이 이루어진다. 그러나 당하는 누나의 입장은 엄청난 고난이다. 항상 동생이 죽을까 봐 걱정돼서 잠을 이룰 수 없다고 한다. 그분은 모든 장기가 고장이 나 있었다. 지금 췌장염을 앓고 있고 간도 망가져 가끔 복수도 찬다고 한다. 병원에 있으면 나아지지만 퇴원하면 각종 질병에 신음하면서도 술을 마신다.

종로에서 골동품과 문화재급 옛 고서화를 감정하고 매매를 하는 부친을 만나 부잣집 아들로 잘살아 왔는데 육십 대 알코올 중독자는 중학교 때부터 술을 마시고 조직 폭력배가 되어서 감방도 가고 가산을 탕진했다고 한다. 그래도 누나가 재산을 잘 관리하여 큰 하자 없이 살았다고 한다. 그러나 본인은 어두운 세계를 살다 보니 결혼에도 실패하여 아들도 따로 살고 있고 늘 술을 마시니 가정도 꾸릴 수 없었다고 한다. 그런데 몸이 망가지는 것을 뻔히 알면서도 술은 끊을 수가 없다고 했다.

뻔히 죽을 줄 알면서도 단주를 할 수 없으니 그 또한 숙명적인 것이 아닌가? 옳은 길을 간다는 것은 그만큼 힘겨운 길을 가는 것이다. 알코올 중독자가 선택할 수 있는 길은 죽음의 길 아니면 단주로써 살길을 가서 결국 새 삶을 사는 것인가이다. 그 선택은 알코올 중독자 본인이 할 일이다. 물론 치료진의 도움이 절실히 필요하고 가족의 응원도 필요하다.

어머니, 누나, 여동생이 있는 알코올 중독자는 그래도 알코올 중독 생활을 하더라도 많은 도움을 받는다. 사람은 어떠한 처지에 있더라도 사랑만 있다면 큰 위로를 받는다. 특히 신앙을 가지고 있으며 하느님 사랑 안에 머무는 사람들은 알코올 중독자를 끝까지 사랑할 책임

좋은 술, 나쁜 술, 미친 술

이 있다. 그러나 너무 힘들면 그를 떠나서 거리를 두며 기도하며 보살 필 필요가 있다.

한 냉담자인 지독한 주정뱅이가 있었다. 그 사람은 매일 주야장천 술을 마시면서 성당을 다닌다고 떠들어 댄다. 그러나 미사에 참례하는 것을 한 번도 못 보았다. 화가 나는 일이다. 그러나 그를 끝까지 이 해하며 여러 번 성당을 나오기로 약속했는데 술에 취해서 몸을 가누지 못하고 횡설수설하며 성당 미사 시간에 나타났다. 간신히 달래서 데리고 나왔는데 진땀을 뺐다. 그런데 성당에 괴소문이 퍼졌다. 그 형제님이 돈을 받으러 왔다는 것이다. 남의 말을 많이 하고 괴롭게 하는 사람들이 많다. 그들은 신자이지만 가짜 신자인 것 같다. 설령 그랬다고 해도 감싸주는 것이 성당이어야 하는데 그렇지 못하다. 그 이후 그분과는 상종을 안 했다.

그렇게 술에 취하면 모든 일이 잘 안 된다. 되는 일도 거꾸로 되고 만다. 그리고 큰 슬픔을 당한다. 술에 취해서 좋은 것은 현실의 고통과 괴로움을 모두 잊고 잠시 자는 데 있다. 그러나 그 고통과 괴로움은 술에서 깨어나는 순간에 배가 된다. 그러니 또 술을 마시게 되는 것이다.

그 술 마시는 횟수가 늘어갈수록 우리 몸의 일부가 망가지기 시작한다. 제일 먼저 망가지는 곳이 우리 뇌이다. 뇌에서 과다한 도파민이 발생되어 조울증과 우울증이 동반되고 끝없는 갈망에 시달리며 결국 파킨슨병 등에 걸릴 확률이 높아진다. 사회생활이 불가능해지며 가족이 있는 사람들은 가족들에게 큰 피해를 주게 된다. 모든 것이 큰 걱정거리이다. 사회와 국가에도 큰 해를 끼친다. 그래서 알코올 중독은 적당한 시기에 합리적인 진료를 받아야 한다.

어느 사십 대의 음주 생활

어느 날 온몸에 문신을 한 사십 대 환자가 입원했다. 친어머니인지 애인인지는 모르지만 어머니라고 불리는 인상도 좋고 귀티가 나는 분이 오셔서 입원을 시키고 갔다. 들어오자마자 고래고래 소리 지르며 입원한 첫날부터 퇴원시키라고 난리를 친다. 병동이 시끄러워도 모든 사람들이 얻어맞을까 겁을 내고 스테이션에서도 꼼짝을 못 하는 형국이다.

"큰일이다."라는 생각을 하면서 하루하루를 최선을 다하고 살아가다가 하루는 조용히 면담을 했다. 다른 건 다 좋은데 전화할 때 목소리 톤을 반으로 줄이면 좋겠다고 하니 그렇게 한다고 동의해 주었다. 그 후에 많이 조용해지고 행동을 조심성 있게 하였다. 그러나 어머니라는 분께 전화해 돈을 보내 달라고 한다. 그 돈으로 문신을 한다. 어느 날 여러 사람들에게 돈을 빌리더니 외출을 하여 들어오지 않았다.

몇 달이 지나자 재입원했고 돈을 일부 갚았다. 이번에는 비교적 조용히 한 달을 보내고 외박을 갔다. 당시 병동에 술을 너무 많이 마셔서 사고를 당하고 뇌 손상을 입은 친구가 있었는데 마침 보상금을 받아 돈 일백만 원 정도를 가지고 있었다. 문신남은 그 어리숙하고 몸도 불편한 친구를 데리고 나가서 여자 있는 술집으로 가서 함께 술을 마시다가 그 친구에게 차비까지 빼앗아 달아나 버렸다. 이 친구가 가지고 있던 현금은 간데없고 술값과 여자 팁까지 뒤집어쓰고 휴대폰까지 빼앗겼다. 결국 그 어리숙한 뇌 질환 환자 혼자만 들어왔다.

그 사십 대는 아직도 행방이 묘연한데 소문으로는 폭행 혐의로 기소되어 구치소에 있다고 한다. 가끔 어머니와 전화하여 대화를 하는

좋은 술, 나쁜 술, 미친 술

것을 보면 친어머니 같지가 않았다. 함께 술을 마신 뇌 질환 환우에 따르면, 그가 어머니라고 부르는 사람은 의붓어머니로, 아버지가 재산을 꽤 많이 남기고 죽었는데 그 어머니가 이 사십 대의 애인이 되었다고 한다. 그 어머니는 이 의붓자식이 속은 썩이지만 그 자식을 하늘처럼 여기며 잘해 준다고 한다. 세상은 참으로 요지경이라는 생각이 들었다. 그 불쌍한 정신 질환 환우도 퇴원했는데 어떻게 지내는지 모르겠다. 잘 살기만을 빌 뿐이다.

사십 대 초반의 한 가장은 회사에서 강제 퇴직을 당하고 직장 다니는 아내를 도와 가사 일을 하는데, 되는 일도 없고 매일 집에서 아이들을 유치원에 보내면 혼자서 할 일이 없다 보니 술을 마시기 시작했다고 한다. 처음에는 조금씩 마시다가 점점 양이 늘어나고 몇 번 아내에게 걸려 싹싹 빌어 용서를 받았다고 한다. 그러나 나중에는 과음하여 기절을 해서 눈을 떠보니 병원이라고 했다. 아내가 잔소리를 해대서 처음에는 조절이 되었는데 나중에는 아무것도 생각도 안 나고 일단은 술을 마셔야 된다는 생각만 했다고 한다.

자신이 왜 그런지 알 수가 없었다고 한다. 술을 마시다 보니 아내에게 거짓말을 하게 되었단다. 그러니 아내와 불신이 생기고 평화롭고 아름다운 가정은 지옥이 되더란다. 이곳에서 삼 개월 동안 잘 생활하고 퇴원할 때 무조건 아내에게 "감사한다. 사랑한다. 존경한다."라고 하라고 했다. 그리고 술은 완전히 끊으라고 당부했다. 그렇지 않으면 또다시 이곳에 입원하게 될지 모른다고 했다.

다시는 술을 입에 대지 않겠다고 결심하고 아내와 잘 지내기로 하고 갔는데 그 이후에는 잘 모르겠다. 가끔 톡은 오는데 무슨 일을 하는지는 서로 자세히 알려고 하지 않는다. 아내가 현명하고 멋진 분이었다. 그러니 두 사람이 잘 지내리라 믿는다. 사람이 서로 미워하면 그것처럼 힘들어 보이는 것이 없다. 그럴 때는 서로 얼굴을 마주치지 않으면 된다. 서로 마주치면 무슨 일이 터질 것 같다.

오늘도 예기치 않은 일이 있었다. 오십 대 두 사람의 다툼이 벌어졌다. 두 사람은 앙숙이었다. 오래전부터 이곳 병원에서 알았던 사이였다. 오늘 한 친구가 텔레비전을 시청하는데 또 다른 오십 대가 텔레비전을 보러 가니 먼저 텔레비전을 시청하던 사람이 나중에 온 사람을 기분 나쁜 얼굴로 빤히 쳐다본 것 같다. 이분은 간질환자로 뇌 수술을 받아서 다른 사람을 볼 때 찡그린 얼굴로 쳐다본다. 그를 잘 알지 못하는 사람들은 그의 그런 모습으로 인하여 화가 난다. 그런데 서로 미워하는 사람을 그렇게 보았으니 오죽했을까? 또 다른 오십 대는 육두문자를 써 가면서 왜 쳐다보느냐고 서로 다투었다. 그래서 중재를 해서 서로 분노를 삭였는데 앙금이 또 언제 터질지 모른다.

한 오십 대는 대형병원에서 수술을 받고 비교적 병원비가 적은 이곳에 입원하여 생활하는데 분노 조절이 불가능한 사람이다. 또 다른 사람은 장취로 인하여 가정이 파탄 난 지 얼마 안 되어 이곳에 강제로 입원되어 살고 있으니 모두 감정이 들끓고 있어 서로 말만 나와도, 눈길만 마주쳐도 육두문자가 나오고 치고받고 하는 상태가 된다. 그래서 대부분 말을 하지 않고 조용히 살아간다. 그러나 뇌 수술한 그 환우는 잠시도 조용히 있지를 못하고 병동을 돌아다니며 말썽을 부린다. 하루 일과 중 그 환우를 다독이는 시간이 많이 필요하다. 좌로나 우로나 치우치지 않는 것이 옳다. 그러나 어쩐지 뇌 수술을 받은 친구에게 더 신경을 쓰는 것은 그의 처지가 딱하고 측은하기 때문이다.

또 다른 오십 대는 집안도 넉넉하고 온 집안 식구들이 그가 병원에

좋은 술, 나쁜 술, 미친 술

있기를 바란다. 퇴원을 하면 더 힘들고 괴롭게 하기 때문이다. 그런 면에서는 그도 불쌍하다. 서로 딱하게 생각하고 잘 지내면 좋으련만 그것이 잘 안 되는 것이 이곳의 현실이다. 아프고 슬픈 현실이다. 서로 정을 나누고 사랑을 하며 살기에는 극히 제한이 되어 있다. 그리고 그렇게 하더라도 공평하게 하여야 한다.

모든 사람을 사랑의 날개 아래 품어 준다는 것이 쉬운 일이 아니다. 많이 인내하고 내색하지 말아야 한다. 조용하고 표시 나지 않게 해야 한다. 절대로 어느 경우에도 화를 내서는 안 된다. 이곳에서 화를 내면 몇 배의 보복이 돌아온다. 그래서 이곳에서 화를 내지 않는 법을 배웠다. 서로 다툴 소지가 있다고 생각하는 사람들과 눈이라도 마주치지 않도록 노력한다. 서로 마주치면 괜히 불편하다. 그냥 모르는 척하는 것조차 싫다. 공동체 생활의 애환이다.

오늘은 코로나19 때문에 바깥출입이 전혀 안 되다 처음으로 산책이 실시되었지만 참여 인원이 극히 소수였다. 차라리 옥상 산책이 유익하다. 운동기구가 있어 운동이라도 할 수 있으니 말이다. 우리의 삶의 질이 엉망이다. 코로나19 대재앙은 쉽게 우리나라에서 소멸되기 어려울 것 같다. 이제 장기전에 대비하여야 될 것 같다. 세월이 흐른다 해도 결국 인류가 이 재앙을 극복하면 다행이지만, 그렇지 않을 경우 인류의 모든 것은 끝장이다.

지금도 실업자와 도산 업체들이 무더기로 생기고 있다. 거리 두기 등 여러 활동과 방법으로 이 문제를 해결하려고 하면 대형사고가 터져 환자 수가 늘어난다. 요즘 날씨까지 받쳐 주지 않아 일교차가 커서 코로나바이러스가 활동하기 적합한 날씨다. 이곳 공동체에서도 서로 알력이 있다. 워낙 강력하게 통제하면서도 부드럽게 하고 있으니 망정이지, 그렇지 않으면 모두 폭발할 것 같다.

　갈 곳이 있는 사람은 퇴원해서 잠시 머물다 올 수도 있지만, 이곳에 있는 대부분 환우들은 홈리스들이다. 밖으로 나가면 여관을 전전하고 고시텔 등에서 생활하다 주취 난동으로 쫓겨나 큰 대가를 치르고 재입원한다. 그래도 가끔 외출을 해야 하는데 외출, 외박이 되지 않으니 극도로 신경이 예민해 있다. 알코올 중독의 분노가 상시 폭발 직전에 놓여 있는 것이다.

팔십 대 할아버지의 한

공부도 많이 하시고 청와대에 근무한 경력이 있는 분이다. 그분은 박 대통령과 함께 5·16혁명을 일으킨 분이라고 한다. 당시 혁명에 가담한 혁명군은 목숨을 내놓고 싸운 사람들이라고 한다. 고 박정희 대통령이 혁명하기로 결심한 것은 당시 자유당의 3·15 부정 선거로 인하여 엄청난 사회 혼란으로 국가가 풍전등화의 위기에 놓여 있었기 때문이다. 또 다른 한국전쟁이 날 수도 있었고 국민은 비참한 생활을 하고 있었다. 무엇인가 하지 않으면 안 되는 상황이 되었다. 그래서 구국의 일념으로 뜻있는 군인들이 봉기하여 나라를 구한 것이 바로 5·16혁명이라고 한다.

할아버지는 당시의 우리나라 현실을 상세하게 기억하고 있었다. 우리나라는 전쟁의 상흔이 가시지 않아 아시아에서 제일 못사는 가난한 빈국이었다고 한다. 초근목피로 연명하는 사람도 있었고 굶어죽는 사람들도 있었고 북한보다도 우리 남한이 더 못살았다고 한다. 그래서 각종 사이비 종교가 준동하고 공산주의 사상에 물든 사람들이 북한 간첩들과 접선하여 남한 사회를 어렵게 하고 있었다고 한다. 공무원들은 그런 국민 위에 군림하면서 제 배 채우기 바빴다고 한다.

그래서 군인들이 혁명을 일으키게 되었고 국민의 지지를 받고 이 나라를 기사회생시켜 당시에 삼성, 현대, 국제, 한화, 대우, 포철 등 수많은 기업을 정부와 손을 잡고 탄생케 하거나 발전시켰다고 한다. 그래서 나라의 경제를 무에서 유를 만드는 심정으로 피나는 고난의 행군을 하면서 일으켜 세웠다고 한다. 국민의 주거 환경과 금수강산의 회복을 위하여 새마을운동을 확산했다. 그리고 사방공사를 통하여 식목하여 벌거숭이 국토를 아름다운 금수강산으로 변모시켰다. 초가집도 모두 슬레이트나 기와집으로 바꾸었다고 한다.

팔십 대 할아버지가 청와대에서 근무하며 고 박정희 대통령의 일가를 지켜보게 되었다고 한다. 고 박정희 대통령은 검소하고 겸손하고 늘 공부했다고 한다. 인재 하나를 영입하기 위해서 삼고초려(三顧草廬)를 수십 번씩 하고 그래도 협조를 안 하면 그분과 가까운 사람을 비서관으로 써서 그분에게 자문을 받아 오도록 했다고 한다. 그처럼 대통령은 사심이라고는 조금도 없었고 오직 국가 안위와 국민이 잘살 수 있는 길을 찾았다고 한다.

그분의 인재 영입에서 가장 큰 공을 세운 사람 중 한 사람이 경제 전문가 신현확 씨라고 한다. 그분은 경제 전문가이면서 우리나라 의료 보험을 최초로 만든 사람이라고 한다. 오늘날에도 전 세계가 부러워하는 한국의 의료 보험 체계를 구축한 사람이다. 할아버지 왈, 박대통령이 지금 정권 같으면 만들 수 없는 체계를 만들어 정착시켜서 지금 의료 수혜는 국민 누구에게나 공평하고 공명정대하다고 한다.

현재 우리나라는 어느 부서나 좌파 성향의 사람들이 많다고 한다. 앞으로 그런 현상은 더해 갈 거라고 한다. 야권은 정체성도 없고 사리 사욕에만 눈먼 사람들처럼 보인다고 한다. 사람 배반하기를 밥 먹듯이 하고 서로 헐뜯는다. 참으로 한심하다. 이번 4·15 총선거에서도 겉만 통합했지 사실은 통합을 하지 못했다고 한다. 그래서 국민으로부터 외면을 받았다고 할아버지는 말한다.

할아버지는 충청도가 고향인데, 충청도 사람들이 무서운 사람들이라고 했다. 그들은 겉으로는 감정을 안 나타내지만 한번 속으로 아니

좋은 술, 나쁜 술, 미친 술

라고 생각하면 끝까지 간다고 한다. 혁명군 주도 세력 중에서 실세들은 충청도 사람들이 많았다고 한다. 특히 조종술이 뛰어나다고 한다. 그래서 충청도 사람들이 언제나 캐스팅보트를 행사한다고 한다.

우리들이 일생을 살아가면서 서너 번의 좋은 기회가 찾아온다고 한다. 할아버지도 김종필 전 총리를 지근거리에서 모신 적이 있는데 그릇이 크고 인격이 완성된 분이라고 한다. 김종필 전 국무총리는 어찌 보면 사상에서도 중간자적인 입장이었다고 한다. 하도 공부를 많이 해서 박 대통령이 철저한 반공주의로 흐를 때 제동을 자주 걸었다고 한다. 김대중 대통령을 만들고 그 밑에서 국무총리까지 무리 없이 해낸 것은 그만큼 실용적인 노선을 걸었기 때문이라고 한다. 박 대통령 시절에도 대통령에게 직언을 서슴없이 했다고 한다. 그래서 한직으로 가거나 외유까지 했다고 한다. 박 대통령과 사돈지간이지만 한 번도 사적인 감정으로 일한 적이 없다고 한다. 정치인으로서 평생 부끄럽지 않게 산 진정한 군자였다고 혁명 동지는 증언하였다.

할아버지는 지독한 구두쇠이다. 당신께서는 당신 연금으로 살아가는데 공동체에서 환우 중에서는 제일 부자이면서 먹을 것은 꼭꼭 감추고 당신 혼자만 드신다. 그 외의 모든 행동은 품위가 있고 빨리 죽는 것이 소원이라고 한다. 자녀들이 잘사는데 왜 여기에서 사느냐고 하니까 늙으면 이렇게 혼자 아무것도 모르는 사람들과 지내는 것이 제일 편하다고 한다.

"아내와 함께 사는 것이 최고 행복인데 아내와 사별하면 이렇게 혼자 사는 것이 도리지. 아무리 자식이 효자라고 해도 그들도 행복하게 살 권리가 있는데 할아버지가 그들 곁에 있으면 그들의 권리가 무너져 내린다."라고 한다. 그것이 인생 미학이라고 한다. 한생을 살면서 온갖 부귀와 영화를 누렸으니 이제 만족하고 이렇게 살다가 죽으면 된다고 한다. 공무원 생활을 하며 비교적 잘살아 온 것 같다. 그러나 자기 자신의 관리에만 신경을 쓰지 누구에게든 아무것도 안 준다. 늙은이로서 사랑과 배려가 부족하다. 그러나 그 인생의 황혼기에 안녕이 있기를 빌 뿐이다.

좋은 술, 나쁜 술, 미친 술

일희일비하는 어느 오십 대

이곳에서는 가끔 환우끼리 서로 다투며 싸움질을 한다. 이곳에서도 험상궂고 덩치가 크면 왕초 노릇을 하려고 한다. 그 사람의 천국이다. 천국에 가면 자유롭고 행복하다고 한다. 그래서 이곳에서도 그들은 다른 사람에게 배려하는 일은 안 한다. 무조건 제멋대로 살아간다. 거의 동물적인 삶을 살아갈 뿐이다. 그리고 그들은 작은 일에도 감정의 기복이 심하여 큰소리로 소음을 일으키고 네 것 내 것도 구분하지 않고 살아간다. 교도소에서 생활하던 습성을 이곳에서 그대로 답습하면서 좀 심하게 말하면 저 꼴리는 대로 살아가는 것이다. 그러니 많은 사람들이 그 사람을 불편해한다. 그것이 이곳의 현실이다.

바로 알코올 중독으로 얻은 이기적 옹고집이 그들을 그렇게 만든 것이다. 그럼에도 불구하고 서로 인내하며 사는 모습이 딱하다. 이곳 치료진은 그래도 환자들의 거짓말, 사기, 위선까지 모두 받아 주며 그들을 무조건 감싸 안아 준다. 그리고 서로에게 공평하게 대해 주려고 하고 환자에게 편의를 제공하려고 애쓴다.

그러나 치료진과 갈등을 겪으면서 서로 감정을 가지고 퇴원하는 경우도 있는데, 퇴원하는 순간 그 사람만 손해를 본다. 재입원하기도 어렵다. 그래서 입·퇴원도 신중하게 해야 하고 이곳 규칙을 잘 지켜야 한다. 잘못하면 본인만 계속 손해를 보고 장취로 몸과 맘은 물론 물질적으로도 큰 피해를 입고 결국 불편한 재입원을 하게 된다.

이곳에는 알코올 금단 현상으로 오는 도둑질이나 거짓말이 난무하고 허풍으로 다른 환우에게 손해를 끼치는 경우가 있다. 특히 처음 이곳에 입원하는 사람들이 피해를 본다. 어떤 환우에게 당해서 금전적인 피해를 보았는데 수시로 거짓말을 하고 다른 사람을 음해하고 괴롭히는 데 이골이 나 있는 사람이다. 교도소를 제집처럼 드나들고 술에 취하면 미친개가 되어 날뛰어서 주변 사람들이 골머리를 앓는다고 한다. 그래도 사랑으로 그를 감싸 보려고 했지만 말짱 헛일이 되었다. 결국 강제 퇴원을 당하여 소식이 없다. 어디서 살든지 잘 살았으면 좋겠다.

누가 누구를 원망할 것인가? 모두가 알코올로 망가진 삶을 수습하기 위하여 이곳에 입원했으니 참아 가며 각자의 길을 가는 것이 옳은 정답이다. 가능하면 서로 응원하고 보듬어 주고 서로를 위로하며 살아가야 한다.

오늘은 황당한 일을 당했다. 평소 바둑을 잘 두는 환우에게 상당히 호의를 베풀고 살아왔는데 갑자기 공격을 해 와서 순간적으로 화를 내게 되었다. 이곳에서 화를 내는 것은 금물인데 억울한 일을 당하니 슬프기만 하다. 모두 코로나19로 인하여 감정이 말이 아닌데 사소한 일로 화가 나니 몹시 부끄럽다. 세상을 살면서 자신을 이기는 것이 제일 힘들다고 하는데 정말 그런 것 같다. 억울해도, 손해를 보더라도 인내하고 견뎌야 하는데 그 선을 참기가 너무 힘들고 아프다.

이렇듯 이곳은 늘 싸움이 날 요소가 많다. 가능하면 기쁘고 행복해야 하는데 자책감으로 마음이 매우 불편하다. 작은 일에도 서로가 양보하고 이해해야 한다. 그것이 안 되니 아직도 도에 이르기에는 먼 것 같다. 참으로 슬픈 일이 이곳에는 많다. 그래도 이곳에서 살아야 하는 구슬픈 마음이 아려온다. 무슨 일이 있어도 인내하며 내 할 일을 열심히 할 뿐이다.

좋은 술, 나쁜 술, 미친 술

서로서로 돕는 환우들

어느 공동체에서나 사람들은 대부분 방관하고 자신의 이해타산에 따라 움직인다. 그러나 이곳 공동체를 움직이는 사람 중에는 스스로 청소하고 식사 당번도 하며 서로 공동체에 기여하는 사람들이 많다.

사십 대 청년은 충청도 사람인데 퇴원만 하면 음주를 하고 사고 치니 집에서 아예 퇴원하고 귀가하는 것을 원하지 않아 계속 입원하고 있다. 한동안 잠만 자더니 지금은 여러 가지 봉사를 하면서 이곳의 삶을 주도한다. 그 청년은 강화유리 공장을 다니며 돈을 잘 벌고 회사 사장의 신임을 받았다고 한다. 그러나 음주를 하게 되고 음주 운전을 하면서 근태가 안 좋아지고 회사에서도 강제 퇴사 처리가 되었다고 한다. 결국 가족들에 의하여 병원에 입원하게 되어서 지금까지 거의 일 년을 살고 있다고 한다. 잠을 많이 자도 할 일은 잘한다.

모든 삶에서 그 삶에 적응하며 살아가는 것은 중요하다. 그래야만 건강에도 서로가 좋다. 우리는 우리들 삶에서 늘 행복하고 즐겁게 살아야 한다. 그러기 위해서는 자기 자신을 비우는 습관을 가져야 한다. 자신의 욕심을 채우기 위하여 늘 다툼이 일어난다. 공동체에서는 그것은 독이다.

그 청년도 처음에는 비관하고 슬퍼하고 아파했지만, 곧 자신의 입장을 전환하여 이곳에서 살기로 했다고 했다. 노인들의 목욕도 시켜드리고 그분들 식사도 정성껏 챙겨 드린다. 늘 말없이 봉사하는 오륙 명이 이곳 삶을 견인한다. 즐겁고 행복한 일이다. 나머지는 거의 자신들만 건사한다. 건사만 잘해도 되는데 봉사하는 사람들에게 피해까지 주는 사람도 있다. 그러나 모든 조직이 마찬가지다. 어느 공동체나 상위 오 퍼센트가 전체를 움직인다. 그런 법칙은 이곳에서도 예외가 아니다.

그 사십 대는 음주 운전으로 죽을 고비를 여러 번 넘겼다고 한다. 심지어 고속도로에서 역주행을 한 적도 있다고 한다. 그래서 집에서 이곳에서 생활하도록 조치를 했다고 한다. 그리고 가끔 집에서 물품을 보내오는데 남에게 피해를 안 주려고 하고 간식도 거의 안 먹고 오직 밥만 먹는다. 그리고 누구에게도 신세를 안 진다. 그런 그가 좋아서 여러 가지로 배려하면서 즐겁게 살아간다. 그가 좋아하는 동료가 갈망으로 퇴원해서 노숙을 하면서 온갖 고생을 다 하다가 며칠 전에 병원으로 돌아왔다. 둘이 서로 대화하는 모습이 정겹게 보였다. 그렇게 이곳에 모이는 사람들은 서로 잘 만나면 서로에게 기대기도 하고 위로와 배려를 주고받는다.

오늘은 팔십칠 세 전직 약사 출신 장 할아버지에게 면도와 물수건으로 세수를 해드리고 머리와 목을 닦아드렸다. 감사하다는 말은 자주 했지만 오늘은 "이 순간 행복하다. 얼굴이 달처럼 밝다."라고 하면서 시조를 읊으라고 하신다. 길재의 시조 '오백 년 도읍지를 필마로 돌아서니, 산천은 의구하되 인걸은 간데없네, 어즈버 태평연월이 꿈이런가 하노라.'를 들려드렸다. "또, 또"라며 옆 노인이 하라고 해서 존경하는 이순신 장군의 '한산섬 달 밝은 밤에 수루에 혼자 앉아, 큰 칼 옆에 차고 깊은 시름하는 차에, 어디서 일성호가는 나의 애를 긁나니.'를 읊었다.

이번에는 멋진 노래를 한 곡 불러 달라고 해서 〈봉선화〉를 구슬프게 불렀다.

'울 밑에 선 봉선화야 네 모양이 처량하다. 길고 긴 날 여름철에 아

좋은 술, 나쁜 술, 미친 술

름답게 꽃 필 적에 어여쁘신 아가씨들 너를 반겨 놀았도다. 어연간에 여름 가고 가을바람 솔솔 불어 아름다운 꽃송이를 모질게도 침노하니 낙화로다 늙어졌다. 네 모양이 처량하다. 북풍한설 찬바람에 네 형태가 없어져도 평화로운 꿈을 꾸던 네 영혼이 예 있으니 화창스런 봄바람에 환생키를 바라노라.'

노래가 끝나니 두 분 고령의 노인이 한참 동안 손뼉을 쳐 주었다. 오늘은 좋은 일이 많이 있을 것 같아 기대가 된다.

이십 대들의 반란

이십 대들은 아무리 도박이나 알코올에 중독되어 병원에서 생활하더라도 그들의 문화를 지키려고 노력한다. 팝송도 듣고 따라 부른다. 환자복 대신에 그들의 패션을 고집한다. 그런 모습이 나빠 보이지 않는다. 잔소리하는 연장자에게 '꼰대'라고 부르며 대들기도 하고 주말이면 어김없이 피자나 중국 요리를 시켜 그들끼리 모여서 먹는다.

그들의 성화로 없는 돈에 통닭 몇 마리를 시켜 준 적이 있는데, 이십 대들이 모두 먹어 치우기에 "돈을 낸 사람도 끼워 주어야지 너희끼리만 먹으면 어떻게 하느냐?"라고 나무라니까 즉시 미안하다고 했다. 그렇게 배려는 없지만 그들이 미워지지가 않고 그들의 당당하고 젊음을 만끽하는 모습이 부럽기도 했다.

다소 이기적이고 외통수적인 면도 있다. 그들의 젊음의 객기와 자유분방한 모습이 그렇게 특이하게 보이지 않았다. 다만 저런 열정을 도박이나 알코올에 쏟는다면 그들 자신에게 혹은 주변 사람들에게 얼마나 큰 실망과 아쉬움을 줄까 하는 걱정이 될 뿐이다.

일상을 즐겁고 행복한 시선으로 누군가를 바라본다면 현실의 고달픔이 많이 해소될 것이다. 그것이 어떤 경우가 되든지 우리는 그 환경에 적응해야 한다. 그 이십 대들도 거의 자기들보다 연장자들 사이에서 살기가 녹록하지 않지만, 나름대로 그들도 이 환경에 적응하며 살아간다. 그 모습이 좋아 보인다.

그중 한 녀석은 머리 회전이 빠르고 아이큐도 꽤 높아 보인다. 바둑, 장기, 오목으로 병동 모든 고수를 제압하였다. 그리고 스포츠에서도

좋은 술, 나쁜 술, 미친 술

만능이었다. 어떤 주제에 대하여 토론을 하면 매우 논리적이었다. 아들로 삼고 싶어서 퇴원할 때까지 서로 부자지간의 연으로 살았다. 잠시지만 행복한 시간이었고 외래를 올 때마다 만나는 즐거움도 쏠쏠했다. 세상에는 다양한 인연이 만나는 그 순간이 행복한 경우가 많다. 그러나 코로나19 창궐로 그러한 소소한 행복도 빼앗기고 말았다.

예쁘장하게 생긴 부잣집 도련님은 옷도 명품만 입고 먹는 것도 이름난 체인점 것만 먹는다. 항상 청년의 멋을 가지고 있다. 누구에게나 아저씨, 형이라고 하면서 붙임성이 좋았다. 그래서 그 녀석은 병동에서 귀염둥이로 통했는데 어떤 때는 이틀 연속하여 잠만 잔다. 식음을 전폐하고 그렇게 한다. 그리고 잠에서 깨면 먹을 것 타령을 하고 돌아다닌다.

이 병실 저 병실을 찾아 돌아다니면서 과자도 얻어먹고 음료수도 얻어먹는다. 그리고 친하다 싶은 사람에게는 피자나 통닭을 사달라고 졸라댄다. 마치 친아버지나 형에게 하는 것처럼 하니 그 부탁을 안 들어줄 수가 없다. 중독자들의 특징이다. 한 가지에 필이 꽂히면 끝까지 가는 것이 그 청년의 모습이다. 그의 아버지를 잠시 만났는데 늘 그 청년의 애교가 그리운데 자기 옆에 두기에는 겁이 난다고 한다. 시한폭탄이라는 느낌을 받는다고 한다.

다른 한 친구는 바오로라는 친구인데 죄책감에 시달리고 있다. 도박 중독으로 빚을 왕창 져서 부모님의 생계 기반까지 망가트린 친구이다. 부모 사이에서 외동아들이어서 그런지 모든 일에 질투심이 대단히 컸다. 세 이십 대가 잘 지내고 있는데, 한 간호사를 두 친구가 짝사랑하면서 지내는 것 같았다. 이곳에서는 대부분 환우들이 간호사 선생님들을 놓고 서로 짝사랑을 한다.

알코올과 도박 중독자는 부모나 친구, 아내나 자식도 싫어하고 지겨워하는데 이곳 치료진은 그들을 보듬고 이야기를 들어 주고 사랑으로 대해 준다. 그러다 보니 연심을 가질 수 있다. 이십 대 청춘들은 그들의 상상이 동원되어 한 예쁜 간호사를 짝사랑하다가 결국 두 사람이 외출을 하여 결투를 벌이기도 했다. 먼저 시비를 걸고 주먹질한 친구가 강제 퇴원된 후 여러 번 전화가 걸려와 돈을 빌려 달라고 했는데 못 빌려 주어 미안했다.

도박 중독자들은 안면박대하고 남의 돈을 빌린다. 인정사정 보지 않고 일단 갖은 감언이설로 돈을 빌려 쓴다. 그 청년도 주변 모든 친구들에게 돈을 안 빌린 사람이 없다고 한다. 그러니 그의 인격과 신용은 완전히 망가져 버렸다. 그리고 심적인 압박으로 심한 고통을 당하고 있는 듯하다. 그래서 뭐든지 급하고 원하는 것이 안 되면 심각하게 반응한다.

부모들에게 지금처럼 한다면 자식이 아니라 원수가 된다. 이 청년들은 한바탕 난리를 치더니 하나둘 모두 퇴원해 버렸다. 그들 청년들이 이제는 정신을 차리고 생활을 잘해 주기를 기도하였다. 누구나 잘 살아갔으면 좋겠다. 이렇게 술과 도박은 이십 대 청춘의 꿈을 앗아가 버린다.

정치판의 축소판

평생을 바둑을 두면서 살아온 도인이 노숙 생활을 하다가 입원하였다. 몹시 슬프고 아팠다. 그가 들어올 때 그의 모습은 사람으로 보이지 않았다. 식사도 못 하고 씻지도 못했으니 깡마른 고릴라처럼 보였다. 그런데 이곳에서 이발도 하고 깨끗하게 씻으니 사람처럼 보이는데다 눈치 백 단이었다. 그런데 예상치 않게 바둑의 고수였다. 많은 사람들이 그에게 바둑을 배우려고 줄을 선다.

귀가 전혀 들리지 않는 한 분이 있다. 그분은 늘 즐겁고 기쁘게 산다. 귀가 안 들리는데 꼭 필요한 말은 신기하게 들린다고 한다. 그 외의 말은 전혀 안 들린다고 한다. 그분도 참 행복할 거라는 생각을 했다. 이곳에는 다른 사람을 씹는 재미로 사는 사람들이 많다. 비방과 의혹, 설들을 퍼뜨린다. 그렇게 하는 사람들은 즐겁고 재미가 있겠지만, 당하는 사람들은 괴롭고 아프다. 그래도 서로를 인정하며 하루하루를 위태로우나 무사히 지내는 것이 신기할 뿐이다. 한바탕 싸웠다가 다시 화해하고 하루를 보낸다. 세상 정치판의 축소판이다.

이곳도 좌파와 우파가 상존한다. 이른바 '대깨문'도 있고 비겁한 우파도 있다. 텔레비전을 보면서 함부로 이야기했다가는 몰매를 맞는다. 그래서 텔레비전 시청을 안 한다. 그러나 코로나19 문제나 윤 모 씨와 위안부 할머니들 문제 그리고 증거가 드러난 '내로남불'의 정 모, 조 모 씨 사건에 대해선 한목소리로 비난한다. 즉 좌우가 모두 정의와 공정, 정직을 정착시키는 데에는 한목소리를 낸다는 것이다.

우리 정치판에도 정의와 공정이 살아 있고 평화와 자유가 보장된다면 누가 정권을 잡든 상관하지 않을 것이다. 그러나 지금처럼 좌파들이 국민을 무시하고 제멋대로 나라를 '폭망'의 사태로 몰아간다면 좌나 우나 정권을 타도할 것이다. 국민의 의사에 반하는 모든 일은 허망하게 끝날 것이기 때문이다. 고려나 조선이 망할 때의 모습을 요즘 정권에서 가끔 감지한다. 좌파와 우파가 상호 존중하며 나라의 미래와 국민의 안전과 복지에 일념으로 매진한다면 우리나라가 행복할 것이라는 생각을 해본다. 선하고 착하게 법과 원칙에 합당한 정권이 자신들의 권력을 남용하지 않고 바른길을 가면서 국민으로부터 나온 권력을 국민에게 돌려준다면 얼마나 좋을까 생각해 본다.

이곳에 사는 사람들도 자신들 각자의 의견도 좋지만 이곳에서 공동으로 추진하는 일이나 법을 착실하게 따른다면 늘 평화롭고 기쁘고 행복할 것이다. 이곳에서 깡패 짓을 하며 많은 사람들을 위협하고 멋대로 살던 사람이 사라지니 이곳 모든 사람이 평화를 갖는다.

마찬가지로 거짓말로 국민을 속이고 정권의 치부를 감추려고 각종 사건 사고를 적당히 이용하려는 정치인들이 없어지면 얼마나 좋을까 생각해 본다. 권력자가 부패하면 백성들이 고통스럽다. 작은 단체의 단체장이 부패하면 그 단체가 사이비 단체가 되어 버린다. 종교 지도자가 부패하면 그 종교는 사이비 종교가 된다.

이곳 공동체도 비록 힘없는 직이지만 윤리적, 도덕적으로 하자가 있는데 군림하려고 하면 환자들이 모두 괴롭고 힘들다. 장취하는 자나 자주 술을 마시는 사람이 알코올 공동체의 장이 된다면 유익이 될 일이 없다. 하찮은 자리라도 장이라면 최소한 예의와 도덕과 윤리적 인격을 갖추어야 한다.

좋은 술, 나쁜 술, 미친 술

지금 전 세계가 코로나19로 몸살을 앓고 있다. 이 와중에 북한의 김정은은 코로나바이러스를 막기 위하여 국경을 봉쇄하여 북한 인민의 삶이 몹시 고달프다고 한다. 자신의 권력을 유지하기 위하여 누구든지 걸림돌이 되면 무조건 죽여 없애 버린다. 그리고 인민들은 배를 곯아 죽는데 전쟁 준비에만 집중한다. 특히 핵무기 개발에 박차를 가한다. 중국의 시진핑도 마찬가지다. 지금 전쟁할 군함과 미사일을 증강하는 데 온 전력을 다 쏟으며 코로나19로 죽어가는 인민은 신경 쓰지도 않는다.

한국은 어떠한가? 장로라는 사람이 대통령이 되었으나 제 밥그릇 챙기기에 급급했고, 또 여대통령으로 신망을 받았던 여성 대통령도 당과 자신의 반대파들을 제대로 관리를 못 하고 어영부영하다가 좌파 덫에 걸려 탄핵까지 당하는 수모를 당했다. 현재 문 정권은 어떤가? '내로남불'의 정권으로 수치와 염치를 모르는 좌파 정권이다. 검찰 개혁을 부르짖고 정의와 공평을 부르짖지만, 좌파 기득권 세력들은 곳곳에서 부패하여 썩은 냄새가 진동한다. 그에 호응하여 어용 언론들이 좌파에 불리한 방송은 전혀 하지 않고 유리한 내용만 보도하고 좌파에 편파적인 보도를 일삼는다. 팩트를 보도하는 언론은 어김없이 탄압을 당한다.

유튜버들도 마찬가지다. 좌파들은 근거 없는 허위 보도를 해도 봐주고 우파는 팩트를 보도해도 가짜 뉴스라고 치부해 버린다. 여기서도 거짓말을 자주 하는 사람 말은 계속 똑같은 거짓말을 하니까 사실로 믿는 사람이 있다. 좌파들은 선동 선전에 능숙하다. 시민들을 속이고 어르는 데 가장 필요한 수단이기 때문이다.

우리 국민 중에도 좌파 성향 시민들은 이미 좌파의 범법이 드러났는데도 아무 관심을 갖지 않고 무조건 좌파 편을 들고 있다. 심지어 시계추처럼 좌·우파를 번갈아 가며 소신도 없는 발언을 하는 이들도 많다. 특히 정치인이 그렇게 하면 나라 발전에 큰 위해가 온다. 나라가 발전하려면 분명한 노선을 걷되 나라와 시민을 진정으로 위하는 일이라면 서로 협력하는 모습을 보여야 한다.

　대통령은 국가의 존망을 한 손에 쥔 막강한 자리이다. 그것은 국민이 한시적으로 위임한 권력의 핵심이다. 그분의 말 한마디 한마디는 인격과 품격이 있어야 한다. 그것이 그 나라의 국가 품격이 되기 때문이다. 지금 우리나라는 그 모든 면에서 우려되는 일들이 많이 있다. 하여간 거대 여당이 입법부 국회를 장악했으니 앞으로 정부 여당이 무슨 일을 어떻게 할지 걱정이 된다. 아무튼 시민을 존중하며, 나라를 부흥시키는 정의롭고 공정한 자유 민주주의 시장경제를 존중하는 정책을 펼쳤으면 좋겠다. 그리고 좌파 중 부정부패에 연루된 사람들은 모든 공직에서 물러나기를 바란다. 그래서 좌우가 화합하여 우리나라 헌법을 준수했으면 하는 것이 이곳 공동체의 좌·우파 모두의 공동 의견이다.

칠십 대의 한

한 칠십 대 환우는 대학도 나오고 좋은 회사에서 일을 잘하여 승승장구했지만, 술 상무를 하다가 룸살롱을 운영하는 여사장과 눈이 맞아 바람을 피우다 아내에게 제대로 걸려서 이혼을 당했다고 한다. 그 사실이 회사에도 알려져 소문이 나서 온통 망신을 당하고, 중역으로 승진 대상자 일 순위였는데도 회사에서 쫓겨나 거리를 방황하였다고 한다. 룸살롱 여사장은 혼자 사는 여자였는데 몇 번 만나 주더니 자신의 처지를 알고부터는 늘 이분을 피하더란다. 하루는 화가 나서 술을 마시고 난동을 부렸는데 바로 경찰에 신고하여 입건이 되었다고 한다.

다행히 퇴직금은 간신히 챙겨서 거처를 마련하고 작은 이십사 시 마트를 하게 되었다고 한다. 아르바이트 직원들을 쓰면서 관리를 잘하니 직장생활 할 때보다 돈벌이가 오히려 좋았다고 한다. 그래서 낚시도 다니고 등산을 다녔다고 한다. 그런데 등산 중에 한 여자를 알게 되었다고 한다. 그 여자도 혼자 산다고 하면서 함께 등산을 다니자고 하더란다. 처음에는 꺼리다가 이상하게 등산할 때마다 그 여자를 만나지더란다.

그래서 하루는 자기가 작은 마트를 하는데 한번 와서 아르바이트를 해 보겠느냐고 제안했단다. 착실하면 함께 살아볼 생각도 했단다. 당시 나이가 자기보다 오 년 연하이고 여자가 참하고 예쁘장해 보여서 자기도 모르게 그런 말을 했는데 매우 적극적으로 그렇게 하겠다고 해서 그 여자가 가게에서 일하게 되었단다. 서너 달을 착실하게 해서 아예 가게 전체를 그녀에게 맡겨 운영하게 했다고 한다. 다부지게 계산도 잘하고 아르바이트 관리도 잘하더란다. 그래서 그 여자가 밥 사달라고 하면 밥도 사주고 가끔 소주도 한잔씩 하며 회포를 풀었다고 한다. 그리고 급기야는 함께 동침까지 했다고 한다.

당시 가게에서 나오는 수익이 연봉으로 따지면 일억 오천 정도가 되었단다. 그런데 비슷한 가게들이 우후죽순처럼 많이 생겨나면서 매출도 줄고 이번 정권이 들어서며 수익이 삼 분의 일로 줄어들었다고 한다. 그런 와중에 매니저 아주머니는 갑자기 돈타령을 하면서 이분에게 돈을 뜯어 가기 시작했다고 한다. 소득주도 정책으로 최저임금이 급상승해 인건비가 배가 되어 수지가 악화되고 속이 많이 상할 때였단다.

그 여자가 마각을 드러내기 시작하는데 룸살롱 여사장보다 더하고 주변에 남자들이 얼마나 많은지 자기 돈을 뜯어다 외박을 일삼으며 자기 속을 뒤집어 놓았다고 한다. 수시로 톡이 울리고 전화가 오면 자기 몰래 받더란다. 할 수 없이 가게에서 내쫓아 버렸는데 가끔 와서 깽판을 부려서 가게를 정리하고 술병 핑계로 이곳 병원에 입원 치료 중이라고 한다.

가슴에 한이 쌓여서 그런지 이곳에서 가끔 소란을 피운다. 무조건 화를 내고 잔소리가 심하다. 그는 늘 독방을 쓴다. 많이 모자라는 친구가 그분과 함께 방을 썼는데 매일 큰소리가 나고 싸워서 방을 혼자 쓰게 하고 모자라는 오십 대는 다른 방으로 옮겨 가게 하였다.

알코올 치매가 온 사람들은 대부분 초기 증상으로 자기 자신을 잘 까먹고 자신이 지금 누구인지를 모르는 경우가 많다. 여자나 남자나 마찬가지이다. 그는 그 여자로 인하여 금전적인 피해를 많이 입었다고 한다. 그래서 여자로 인한 피해 의식이 많아 밖에서 술만 마시면 여자들과 시비가 붙어 자주 경찰에 끌려가 이곳에 행정 입원이 되었다고 한다. 여자에 대한 일들이 너무 한이 되어서 술독에서 빠져나올 수가 없다고 한다. 이렇게 남자의 말년은 여자들에 의하여 희로애락이 결정 된다. 아쉬운 일이다. 여자나 남자나 서로 잘 만나야 노후를 잘 살아 갈 수가 있다.

오십 대 후반의 사나이

이곳에도 쓸 만한 사람들이 많다. 늘 정의롭고 바른길을 따르는 사나이가 있다. 거의 일 년을 지켜보아도 늘 그날이 그날이다. 변함이 없다. 사람이 살다 보면 싫을 때도 있고 좋을 때도 있는데 늘 한결같은 마음으로 산다는 것이 쉬운 일은 아니다. 특히 알코올 중독자들이 모여 있는 이곳은 그렇다.

그는 부잣집 아들로 태어나 어릴 때 아버지와 낚시 다니던 때 이야기를 자주 한다. 다른 형제들은 새벽에 낚시를 가자고 하면 모두 안 가는데 이분은 바로 깨어서 아버지와 낚시를 떠났다고 한다. 붕어를 낚는 것이 신나는 일이라고 했다. 낚싯대를 드리우면 마음이 편해지고 가끔 아버지의 낚싯대에 미끼를 달아 줄 때마다 기분이 좋았다고 한다. 새벽에 피어오르는 호수의 물안개는 어린 마음을 설레게 하곤 했다고 했다. 세상에서 살면서 아버지 곁에서 낚시를 했을 때가 가장 행복했던 것 같다고 했다.

직장에 다니면서도 작은 행복이 있었다고 한다. 돈을 스스로 벌어서 부모님께 드리는 기쁨은 다른 데서 얻는 기쁨보다 좋았다고 한다. 그러나 그분의 불행은 결혼하고 나서 시작되었다고 한다. 누구나 다 하는 결혼이지만 여자나 남자나 서로 잘 만나야 한다고 강조했다. 처음에 작은 아파트를 아버지가 마련해 주셔서 결혼 생활을 시작했다고 한다.

아내는 참 좋은 여자였다고 한다. 그래서 이분은 열심히 일하면서 돈을 벌어 아내에게 갖다주고 더 즐겁고 행복한 살림을 꾸리려고 일

좋은 술, 나쁜 술, 미친 술

에만 몰두했다. 외부 출장이 잦았고 직장동료들과 주말이면 낚시나 등산을 다니느라고 아내와 시간을 보내는 데 소홀했다고 한다. 그동안 아내는 아이들을 출산하고 잘 지내는 줄 알았는데, 알고 보니 서서히 병이 들어가고 있었단다. 아내가 무서운 우울증에 걸린 사실을 몰랐다고 한다. 결혼하면 애를 낳고 돈만 잘 벌어다 주면 된다는 생각을 했다고 한다. 그러나 아내는 밤마다 외로워 허벅지를 바늘로 찌르고 주말마다 낭군을 그리워하다가 결국 무서운 우울증에 걸려서 사람으로서 못 할 일을 하고 교도소를 가게 되었다고 한다.

그때부터 술로 인생을 살았다고 한다. 그리고 결국 아내는 선종했다고 한다. 그 후 이분은 매일 술을 마시며 헤매다가 결국은 알코올 병원에 입원해서 생활하고 있다.

이분은 정의파이다. 그리고 의리가 있고 배짱도 있다. 모든 사람들이 좋아한다. 남에게 해를 끼치지 않고 뭐가 있으면 나누기를 좋아하니 그렇다. 코를 엄청나게 골아 대서 함께 자면 잠자기가 힘이 든다. 그래도 몇 개월을 함께 잘 자게 되었다. 서로 시간을 배려하며 잠을 자니 그렇게 되었다.

그는 또 다른 사람에게 피해를 주지 않으려고 매우 힘쓴다. 콩 하나라도 나누어 먹으려고 노력한다. 그렇게 선하고 의롭게 살아가는 사람이 어떻게 그 삶에 엄청난 고난을 당하고 신앙의 힘으로 이겨 냈을까? 그이는 성당에 안 가면 묵주를 굴리며 기도를 한다. 그리고 매일 미사 책을 끼고 산다. 이곳에서도 여러 가지 고통 속에서 살면서도 말보다 침묵을 지킨다. 인생의 산전수전, 수중전, 공중전을 해낸 백전노장답게 잘 살아간다.

하지만 그도 가끔 소란을 일으킨다. 토요일 청소하는 아주머니가 안 오고 어떤 사람들이 와서 쓰레기만 치워 가는데 화장실 휴지통은 안 비우고 가니 청소하라고 소란을 피운다. 그것은 조용히 해도 될 일인데 주말 아침부터 시끄럽게 하니 불편하다. 정의와 공정을 실행해야 하지만 모든 것은 보이지 않은 손처럼 안 하는 척해야 한다. 이 병원 공동체에서 약 일 년간 살면서 자신과의 약속인 단주를 지키며 글 쓰는 일을 꾸준히 해오고 있다. 그러나 말은 가능하면 안 해 왔다.

여자 때문에
술 중독이 된 사십 대

　이곳에서 사는 대부분의 중독자들은 솔로이다. 화려한 솔로가 아니라 고독하고 비참한 솔로들이다. 누구나 벼랑 끝에 몰리다 보면 자기 변명 하기 바쁘고 그 위기를 모면하려고 안간힘을 쓰곤 한다. 그럴 때는 벼랑에서 물속으로 뛰어내리면 된다고 한다. 살든지 죽든지 운명은 하늘에 맡기고 팔자소관에 맡기면 된다고 한다.

　이 사람은 어린 시절 퀵 배달 서비스업을 하면서 열심히 일했다고 한다. 십 대 후반부터 그 일을 했다고 한다. 학교는 초등학교도 앞문으로 들어가 뒷문으로 나왔다고 할 정도로 공부는 거의 안 하고 졸업장을 받았다고 한다. 중학교 때부터는 아예 가방도 안 가지고 학교를 가서 쥐어 터지기만 했다고 한다. 그러니 술도 마시고 학교로 가서 죽어라 벌만 받다 보니 졸업도 못 하고 그길로 공장으로 갔는데, 일만 시키고 임금은 쥐꼬리만큼 주더란다. 어른들은 일은 얼마 안 하는데도 돈을 많이 받고 본인은 그들보다 일을 두 배로 하는데도 임금은 적게 받으니 심사가 뒤틀리고 술을 마시며 한을 삭였다고 한다.

　그래도 돈을 악착같이 모아서 오토바이를 한 대 사서 퀵서비스 일을 열심히 했다고 한다. 십 년 넘게 그 일을 해서 삼십 대 초반에 작은 집도 마련할 수 있었단다. 이곳에서 생활하는 그의 모습을 보면 아이큐도 높은 것 같고 사회성이 뛰어나다. 갑자기 퇴원하여 재입원하기를 반복하는데, 입원할 때는 빈 몸으로 들어오는데 일주일 정도 지나면 이곳에서 사는 데 필요한 모든 것을 갖춘다.

가만히 살펴보니 많은 사람들이 그에게 필요한 것을 가져다주거나 본인이 달라고 한다. 말수가 적은데 정확하고 바른말만 한다. 그리고 누가 공격을 하면 간단하게 한마디로 촌철살인을 한다. 어릴 때부터 삶의 고단함과 처절한 몸부림에서 배운 지혜와 슬기의 노하우이다. 몸으로 인생을 배운 것이다. 그의 말은 누구에게나 현실감이 있어 감동을 준다. 그러니 가만히 있어도 사람들이 그에게 필요한 것을 모아다 준다. 그는 이 알코올 중독자 생활의 달인이 된 것이다.

그는 삼십 대 초반에 기반을 잡고 한 여인을 만나 결혼생활을 하게 되었다고 한다. 여자가 자기보다 연상이었는데 돈을 벌어다 주면 어떻게 돈을 쓰는지 알 수가 없다고 한다. 돈 낭비가 심하여 몇 번 야단을 쳤더니 자주 외박하고 집 안을 엉망으로 만들고 밥도 안 해주더란다. 일을 하다가 저녁에 여관 음식 배달을 갔는데 그곳에서 어떤 놈하고 음식을 시켰다고 했다. 우연도 그런 우연이 없다. 머리끝까지 화가 나 두 연놈을 경찰에 고소했더니, 여자가 그 남자를 사랑한다고 해서 이혼하고 그때부터 지금까지 술만 마셨다고 한다.

주취 폭력으로 가산도 다 날아가고 남은 재산은 전혀 없이 거지로 살아가고 있다고 한다. 더 이상 누구도 탓하지 않기로 했다고 한다. 세상을 살면서 누구를 탓하겠느냐고 한다. 모든 것은 본인이 책임지고 하는 것이지 누가 잘못해서 일어나는 것이 아니라고 한다. 세월이 흐르면 모두가 즐겁고 행복한 시간들이 된다고 한다. 죽이고 싶었던 사람들도 이해하고 용서가 되고 미웠던 사람들도 다시 사랑하게 되었다고 한다. 사고하는 것이나 말하는 것이나 행동하는 것이 모두가 철학적이다. 비록 알코올 중독자로 살고 있지만 보기 드문 도인으로 산다.

좋은 술, 나쁜 술, 미친 술

알코올 중독에다
게임 중독까지

대부분 알코올 중독자들은 여러 가지 복합적인 문제로 정신적, 심적인 고통을 심하게 겪는다. 그중에서 큰 문제가 돈 문제이다. 술을 마시려는 돈은 어떻게라도 만든다. 지나가는 사람의 가랑이를 잡고 늘어지기도 한다. 주변 사람들, 즉 아들이나 딸들에게 수없이 돈을 뜯어내서 술을 마신다. 그리고 부모들에게도 마찬가지다. 재산 분할을 요구하다 부모님께 폭력을 휘둘러 존속 폭행으로 교도소를 다녀오고 반강제적으로 입원을 당하기도 한다. 정상적으로 군대도 다녀오고 사회생활을 잘했던 사람도 그렇게 돌변하여 알코올 중독자의 삶을 산다.

그래서 술은 처음에는 좋은 술로 마시고 그 좋은 술이 나쁜 술이 되고 나쁜 술은 미친 술이 되고 만다. 가족들도 진절머리를 치고 차라리 병원에서 완전히 오래 살기를 바란다. 거기다 게임 중독까지 걸려 돈을 이중 삼중으로 낭비하는 경우도 있다. 술을 마시고 좌충우돌하다가 큰 사고를 당하는 경우도 있다.

한 삼십 대 후반 해병대 출신 아저씨는 카지노에서 돈을 다 잃고 노숙 생활을 하면서 계속 술을 마시다 지나가는 차에 치여 뇌 수술을 했는데, 이게 잘못되어 정상적인 삶을 영위하지 못하고 살아갈 정도이다. 이곳에서 몇 개월간 살다가 퇴원하여 갔는데 밤새 이를 갈며 잠을 못 잔다. 거기에 부모님에 대한 원망을 쏟아내고 심지어 주치의 선생님께 폭언까지 일삼았다. 돈 자랑을 엄청나게 하며 고급 과자들을 사다 먹으며 누구에게도 안 주고 받아먹지도 않는다. 성격이 괴팍하고

'저런 사람도 세상에 있구나' 할 정도로 변덕이 심하다. 세상에 이런 일도 있구나 생각되었다.

그래도 노인들을 봉양하는 데는 최고였다. 남몰래 이 노인, 저 노인에게 먹을 것을 나누어 주곤 한다. 아내가 딸아이와 어느 날 집을 나가 지금까지 서로 연락이 끊어진 지 십 년이 되었다고 한다. 아내는 잊어버렸는데 딸아이는 아직도 그립고 보고 싶어 미칠 지경이라고 하소연했다. 그래서 "부모님께 못 할 짓을 한 사람이 자식을 그렇게 그리워하니 이해할 수 없고, 그 자식이 지금 아저씨처럼 아버지를 원망하고 폭력을 가하면 어떻게 하겠느냐."라고 하니까 박장대소를 하며 한참 동안 웃는다. 그 사람 때문에 가끔 많이 웃는다. 척박한 삶 속에서도 서로 웃으려고 노력하고 행복하려고 힘쓰고 있다.

그 삼십 대도 미운 짓은 다 하고 다니는데 그렇게 싫거나 미워지지는 않았다. 어느 날 부모님이 오셔서 뵈었는데 모두 근심이 가득한 얼굴이지만 사는 데는 별지장 없는 듯하다. 자기 큰형은 일급 지적 장애인이라고 한다. 어머니가 평생 농사를 지으며 엄청나게 고생했다고 한다. 아버지는 형이 장애인으로 태어난 이후로 집안을 돌보지 않고 밖으로 나돌아 어머니가 직접 농사를 지으며 살았다고 한다. 다행히 할아버지가 경기도 광주지역의 많은 땅을 유산으로 주셔서 지금은 부자가 되었다고 한다. 이제 퇴원하면 착실하게 살 것이라고 다짐하고 나갔는데 지금은 어떻게 살아가는지 알 수가 없다.

° 육십 대 천재 중독자

들어올 때 보아하니 그는 사람이라고 하기에는 어딘지 부족했다. 늘 대와 함께 생활한 늑대 사람이 생각났다. 어리숙하고 자유롭다. 자신의 자유를 마음껏 누리다 동네 사람들에게 신고를 당해서 경찰에 끌려와 강제 입원이 되었다. 그러한 경우를 행정 입원이라고 칭한다. 그래도 눈동자는 맑고 총명했다.

생활습성을 살펴보니 목욕 안 하는 것은 기본이고 세수하고 이를 닦는 일도 안 한다. 그래서 좋은 말로 닦으라고 하면 샤워를 하긴 하는데 일 분 정도 물만 끼었고 나온다. 그래서 하루는 비누와 타월을 준비해주고 샤워하는 방법을 가르쳐 주니 한 오 분 걸려서 샤워를 하고 나왔다. 그래서 하루에 한 번씩 하라고 하니 그렇게 못 하겠다고 하면서 퇴원을 한다고 했다. 행정 입원은 마음대로 퇴원할 수 없다고 하니 수긍하면서 차츰 공동체 생활에 적응해 가는데 끼니도 잘 챙겨 먹고 사람들이 먹을 것도 챙겨 주었다.

차차 제정신으로 돌아오더니 바둑을 두기 시작했는데, 보통 잘 둔다는 사람과 열다섯 점을 깔아 주고 두는데도 모두 판판이 깨져 간다. 그리고 일주일 새에 이곳 공동체의 바둑 제왕이 되었고 바둑 선생님으로 등극하였다. 서울 유명 대학을 나와서 고시 공부만 하다가 결국 실패하고 기원에 다니면서 바둑을 배우고 그곳에서 소일하면서 살다가 인생의 막차에서 '주님'을 만나게 됐다고 한다. 주님을 모시고 사는 것이 당연하다고 하면서, 술을 마시면 주선(酒仙)이 되어서 희로애락을 모두 잊고 오직 신선의 경지에서 하늘과 땅을 오락가락하며 살 수 있다고 증언한다.

한 달 두 달 안 씻으면 우리 몸에서 자동으로 몸을 닦아 주는 물질이 분비된다는 궤변도 그럴듯하게 이야기한다. 사람이 살아가는 방법은 많지만 자기처럼 주선으로 자유롭게 거리낌 없이 살다가 어느 날 갑자기 죽으면 된다고 말한다. 말본새도 좋고 머리 회전이 빨라서 서로 말이 잘 통한다.

바둑 선생님은 우리가 살아가는 세상은 부자나 가난한 이나 결국 종점에서는 모두 공평하다고 한다. 죽음 앞에서 인간은 공정하고 평등하다고 강조한다. 얼마나 죄를 짓지 않고 살아가느냐가 문제라고 한다. 대부분 부자가 되기 위해서는 다른 사람들 것을 빼앗아야 한다고 한다. 좌파나 우파나 국민을 팔아먹고 사는 좀도둑이라고 한다. 위안부 할머니들을 이용하여 돈도 벌고 권력까지도 움켜잡았는데 기자회견에서는 일관되게 거짓말을 지껄인다고 질타도 했다.

현재 우리나라는 큰 위기에 빠져 있다고 한다. 좌파들의 득세로 많은 문제가 생겨나고 있는데 제일 큰 문제는 좌파가 변질되어 그들의 정권이 본래의 좋은 의미들은 다 퇴색되고 우파와 같이 기득권들이 되어서 멋대로 살아간다는 것이다. 그래도 그들 중에서 좌파의 순수성을 지키려고 노력하는 사람들이 있다는 것이다.

이 육십 대 천재 알코올 중독자도 지독한 좌파 골수분자인데 현재 정권을 순수한 다이아몬드 좌파로 볼 수가 없다고 한다. 좌파는 늘 겸손하고 깨끗하게 국민을 섬겨야 한다고 한다. 지금이라도 좌파의 본연의 정신으로 돌아가길 바란다고 피를 토하듯 말했다. 그러면서 한편으로는 빨리 나가서 자유롭게 술도 마시고 하늘을 지붕 삼아 졸리면 아무 데서나 자고 술에 취하여 살고 싶다고 한다.

좋은 술, 나쁜 술, 미친 술

우리가 그렇게 사는 것도 행복한 것이라고 하며 알코올 중독자의 삶도 한 인생을 대표하는 삶이라고 한다. 단, 다른 사람에게 피해를 주지 않는 것이 제일 좋은데 그것이 사회가 복잡해지니 더욱 힘들어진다고 한다. 조금만 술 마시고 실수를 하면 알코올 중독자이기 때문에 온갖 수모를 다 겪는다며 불평한다. 차분하게 하루를 정리하며 천재와 한바탕 웃었다. 알코올 중독자로 즐겁고 기쁘게 살아가면 된다는 것이다. 치료니 뭐니 하는 것도 귀찮고 자유롭게 살다가 자유롭게 떠나면 되는 것이지 뭐가 그리 복잡하냐고 일갈한다. 그는 간신히 행정 입원 기간을 채우고 퇴원할 날만 손꼽아 기다린다.

주선(酒仙)들의 변

술을 불평불만을 해소하기 위해서 아니면 자기 자신의 고통을 해소하기 위해서 마시는 것이 아니라 술이 좋아 술을 마시는 경우가 많다고 한다. 그런데 그 술이라는 것이 처음에는 절주하면서 적당하게 마실 수 있지만, 세월이 지나면서 마시는 횟수와 양이 늘어난다고 한다. 이유는 우리가 술을 마시면 뇌에서 기분을 좋게 하는 도파민이 생성되는데 술을 마실 때마다 그 양이 늘어나고 어느 정도 과음을 하면 도파민이 폭발적으로 생성되어 우리 뇌 기능에 문제가 생겨 알코올 중독이 깊어간다고 한다. 술을 많이 마시면 도파민이 결국에는 생성되지 않아 파킨슨병도 발발할 수 있다고 한다.

그러나 주선들은 그런 말에 귀 기울이지 않는다. 그들은 술을 마시다 죽는다 해도 스스로 불나방이 되어 불로 뛰어들어 죽듯이 술나방이 되어 술독에 뛰어들어 죽어간다. 주선들은 그 길을 가고 또 간다. 그러나 죽음 앞에서는 그들도 생명에 대한 갈망이 강하여 스스로 병원을 찾거나 119 혹은 EMS 차량에 실려 온다. 우리는 그렇게 세상을 살아간다. 그리고 또 살 만해지면 무슨 핑계를 대서라도 술을 찾아 훨훨 날아간다.

주선들의 삶은 처절하고 안타깝다. 자기 자신도 통제할 수 없는 지경까지 이른다. 그래서 병원이 집이 되고 어머니의 자궁이 되어 우리는 죽기 직전에 이곳으로 돌아온다. 대부분 건강을 되찾아 잠시 살다가 또 어디론가 철새가 되어 날아간다. 그래서 큰일이라는 생각이 든다. 서로 단 하루라도 기쁘고 아름답게 살아가도록 서로 배려한다. 차

좋은 술, 나쁜 술, 미친 술

라리 퇴원하는 사람에게 잘 조심해서 다녀오라고 한다. 그러는 것이 서로 편하게 다시 만날 수 있다.

어떤 사람은 다시는 안 오기를 바란다. 알코올 중독자의 전형적인 성격에 폭력적인 사람들이다. 대부분 교도소에서 한동안 살다가 온 사람들이다. 그들은 모두 슬프고 아프게 살아간다. 그러면서 이곳에서도 폭력조직 두목 노릇을 하려고 한다. 그런 사람들은 자연적으로 도태되어 이곳에 오지 못한다. 하지만 그 결과는 어떻게 될지 알 수가 없다. 한 사람이 사라지면 또 다른 사람이 나타난다. 그래서 환우들에게 불안과 불편을 준다.

주선들은 그렇지 않다. 비록 지금까지 술을 많이 마셔서 스스로 끊는 것은 힘이 든다고 생각한다. 그리고 그것을 숙명으로 받아들인다. 삶의 숙명으로 말이다. 그래야 많이 참고 단주를 한다. 가끔 심한 금단이 와도 이겨낸다. 금단 현상은 사람마다 다른 양상을 나타내는데 공통적인 것은 술에 대한 갈망이 오면 안절부절못하면서 몹시 불안하고 온몸이 까닭 없이 아파 온다는 것이다. 그리고 우울증이나 조울증을 동반한다. 그럴 때는 모든 일이 싫어지고 무기력해져서 잠을 잔다.

역사적인 마마보이
오십 대

이 사람은 부잣집 아들로 태어나 어릴 때 홍역을 앓아서 뇌에 이상이 생겨 간질을 앓게 되었다. 대형병원에서 뇌 수술을 하고 술, 담배 중독으로 이곳 알코올 병원에서 함께 생활하게 되었다. 아버지는 그에게 두렵고 무서운 분으로 각인되어 있다고 했다. 항상 말썽이 많았다고 한다. 그럴 수밖에 없다. 늘 몸과 마음이 불안하고 아팠다고 한다. 학교에 가서도 항상 왕따를 당하며 생활해야 했단다. 다른 사람들과 조금만 언행이 달라도 무조건 싫어하는 사람들이 많다. 그러한 옹졸한 사회가 우리나라 현실이라고 하며 엄청나게 탄식을 한다.

지금 이곳에서 생활하는데도 오십 대 마마보이는 다른 환우들에게 욕을 먹으며 함께하는 것을 꺼린다. 다른 사람들 말꼬리를 잡고 자주 말참견을 하면서 트러블을 일으킨다. 누구에게나 형이라고 부르며 살아간다. 그리고 돈을 헤프게 쓰며 돈 계산을 잘못한다.

그러니 몇몇 노련한 사람들은 그를 이용해 먹는다. 그래서 그런 일을 차단하고 내가 함께 자주 해 주니 그런 문제가 대부분 해소되었다. 그래도 두 사람이 그를 미워하고 서로 갈등이 있었는데 내가 그러지 마라고 해도 계속 안 좋은 일이 일어나 치료진의 수간호사 선생님의 도움으로 서로 화해해서 잘 지내게 되었다.

그는 이곳에서 무슨 일만 있으면 집으로 전화해서 어머니에게 상의한다. 그런 일이 수백 번이다 보니 어머니도 지겨울 것 같다. 어머니도 힘드실 테니 그렇게 하지 말고 차분하게 기쁘게 살아가며 문제는 스

좋은 술, 나쁜 술, 미친 술

스로 해결해 보자고 제안했다. 그랬더니 순순히 그러기로 했다. 가만히 살펴보니 심성은 한없이 착하고 선해서 천천히 차분하게 이야기하면 어느 정도 말을 수용하여 고치려고 노력한다. 나도 그런 그와 재미있게 지내기로 했다. 이곳에서 다툼이 일어나는 것은 본인이 잘못하기 때문이라는 것을 인식시키는 데 한 달이 걸렸다.

지금쯤은 언행이 일치해야 하는데 이 친구는 방금 한 말을 잊어버리고 하지 않았다고 우겨댄다. 그뿐만 아니라 텔레비전을 보면서도 아는 체를 많이 하여 텔레비전을 보는 사람들을 헷갈리게 한다. 그러니 미운털이 박혀 사람들로부터 비난을 받는다. 고친다고 하고도 또 같은 일로 말썽을 일으키고 싸움을 한다. 그 모든 것이 문제가 되었는데 사랑으로 다독여 주고 잘 설득하니 매우 좋아졌다.

사람을 설득할 때는 차분한 태도로 상대방을 대하여 신뢰를 얻고 그와 동격이 되도록 노력해야 한다. 아무리 모자란 부분이 있는 사람이라고 해도 인내하면서 끝까지 그의 말을 들어 주어야 한다. 어떤 때는 강한 질책도 하고 온화하게 달래기도 한다. 그런 힘든 일들을 두어 달 겪고 나니 급한 사태는 안 벌어졌다. 잘잘못을 말하면 잘 믿고 따른다.

그렇게 이곳 공동체는 각양각색의 성격을 가진 사람들과 각계각층의 사람들이 모여 살기 때문에 바람 잘 날이 없지만, 그래도 이곳에서 지내는 것이 사람 공부하는 데는 안성맞춤이다. 사람을 잘 살피며 살아가는 것은 예지가 있어야 한다.

대강 오늘을 사는 모습을 보면 내일의 모습이 그려진다. 저 사람은 퇴원하고 얼마 후면 재입원할 것인지까지 맞힌다. 저 사람은 재활할 수 있다고 생각하기도 한다. 하지만 아닌 사람도 있고 평생 마마보이로 사는 사람도 있지만, 그래도 이 사람은 병원을 자기 집인 양 생각하며 살아간다. 간호사님들이나 치료진을 무척 따르고 말도 잘 듣는다. 말수를 줄이고 도덕성과 윤리성만 조금 갖추면 잘 살아갈 수 있을 것이다. 앞으로도 이 오십 대 마마보이와 있는 동안 기쁘고 즐겁게 보낼 예정이다. 많이 이해하고 보듬어 주고 서로에게 도움을 주는 공동체 일원으로 살아가기를 바란다.

새벽이면 일찍 일어나는 칠십 대

늘어지면 잠이 없어지고 잔소리가 심해지며 수전노가 된다고 말을 한다. 이 칠십 대는 자기 정신 건강을 위하여 좋은 텔레비전 프로그램을 보면서 과자나 사과 요플레를 먹으며 건강을 챙긴다. 그분 말로는 함께했던 술친구들은 모두 죽었는데 자기 혼자만 남아 있다고 했다.

병원 생활을 사십여 년 했는데 삼 개월에 한번씩 술독에 빠져서 한 달여 동안을 노숙하면서 자유롭게 살다가 다시 입원하기를 백여 번 하다 보니 결국 이렇게 칠십 대가 되었다고 한다. 그래도 일을 꾸준히 하고 바른길을 가다 보니 아직 살아 있는 것이라고 한다.

먹을 것을 사면 절대로 나누지 않고 식용 유통날짜가 지나가도 혼자 다 먹어 버린다. 그분 말로는 당신도 많은 사람들에게 베풀어 보았지만 아무 소용이 없었다고 한다. 새벽에 일어나면 그동안 해 오던 운동을 하면서 체력을 단련하고 샤워를 매일 아침마다 한다.

알코올 중독자로 평생을 살았지만 잠시도 쉬지 않고 술을 안 마실 때는 노동을 했다고 한다. 병원에서 청소 봉사도 하고 식당 봉사도 하고 정원을 가꾸는 봉사도 하고, 밤 병동(재활 사회적응 병동)에서는 아침이면 외부로 나가 노동일을 해서 돈을 벌었다. 그 돈을 저축해서 몇백이 모이면 그걸 가지고 나가 서울서 노숙을 하며 마음껏 술을 마셨다고 한다. 그럴 때는 "온 세상이 내 것이고 비록 노숙을 해도 마음이 평화롭고 행복했다."라고 한다. 그리고 거리에서 만난 사람들과 친구도 되고 서로 춤도 추고 임시로 만난 여자 친구와 마음껏 회포도 풀었다고 한다.

지금도 다른 것 없이는 살아도 술 없이는 못 산다고 이야기한다. 몸에 좋다는 음식은 다 사 먹는다. 쉴 때 몸을 만들어 놓아야 술을 마실 수 있다고 한다. 사실은 성당을 다녔는데 성당에서 자신을 받아 주지 않아 지금은 개신교 교회를 다닌다고 한다. 자기가 힘들 때 어느 목사님을 만나 도움을 받았다고 한다. 돈을 잘 모았다가 밖에 나가서 한바탕 놀고 올 예정이란다.

치매가 오면 만사가 끝이라고 한다. 혼자 살더라도 깨끗하게 살아야 하니 건강이 최고라고 한다. 평생 술을 끊어 버리려고 했으나 실패하고 계속 술과 살았고, 앞으로도 술과 살아야 하는데 몸과 정신이 건강해야 한다고 강조했다. 온종일 책을 노트에 베끼어 쓴다. 치매 예방 차원이라고 한다. 그러나 물론 그렇게 하기는 힘들겠지만, 냉장고에 넣어둔 음식을 나누어 먹었으면 좋겠다. 대부분 날짜가 지났는데도 계속 냉장고에 처박아 두고 먹는다. 이해할 수 없다. 그것도 알코올 중독자의 특징이다.

자기 자신밖에 모르는 습성, 남을 알기를 우습게 여기는 교만한 마음, 그런 것이 문제다. 그런데 그만한 이유가 있다. 누구도 내 것을 나누기가 쉽지 않다. 나누는 사람들은 먹을 것이 없다. 돈이 어느 정도 있는 사람들은 빼고 그렇다. 그래도 그런 가운데에서 콩 한 쪽이라도 나누려는 사람들도 있다.

칠십 대 그분은 이곳에서 오랜 세월을 보내다 보니 다른 사람에게 나누어 줘도 소용이 없다는 생각을 했다고 한다. 당신 돈을 떼어먹은 사람들도 많고 뭐를 주어도 고마워한 사람이 한 사람도 없었다고 한다. 현실의 냉정함에 본인도 놀랐다고 했다. 그래서 지금은 아예 아무에게도 아무것도 안 주기로 했다고 한다. 일부 어떤 사람에게는 냉정

좋은 술, 나쁜 술, 미친 술

하게 해야 한다고 한다.

이곳에서 살아보니 이타적이거나 배려하는 일은 거의 없고 이기적이고 자신 본인만을 생각한다. 냉정하고 비정하기까지 하다. 배려심과 도덕심, 윤리심이 부족하다. 그러나 그 모든 것은 알코올 중독에서 오는 부작용 때문에 그렇다. 모두 마음도 약하고 착하다. 바르게 살아가려고 노력하고 좋은 길을 가려고 힘쓴다. 가능하면 술도 안 마시려고 하지만, 술을 안 마시면 한 시도 한순간도 넘기기 힘든 경우도 있고, 술의 갈망이 오면 마치 정신이 나간 사람처럼 된다고 한다.

그래서 칠십 대 중독자는 단주하는 것을 포기하고 가끔 폭음을 하고 또 입원해서 건강을 회복하기로 했다고 했다. 이젠 긴 시간을 견딜 수 있어 다행이라고 한다. 어떻게 하든, 이 시간들이 지나가서 코로나19로 막혔던 일도 하러 나가고 외출, 외박도 나가면 좋겠다고 한다.

제2부

서로
상생한다는 것

알코올로 인하여 찾아온 병들

사오십 대 알코올 중독자들과 육십 대 환우들은 온 장기가 성한 곳이 없다. 제일 많이 걸리는 것이 간에 문제를 일으키는 병이다. 간 경변과 간암까지 일으킨다. 실제로 육십 대 한 환우는 간암에 걸려 응급으로 고려대병원으로 실려 가 응급조치로 치료를 받고 다시 이곳으로 오곤 했다. 그러나 지난번 간 것이 마지막으로 간 것 같다. 돌아올 시간이 되었는데도 오지를 않는다.

누님을 잘 둔 덕분에 끝까지 케어는 받지만 평소 생활 습관은 화를 자주 내고 시비도 자주 건다. 다른 사람을 괴롭힌다. 물론 자신의 몸에 이상이 생겨서 그런 것이다. 몸도, 이도 잘 씻지 않는다. 그 또한 몸이 괴로워서 일어나는 현상이다. 다시 이곳에 들어오길 바란다.

항상 들어올 때는 몸이 모두 망가졌음에도 술을 지독하게 많이 마시고 들어와 걸음도 걷지 못하다 겨우 다시 걷게 된다. 그리고 얼굴이 조금 나아지면 치료진의 만류에도 불구하고 퇴원을 강행한다. 그런 일을 몇 번 반복하더니 고려대병원으로 실려 가 오질 못하고 있다. 이젠 그만큼 병이 깊어서 그곳에 있으며 마지막 잎 새처럼 떨어질 날을 기다린다고 생각하니, 쾌유를 빌면서 도 마음이 무거워졌다.

사람은 몸 구석구석이 소중하고 나름의 기능을 담당하고 있다. 적당한 영양분을 섭취하고 운동을 해 주어야만 그 기능을 제대로 발휘하여 우리 몸 전체가 원활히 작동하게 되어 있다. 그런데 알코올을 섭취하면 이 알코올이 우리 몸 구석구석에 침투하여 문제를 일으키게 된다.

뇌 신경을 마비시키기도 하고 몸 각 부분의 기능을 못 하게 해서 온

몸을 힘들게 만든다. 그러므로 결국 한 사람을 폐인으로 만들어 간다. 정신 질환을 앓게 만들거나 위장 장애로 위장병을 일으키기도 하고 심장 마비 등 심장질환도 일으킨다. 피부 발진 등 피부병에도 시달린다. 그리고 귓병, 콧병, 입병에도 취약하다.

그래서 이곳은 알코올 병동이면서도 종합 병원을 방불케 한다. 특히 구강 상태가 안 좋거나 치아가 모두 망가져 먹을 것을 제대로 못 먹는 경우도 많다. 이렇게 술은 우리에게 치명적인 위험을 주지만, 알코올 중독자들은 전혀 상관없는 듯 생각하며 음주에 집중한다. 도로 위에 신문지를 깔고 앉아 라면 국물에 소주 한잔 마시며 그곳이 천국이라고 하는 알코올 중독자가 있으니, 술이 얼마나 좋으면 그런 말을 할까? 그러나 채 삼 일도 안 된 후부터는 다시 모든 것이 뒤집혀 죽을 지경이라고 한다.

그것이 극명한 알코올 중독자의 이중성이며 알코올 중독이 얼마나 치명적인 병인가를 알 수 있다. 천국과 지옥을 오가는 알코올 중독자의 삶이다. 그래서 알코올 중독자는 심한 정신병자가 될 수도 있다. 술은 몸과 마음과 정신을 망가뜨리고 만다. 술은 사람 전체를 삼켜버린다.

알코올 중독자가 되어가는 과정

알코올 중독이 서서히 되어가는 과정을 보면 유전인 경우도 많다. 우리 동네에 신 씨 아저씨가 살았는데 그분 아들과 친구였다. 친구와 함께 세상을 산다는 것은 기쁘고 즐거운 일이다. 무슨 일을 하든 무슨 일이 있건, 우리가 살아가는 과정에서 어느 친구는 만나면 다방에 들어가서 종일 이야기꽃을 피우며 차를 마시고 즐겁게 살아간다.

그런데 그 친구는 차를 마시기보다 늘 소주를 마시자고 한다. 그래서 "부친께서 술을 많이 마셔서 얼굴이 성할 날이 없고 오랜 시간을 고통 속에서 살았는데 그렇게 너도 술만 마시며 한세상 살아갈 것이냐."라고 물었다. 자기도 매일 아버지 모습을 보면서 살아가는 것이 싫었는데, "나도 이렇게 술로 살아갈지 몰랐다."라고 했다. 세월이 흐를수록 술만이 좋으니 그 조화를 알 수가 없다고 한다. 그냥 세상 사는 것이 참으로 이상하다고 생각했다고 했다. 결국 그 친구도 그의 부친의 길을 따르다가 술병으로 운명했다.

이곳에서 몇몇 분도 술병의 원인을 물어보면 서로 싫어하지만, 몇 분은 부친이나 아니면 어머니가 술을 좋아하였고 혹은 할아버지가 술을 좋아하셨다고 했다. 그러니 더 큰 슬픔 속에서 살아가는 것이라고 했다. 그래서 술을 끊지 못하고 살아가니 장가를 안 간 것이 천만다행이라고 하기도 했다. 유전으로 인한 알코올 중독 요인도 분명히 있다.

수많은 원인으로 오는 술병이지만, 한번 술 중독에 빠지면 격리되어 술을 억지로 마시지 않는 한 계속 술을 마셔야만 한다. 술을 마시는 순간이 오는 줄도 모르고 마트에 가서 술병을 들고나온다. 세상에 술

좋은 술, 나쁜 술, 미친 술

밖에는 아무것도 보이지 않는다. 술만 보이고 그 술을 마시고 싶을 따름이다. 그리고 술을 마신다. 그다음에 일어나는 모든 문제는 알 수가 없다. 그리고 필름이 끊기고 기억이 아웃된다.

처음에는 서로 좋은 술로 즐거움과 기쁨을 얻으며 살아간다. 여자를 만나기 위하여 술을 마시기도 한다. 일반 회사원들도 자신도 모르게 술을 마시다 보면, 술이라는 것이 처음에는 모두 좋은 의미로 좋은 자리에서 좋은 술을 마신다. 그렇게 자신을 절제하며 자신의 삶을 잘 유지해 가면 되지만, 중간에 그 술의 절제가 무너지면 서서히 나쁜 술로 변하여 알코올 중독에 자신도 모르게 빠진다.

제일 위험한 것이 자기도 모른다는 것이다. 간암, 췌장암 등 우리 생명을 위협하는 암들은 상당히 진행된 상태에서 발견되어서 그 위험성이 더 커진다. 마찬가지로 알코올 중독도 상당히 진행된 상태에서 치료를 받으러 병원에 오기 때문에, 병원을 찾을 때는 많은 질병에 걸린 채 온다. 그리고 심한 금단 현상을 일으키며 주위 사람들을 괴롭힌다.

이처럼 그 나쁜 술이 미친 술이 되고, 알코올 중독은 평생 입원과 퇴원을 반복하는 매우 크고 위험한 질병을 유발한다. 모든 질병은 예방하거나 조기 발견이 되면 치료가 수월하다. 하지만 병이 깊어지면 백약이 무효이다. 우리는 그런 사실을 인식하고 올바르게 나를 성찰하며 나의 병도 알아차려야 한다. 모든 병은 내가 알아차리고 노력해야만 치료가 가능하다.

알코올 중독은 대개가 무증상이다. 그러기에 우리는 특이증상, 즉 필름이 끊기는 현상이나 다른 질병에 걸려야 알코올 중독임을 발견할 수도 있다. 그런데도 본인은 자기 병을 인식하지 못하고 알코올 중독이 아니라고 떼를 쓰며 밖으로 뛰쳐나간다. 그러기에 부모 형제나 아내, 자식들에게 큰 피해를 주면서 살아간다. 미친 술로 인하여 안하무인, 후안무치한 알코올 중독의 전형적인 모습으로 세상을 살아가니 세상 사람들이 중독자들을 사람 취급하지 않는다. 그래서 외롭고 고통스럽다. 그를 사람들이 회피하기 때문이다.

그러면 그냥 떠났구나 생각하고 사람들을 잊어버리면 되지만, 그렇지 못하고 떠난 사람들에게 집착하여 서로가 괴롭다. 그래서 폭행이 일어나고 살인이 일어난다. 사회 분위기는 술을 마신 사람이 잘못했을 거라는 생각을 많이 한다. 술을 마시지 않은 사람이 늘 유리하다. 그래서 마구 경찰을 부른다. 경찰을 부르면 술에 취한 사람은 붙들려 간다. 그것이 큰 문제이다. 점점 알코올 중독자들은 오해를 많이 받고 사회 지지도 받지 못한다.

알코올 중독 문제는 개인에게만 국한된 문제가 아니다. 국가 차원에서 그들에게 맞는 대책을 세워야 한다. 그들에게 알맞은 치료와 병행하여 적당한 일자리를 제공하고 술을 마시지 않고도 희망을 가지고 살아갈 방도를 마련해 주어야 한다. 오늘도 영화 감상을 하라고 하고 찰고무로 어떤 동물이나 나무 형태 만들기를 한다고 한다. 그런 것은 알코올 중독자의 시간 때우기이다. 물론 갈망을 줄이기 위한 방편이지만 시간을 때우는 것으로 끝나고 만다. 그래도 열심히 그런 교육과 오락이라도 하면 알코올 중독자들이 갈망을 이기는 데 도움이 된다고 한다.

어느 알코올 중독자의 일상

매우 오랜 기간을 입원해 있다가 퇴원한 오십 대가 있다. 그분은 병원 근처에 집을 얻어 놓고 산다. 그래서 그곳은 홈리스 알코올 중독자들의 중간 기착지이다. 일단 퇴원한 사람들은 병원에서 짐을 싸 가지고 나가서 그분 집에 맡긴다. 더러는 고맙다고 그분에게 술도 사주고 밥도 사준다. 그런데 그분은 일을 해야 하기 때문에 술을 자제하고 막 퇴원한 사람에게 그만 마시고 집으로 가라고 한 모양이다. 그랬더니 칼을 들고 죽인다고 날뛰어서 경찰에 신고하여 연행돼 갔는데, 예전에는 훈방조치가 되었지만 요즘은 살인 미수죄로 중한 벌을 받는다고 한다.

그런 사람을 여러 번 겪다 보니 짐을 맡아 주되, 잠을 자거나 술을 같이 마시는 것은 피하며, 노동을 하면서 일하다가 지치고 술병이 도지면 지체 없이 병원에 입원하곤 한다고 한다. 입원해서는 병원 생활에 적응하며 열심히 살아간다. 특히 노인 요양원 봉사를 열심히 나간다. 그리고 말없이 자신의 발전을 위해서 노력한다. 우리 모두가 그분처럼만 살아가도 괜찮겠다는 생각을 해본다. 그것이 알코올 중독자로서 자신을 지키며 살아가는 최소한의 방법이다.

그리고 몸이 어느 정도 회복되면 또 퇴원해서 닥치는 대로 막노동을 열심히 한다. 그리고 이곳에서 퇴원하는 사람들 짐을 맡아 주고 그들이 무사히 지내다가 입원하기를 바란다. 그분도 술을 마시면 대단한 음주자라고 한다. 술을 한자리에서 꼼짝하지 않고 밤새도록 마신다고 한다. 그것이 우리 알코올 중독자의 숙명적인 인생사의 단면이다.

어디로 떠나든 우리가 당면한 알코올 중독자는 새로운 삶의 형태로

자리매김하지만, 그들을 보호하고 돌봐줄 시설들이 많이 부족하다. 그리고 전문가도 많이 부족하다. 복지사들이 역할을 하지만 큰 도움이 되지 않는다. 그래서 우리 사회에서 그들을 품어줄 환경을 만들어 주는 것이 중요하다. 사회적 시스템이 필요하다.

이분도 막상 병원을 나가면 두렵다고 한다. 병원에서 살고 싶어도 돌보아줄 아이가 있어서 돈을 벌기 위해 일을 해야 하기 때문이라고 한다. 아이가 아직 학생이라 들어가는 돈이 많다고 한다. 어찌 되었든 우리 삶 속에서 세상에 쉬운 것이 없지만, 아이를 아버지 혼자서 키우는 것이 가장 어렵다고 하소연한다.

아이가 어머니 곁에서 자라야 하는데 아버지와 함께 살다 보니 거의 자폐아 수준으로 아빠와는 대화 한번 없고 술 마시는 아빠 때문에 엄마가 안 계시니 매우 난감하다고 한다. 인생살이에서 무엇이 어찌 되든 아이들을 위해서라도 술을 끊는 것이 상책이라고 한다. 그러나 그것이 말처럼 쉽지 않으니 그것이 문제라며 한숨을 짓는다.

아이는 아이대로 본인이 큰 피해를 입었다고 소리를 지르고 말썽도 많이 피운다고 한다. 잘되어야 사는 데도 지장이 없고 세상에서도 행복해야 할 텐데, 아이만 생각하면 알코올 중독자가 된 것이 후회막급이라고 한다. 아내도 술만 취하면 때려서 엄청난 고생을 했다고 한다. 술에 취하면 왜 아내를 때렸는지 모르고 기억에도 없다고 한다. 어느 날 술에서 깨어나 보니 아내가 애만 남겨놓고 어디론가 가버렸다고 한다.

수많은 일이 벌어져도 다른 사람들에게 아내에게 잘 하라고 신신당부를 한다. 아내가 없으니 불편한 점이 한두 가지가 아니고 아이가 제대로 성장하지 못한 것이 제일 큰 잘못이라고 한다. 그래서 지금이라도 입원 시간은 단축하고 밖에서 가능하면 술을 마시지 않고 새로운 출발을 하려고 무척 많이 애를 쓰지만, 오히려 요즘은 아이 문제로 더 자주 술을 마신다고 자책한다.

이분은 자신을 더욱 공고히 하고 기쁘고 즐겁게 살아가려고 노력하며 많은 봉사를 한다. 참 좋으신 분인데 알코올 중독에 걸려 모든 것을 잃고 희생당한다. 이곳 공동체에서 살고 있는 자체가 실패의 증거가 아니냐며 쓸쓸히 웃는다.

이곳에는 서로 웃어 보려고 노력한다. 웃는 것은 행복으로 가는 첩경이다. 아무리 불행한 처지라도 늘 웃고 즐겁게 살아 보려고 노력하면 행복으로 바뀐다. 소크라테스는 "인간이 먹기 위하여 사는 것이 아니라 살기 위하여 먹는다."라고 했다. 마찬가지로 그 말에 여러 가지를 대입해 보면 더 좋을 것 같다. '사람이 행복해서 웃는 것이 아니라 웃다 보면 행복해진다.'라고 말이다. 가난하다고 매일 울면 더 가난해진다. 그 가난을 즐기고 웃다 보면 어느덧 자신이 부자가 되어 있다는 사실을 알 수가 있다. 이분도 매우 낙천적이고 합리적이고 지적이며 자주 유머를 구사하며 웃음을 주고받는다. 반드시 좋은 날이 올 것이다.

알코올 중독자들의 특징

알코올 중독자들은 대부분 모든 현실에 대하여 부정적인 시각을 가지고 산다. 부모님이 나쁘게 인생을 살아서 낳지 말아야 할 자신을 낳아서 자신이 알코올 중독자가 되었다고 한다. 열네 살에 가출하여 노동력을 착취당하며 중국집 배달일을 한 사람은 이 세상의 모든 시스템이 잘못되었기 때문에 술을 마시지 않고는 살아갈 수가 없다고 하며 무조건 퇴원만 하면 술을 마신다. 그래야 자신의 실존을 알 수가 있다고 한다. 자신을 도와준 사람도 원망한다. 그래놓고 주민센터에, 시청, 도청에 전화해서 도와주지 않는다고 온갖 추태를 다 벌인다. 그들의 시각이 긍정적으로 바뀔 때 알코올 치료는 시작된다.

이곳 공동체의 식사는 최상의 수준이다. 그런데도 밥과 반찬 투정을 엄청나게 한다. 그것도 알코올 중독자들의 부정의 특징이 나타나기 때문이다. 어떤 사람들은 부모에게 욕을 하며 그분들이 자신의 부모인 것이 창피하다고 한다. 자신이 한 행동에 대한 반성이나 성찰은 없다. 오로지 자기가 알코올 중독자가 된 것은 부모가 잘못되었기 때문이라고 강변할 뿐이다. 연세가 드신 분들은 힘들게 성공해서 살아가는 자식을 원망하는 경우도 많았다. 참으로 부끄러운 일이다.

그러나 알코올 중독이라는 병에 걸리면 사람은 그렇게 변하고 만다. 병증이니 어찌할 방도가 없고 이해하며 감싸줄 방법밖에 없다. 그것이 알코올 중독자와 살아가는 방법이다.

두 번째 특징은 거짓말을 입에 달고 다니며 아내나 친구 때문에 술을 마시게 되었다고 한다. 잘나가던 사업을 갑자기 망쳐 빚쟁이들에게

좋은 술, 나쁜 술, 미친 술

시달리다 도저히 견딜 수 없어서 술을 마셨다고 한다. 심지어는 조상들이 술을 많이 마셔서 본인도 술을 많이 마시게 되었다고 한다. 평산 신 씨인 어떤 분은 시조 할아버지 신숭겸 장군께서 술을 말술로 마셨기 때문에 자기도 지금 이렇게 술을 많이 마신다고 했다. 그분은 고려 개국 공신으로 술을 마셔도 전쟁에서 큰 전공을 세웠고, 마지막에는 왕인 왕건을 대신하여 스스로 죽고 왕건을 살린 충신이며 장군 중 대장군인데 어찌 시조 할아버지를 욕되게 하느냐고 했다. 가만히 보면 평산 신 씨 중 알코올 중독자가 많은 것도 뭔가 유전적인 요인도 있는 듯하다. 술 먹는 이유를 변명하거나 사람 탓, 일 탓을 하는 것도 알코올 중독자들의 단골 메뉴이다. 이것을 투사(投射)라고 한다.

세 번째 특징은 합리화이다. 술을 마시는 것은 자기 환경에서는 어쩔 수 없는 선택이라고 한다. 자기는 술을 안 마시려고 하는데 주변에서 자기를 괴롭게 하고 잔소리를 심하게 해서 이렇게 술을 마시고 취하게 되었다고 말한다. 살아가면서 자기 합리화를 하는 경우가 많은데, 알코올 중독자들은 특히 늘 자기 합리화에 능수능란하다. 심지어 엄마가 아이에게 준 용돈을 빼앗아 술을 마시는 버릇이 있는 사람이 그것도 잘한 일이라고 강변하는 경우도 있다.

이렇게 알코올 중독자는 가상의 세상을 만들고 그 세상이 현재에 있는 것처럼 꾸민다. 어떤 오십 대는 자기가 이십억 원을 가지고 있다고 하거나, 벤츠를 산다고 딜러에게 전화하여 딜러가 벤츠를 몰고 병원까지 왔다가 결국 거짓인 것이 들통이 났는데도 끝까지 자기 합리화에 열중했다고 한다. 그것이 그 알코올 중독자에게는 현실의 세계로 착각된 것이다. 또 고려대학교를 나왔고 육군 소령으로 예편했다고 거짓말하기도 한다. 그 모두가 가상 거짓 세계를 현실 세계로 살면서 자기 합리화를 하고 있는 것이다. 무서운 일이다. 술로 인하여 뇌가 망가져서 오는 조현병의 일종이라고 한다.

좋은 술, 나쁜 술, 미친 술

욕창에 걸린 알코올 중독자

한 환우는 종일 방구석에 앉아 술을 마시고 똑같은 자세로 술 마시고 잠들고 또 깨면 술 마시기를 반복하여 꼬리뼈 있는 곳이 짓물러서 욕창이 생겼다. 욕창은 살이 짓물러서 서서히 상처 주위가 썩어서 점점 깊이 들어가 뼈가 하얗게 보이게 되고 치료 시기가 지나면 결국 목숨까지 잃는 병이다.

알코올 중독자가 욕창 환자가 된 것은 처음 보았다. 이렇게 알코올 중독은 모든 병의 뿌리가 되어서 사람을 괴롭게 한다. 아버지는 일찍 돌아가시고 어머니 슬하에서 살았는데, 어머니가 술집에도 나가시고 노래 바에도 나가며 생계를 꾸리다 보니 어릴 때 매일 방안에서 혼자 이삼일씩 공포 속에서 살았다고 한다. 어머니가 술에 취하여 들어오셔서 자신에게 짜증을 내고 욕도 많이 했다고 한다.

초등학교를 다니다 말고 집을 나와 어떤 공장에서 일하게 되었는데, 거기에서도 매일 혼자 기계를 돌리는 일을 하면서 화장실 갈 시간도 없었다고 한다. 한 달을 간신히 버텨서 돈을 달라고 하니까 한 달 치는 까고 다음 달 치부터 월급을 준다고 해서 화가 나 저녁에 공장에 불을 지르고 도망갔다. 결국 경찰에 붙들려 소년원에서 살다가 나와서 갖은 고생을 다 하며 여기까지 왔다고 한다.

공부를 안 해서 주로 힘들고 더럽고 어려운 일을 해오다가 어떤 여자를 만나서 살림을 차리고 사는데 이루 헤아릴 수 없는 고통의 시간이었다고 한다. 함께 맞벌이를 하며 사는데 집안일은 전혀 신경을 안 쓰고 회사 일과 몸단장하는 일에만 열중이더란다. 자기는 무서운 건설 미장사 반장을 만나 매를 맞으며 미장일을 배워서 일당으로 이십여 만 원씩 벌어서 삼백육십오일 꼬박 아내에게 바쳤다고 한다. 그래서 아파트도 분양받고 잘살았는데, 그만 아내가 다른 사람과 바람이 나서 나돌아다니며 가산을 탕진하고 본인은 술로 나날을 보내다가 피부병도 걸리고 위장병도 걸렸다고 한다. 그리고 방구석 한쪽에 앉아서 술을 마시다 욕창에 걸렸다고 한다.

지금은 솔직하게 빨리 죽고 싶다고 한다. 인생에 대한 의욕도 없고 희망도 없다고 한다. 아들 하나를 두었는데 그 녀석도 지금 어디에서 뭐 하며 사는지 알 수 없다고 한다. 집만 달랑 남아 있는데 그것도 복이라 생각한다고 했다. 남들은 모두 홈리스인데 본인은 집이라도 있으니 천만다행이라는 생각을 한다는 것이다. 알코올 중독자는 거의 집이 없다. 그들의 집은 공원, 화장실, 전철역 역사이고 제일 좋은 집이 알코올 중독 병원이다. 알코올 중독자들은 모두 딱하고 측은하다. 다들 힘들게 견딘다.

특히 코로나19로 인하여 우리는 최악의 경우를 경험하고 있다. 외출, 외박도 안 되고 세상과 단절돼 살고 있는데 무슨 일을 보려면 퇴원을 하라고 한다. 그러나 재입원하려면 매우 까다롭고, 가뜩이나 돈이 없는데 코로나19 검사를 돈을 내고 받고 와서 재입원해야 한다. 이것이 원칙이다.

이 환자도 코로나19 검사를 받고 이곳에 입원했다고 한다. 큰일이라는 생각을 한다. 슬프고 아프다고 하며 눈물을 흘린다. 함께 눈물을 흘렸다. 돈 한 푼이 아쉬운 사람들은 코로나19 검사를 돈을 내고 받고 외국에서 들어오고 돈 많은 사람들은 코로나19 검사가 왜 공짜인지 모르겠다. 뭔가 아귀가 안 맞는 정책으로 국민들은 멍들고 있다고

좋은 술, 나쁜 술, 미친 술

한다. 술만 안 마시면 똑똑한 사람들이 술만 마시면 바보 멍청이가 된다고 또 눈물을 흘린다.

서로 상생한다는 것

이곳에 벌써 몇 개월째 노인들이 함께 살고 있다. 이곳에 있는 사람 중에는 스스로 봉사하는 사람, 절대로 봉사하지 않고 자기 앞가림도 못 하는 사람, 그야말로 아무것도 안 하면서 다른 사람들이 하는 일에 참견하며 봉사 의욕을 꺾는 사람도 있다. 그리고 이곳에 오래 살았다고 텃세를 부리며 다른 사람들을 위협하는 인물도 있고 교도소 다녀온 것을 자랑하며 자신이 대단한 일을 한 것처럼 행세하는 사람도 있다. 돈이 없는 척 빈한함을 이유로 다른 가난한 사람들을 적당히 갈취하면서 사는 사람도 있다.

그러니 다양한 무리들이 모여서 어영부영 살아가는 모습이다. 치료진과 환자들 사이가 매우 안 좋은 경우도 있다. 치료진을 원수 대하듯 하는 사람들이 있다. 그들 대부분은 알코올 중독과 정신적 문제가 있는 분들이다. 강박관념에 사로잡혀 모든 사람을 자기 적으로 간주한다. 부모 형제까지도, 어떤 이는 자기 자식까지도 모두가 적이다. 스스로 살아가지 못하고 그들에게 빌붙어 살다가 그들로부터 배척당하고 혼자 쓸쓸하게 살아가면서 그 좋았던 가족들을 모두 원망하고 적으로 간주하여 저주까지 한다.

그래서 이곳 병원 공동체에서라도 서로 도우며 상생하며 살아가야 한다. 어정쩡하게 살다 보면 밥도 죽도 안 된다. 이 세상은 모자란 면을 메꾸어 주며 참하게 살아가야만 한다. 즐겁고 행복하게 살아가도록 노력해야 한다. 우리라도 서로 뭉쳐야 하는데 알코올 중독자라는 것이 왜 그런지 모르지만 서로 헐뜯고 뭉치질 못한다. 서로 작은 단점

좋은 술, 나쁜 술, 미친 술

을 발견하고 그것을 드러내어서 상처를 준다. 그것이 우리네 인생인가 보다. 알코올 중독자들의 변명을 듣다 보면 참으로 많은 것을 알아간다.

그 자신의 눈에 대들보는 보지 못하고 오직 남의 눈 티만이 보인다. 그것이 알코올 중독자들의 한계이다. 눈물의 한을 풀면서 자신도 모르게 남을 원망하고 남에게 고통을 준다. 다른 사람이 불편해하는 모습을 받아들이지 못하고 오로지 자기만의 우물 안에서 자기만의 세상을 만들고 그 세상이 우주라고 항변한다.

늘 인상을 쓰고 다니며 쓸데없는 이야기를 하면서 무척 안타깝게 살아가는 사람들이 있다. 그들을 보면 너무나도 불쌍하다. 전문가의 말에 의하면 그 사람은 평생 그렇게 살다가 그렇게 죽는다고 한다. 이미 술로 인하여 뇌가 고장이 났기 때문이라고 한다. 그 뇌는 이미 한 부분이 고장이 나서 회복 불능 상태라고 한다. 그리고 주변 사람들을 자기의 잣대로 재면서 판단하고 이유 없이 미워한다. 객관적으로 보아도 그는 늘 그렇다. 그래서 몇 번 충격적인 충고도 하고 타일러 보기도 했지만 모든 것이 허사다. 그 뇌가 강박관념으로 고착되어서 아무 의미가 없다.

몸이 아프다고 하면서 몸이 아픈 사람이 하면 안 되는 일을 반복한다. 술 마시는 일은 그렇다 치더라도 이곳에 있으면 술은 마시지 않는데 온갖 나쁘다는 음식은 다 먹는다. 그중 대표적인 것이 커피다. 커피를 평균 하루에 열 잔 마신다. 많이 마시는 사람은 이십 잔 정도를 마시는 것 같다. 그리고 과자류 중에서 기름에 튀긴 조청유과나 새우깡 등을 많이 먹는다. 어떤 사람은 오징어 땅콩을 종일 먹기도 한다. 우리는 모두 그렇게 바보같이 아무 생각도, 의식도 없이 살아간다. 그렇게 하루하루 자기 몸을 죽여 가며 살아간다. 이제부터라도 지금 당장 작은 것부터 서로 도와가며 살아갔으면 좋겠다. 따뜻한 인사말을 주고받고 미소를 띠어 주며 서로의 기분을 상하지 않게 말이다.

좋은 술, 나쁜 술, 미친 술

어느 정신병자의 시위

얼마 전에 알코올 중독으로 머리가 완전히 망가진 정신병 환자 한 분이 임시로 이곳에서 함께 살았다. 이상한 것은 절대로 몸을 씻지 않고 가끔 음식 먹기를 거부한다. 그러니 치료진과 옆에 동료들이 고생한다. 그분과 한방을 쓰는 분도 문제가 있지만, 그분은 바둑을 잘 두어 가끔 유머로 서로를 웃긴다.

오늘은 식당에서 밥을 먹지 않아 특별히 방으로 배달을 했는데 한방을 쓰는 아저씨가 갑자기 달려와서 "개가 밥을 안 먹어요." 한다. "그 개가 무슨 개인데요. 진돗개요, 풍산개요?" 하니 머리가 약간 돌아왔는지 신나게 웃는다. "아니요. 사람개요. 내 옆에서 자는 개요." "아, 훈 씨요. 그럼 식판을 가져다 식당에 주고 스테이션에 이야기해야죠. 왜 나에게 하세요." 하니 "스테이션은 무서워서 못가요." 했다.

알코올 중독으로 약간 지적 장애가 있는 사람이 가끔 나를 괴롭게 한다. 오늘도 스테이션 앞에서 갑자기 걷기 운동을 하는데 터줏대감 같다고 해서 스테이션을 놀라게 했다. 그렇지 않아도 견제를 받는 탓에 마음이 많이 괴로운데 그런 말을 하니 애달프다. 우리 모두가 바른 말을 하면서 살기에도 바쁜데 쓸데없는 얘기에 신경을 써야 하니 몹시 곤란하다. 모자란 사람들 집단에서 산다는 것이 워낙 고단한 일이다. 그래도 이곳에서 살아야만 하는 내가 아프다.

오늘은 여러 가지로 싫었다. 그래도 글 쓰는 일에 집중하며 스스로 건강을 위하여 온몸과 맘을 정갈하게 유지하며, 특히 마음을 지키며 살아간다. 슬기와 지혜로 예지를 가지고 마음을 굳건히 지켜야 한다.

세상에는 나를 망치려는 사람들이 많다. 이분은 어떤 때는 정신이 돌아와 웃기도 하는데 오늘은 아버지가 보고 싶어서 마음이 괴로워 밥을 못 먹는다고 한다. 아버지에게 많은 불효를 했다고 말하기도 한다. 이분은 간호사님께서 밥을 먹이면 받아먹는다. 참으로 정신과 환자답다. 인간이 살아가면서 여인의 사랑을 한 번도 받아 보지 못해서 그런 것 같다.

이곳 간호사님들, 특히 수간호사님이나 책임 간호사님은 그래도 정성껏 밥을 먹여 드린다. 호강하는 것이다. 그래서 가끔 그런 시위를 한다. 아니면 기저귀에 대변을 잔뜩 싸 놓으시고 씻기 싫으면 밥을 안 먹는 경우도 있다. 어느 날 그 방에서 하도 심한 냄새가 나서 관물함을 열어 보니 거기에 기저귀를 벗어서 처박아 놓았다.

그렇게 그분은 그분 나름의 삶을 살아간다. 텔레비전을 보면서 웃기도 하고 울기도 하고 모든 감정은 잘 표현하는데, 어릴 때부터 아버지와 살면서 씻지 않았던 것 때문에 지금도 씻기 싫어하는 버릇이 그대로 있는 모양이다. 그런데 가끔 제정신이 돌아오면 사과를 따야 한다고 하거나 배나 자두를 따야 한다며 밝은 웃음을 깔깔 웃는다. 그 모습은 갓 피어난 사과꽃이나 배꽃처럼 화사하고 예뻤다. 마치 평범한 일상으로 돌아온 몽상가가 되어 사는 것 같다.

다양한 사람들이 각양의 방법으로 자신이 처한 처지에서 그래도 살아가는 것이 이곳에서 존재하는 이유가 된다. 이분은 나이가 이제 오십 대인데 칠십 대로 보였다. 씻지를 않아서 그런지도 모른다. 그러나 이곳에서 나이와 존재는 상관이 없다. 이십 대에서 팔십 대까지 알코올 의존증이라는 무서운 병에 걸린 환우들끼리 이 병원 공동체에서 적응하며 살아간다.

좋은 술, 나쁜 술, 미친 술

새로 온 환우들의 애환

세 분이 함께 입원했다. 오늘 아침에 한 분이 갑자기 침대에서 일어서다가 빙그르르 머리가 돌면서 어지러워 땅바닥에 넘어졌다. 과음으로 인하여 알코올성 간염인지 간 경화인지를 앓고 있다고 한다. 돈이 있으면 대형 병원으로 가서 입원할 수 있지만, 돈이 없으니 알코올 병원에 입원해서 임시 치료를 받고 있다. 알코올 중독자들에게 이런 병원 공동체가 없다면 큰일이라는 생각을 하곤 한다.

그분도 술을 많이 마셔서 나쁜 병에 걸렸는데 알코올 해독을 해야 다른 병원에 가서 시술을 받을 수 있다. 커피를 마시거나 담배를 피우면 더 힘이 드는데 금단이 와서 계속 마시고 피우니 해독도 더디고 순간적인 어지럼증으로 쓰러지고 말았다. 치료진의 간곡한 부탁이 있음에도 말을 듣지 않는다. 이곳 사람들 특징이 당장 죽는다고 해도 제하고 싶은 일은 꼭 하고 만다. 쇠심줄 옹고집이다. 알코올 중독자의 특징의 일종이다.

다행히 영원히 쓰러지지 않고 다시 일어났다. 담배를 빼앗았다고 하는데 어디에 숨겼는지 손에는 담뱃갑이 들려 있었다. 인간은 죽는 순간까지 자기가 하고 싶은 일은 꼭 해야 하는구나 하는 생각을 하게 하였다. 저러한 집념을 술 마시고 싶은 생각에서 벗어나 다른 일을 이루는 데 쓴다면 무슨 일이든지 이룰 것이란 생각을 해본다.

사람이 죽을 각오를 하면 이루지 못할 일이 없는데 이곳 사람들은 돈만 생기면 술 마실 생각만 많이 한다. 그리고 병에 걸려서 이곳에 실려 와 죽을 고비를 넘기고 조금 살아나면 지병을 고칠 생각은 안 하고 술을 마시려고 한다. 온몸을 벌벌 떨면서 걸음도 제대로 걷지 못하고 헤매고 있다. 그런데 오자마자 이곳 분위기에 대한 불만이 많다. 흡연실을 혼자 사용하게 해달라는 것이다. 함께 쓰면 코로나19에 감염될 확률이 높다고 한다. 회의하다가 모두 웃고 말았다.

병원에 흡연실이 있는 것은 불법이다. 그러나 알코올 환자가 입원하여 술을 안 마시면 금단 현상이 오는데, 거기에 담배까지 못 피우게 해서 이중으로 금단이 오면 정신적 스트레스가 커져서 매우 큰 문제를 일으킬 수 있다. 그래서 일시적으로 흡연실을 개방하는 것인데 담배를 혼자서 피우게 해 달라는 것은 큰 잘못이다. 그래도 그렇게 해달라고 억지를 부리다 많은 환우의 반발로 멈추게 되었다. 술을 얼마나 많이 마셨는지 '술살'이 쪄서 몸이 남산만 한데 뒤뚱거리니 보기가 흉하다.

이처럼 알코올에 중독이 되면 술살이 올라 뇌졸중이 오기 십상이다. 다른 사람 눈에는 그렇게 보여도 본인은 그런 사실을 전혀 자각하지 못한다. 마치 자신이 생각하고 행동하는 모든 것이 정상이라고 생각한다. 사회에서 일어나는 일반적인 현상들도 마찬가지이다. 불법이나 비리를 자행하고서도 본인 자신은 정의롭고 정당하다고 주장하는 사람들이나 지금 이분이나 똑같다는 생각을 한다. 부디 이분이나 '정기연'이란 곳이나 삼십 년 장기집권을 한 윤모 씨나 모두 되돌릴 수 없는 환자들이지만 그들이 치유되어 정신을 제대로 차리고 살기를 바라본다.

또 한 분은 실어증에 걸린 것 같다. 통 말이 없는데 눈동자는 흐리멍덩하고 반쯤 정신 줄을 놓은 것 같다. 대부분 알코올 중독자들이 처음 입원하면 모두 그러다가 삼사일이 지나면 돌아오는데 이 사람은 여전히 똑같은 현상이다. 잠깐 이야기를 나눠 보니 사업 실패로 술을 마시기 시작했고, 지금까지 끊지 못하고 병원을 오가며 별생각 없이 술에 의존하며 사는데 세상 모든 것에서 떠나고 싶고 일단 말하기 싫어졌다고 한다. 우울증에 걸리고 서서히 실어증으로 옮아가는 것 같아 마음이 아렸다.

이곳에 입원하면 처음에는 아무래도 힘들어한다. 분위기도 낯설고 사람들의 텃세도 있는 편이다. 그러나 모든 것을 무시하고 한두 주간을 지내다 보면 아무 불편 없이 서로 상생한다. 그래서 인간은 모든 환경에 가장 빠르게 적응하는 동물 중 하나라고 한다. 우리가 생각하고 바라보고 있는 중국이나 북한은 도저히 사람이 살 수 없는 동네처럼 보이지만, 그곳의 인민들도 하루하루 그들 환경에 적응하여 잘 살아가고 있다. 어떤 어부는 독도에서도 부인과 함께 살기도 했다. 가끔 텔레비전에서 보면 무인도에 홀로 들어가 혼자 사는 부인들도 있다. 인간은 그처럼 주어진 환경에 잘 적응하며 살아간다. 새로 입원한 환우들도 지금은 어설프지만 잘 적응하고 열심히 살아갈 것이다.

병원에서 하는 교육 시간들

전문의가 하는 중독강의는 들을 만한 가치가 있고 알코올 중독에서 헤어 나오는 데 도움이 되는 것은 사실이다. 그러나 전문용어를 그대로 쓰거나 어려운 뜻을 가진 외국어들은 몇 사람만 빼고는 누구도 알아듣지 못하는 경우가 종종 있다. 그러다 보니 교육이 끝나면 남는 것이 없다. 교육을 반강제적으로 받다 보니 더 따분하고 시간만 낭비한 경우가 되어 버린다.

다음에는 어린 복지사들이 하는 교육이다. 열정적으로 책을 베껴다 환우들에게 교육하는 것까지는 좋은데 너무 경망한 단어와 주제를 가지고 온다. 알코올 중독자의 특징을 교육하는데 어른이 되었다고, 즉 '나이가 먹었다고 모두 성숙하지 않았다.'라는 말을 새파랗게 젊은 처자가 최소 삼십 대 이상 칠십 대까지 있는 환우들 앞에서 한다면 청중들 마음은 어떨까? 알코올 중독자라고 무시하는 격이 된다. 그냥 알코올 중독자 특징만 교육하면 된다.

또 행복이란 무엇인가를 설명하며 '행복은 고통을 이겨 나가는 과정이다.'라고 한다. 예를 들어 칠십 대 교육자가 그런 이야기를 하면 어울리지만, 이십 대 복지사가 그런 이야기를 하면 모순이 된다. 그러한 강의를 똑같은 사람에게 듣는다고 생각하면 알코올 중독자라도 듣기 싫은 강의가 될 것이다. 좀 더 겸손하고 연구를 많이 하여 유익한 교육이 되었으면 좋겠다.

여기에서 보내는 지금 현실은 참으로 소중한 시간이다. 치료진도 이점 명심하여 자기 자신들의 시간이 소중하듯 이곳 환우들의 시간도

좋은 술, 나쁜 술, 미친 술

소중함을 깨닫고 좀 더 유연하고 철저한 학습 준비로 서로에게 소중한 시간이 되기를 청해본다. 단어 하나 용어 하나라도 환우들의 눈높이에 맞게 선택하여 강의를 해주면 좋을 것 같다.

환우들도 강의하는 선생님들 말에 귀를 기울이고 행복한 강의가 되도록 협조할 필요가 있다. 이왕 주어진 하루에 하는 일들이 우리 모두에게 소중한 경험이 되어 살아가는 데 도움이 되기를 간절히 바라본다. 그래도 주치의 선생님과 함께하는 집단치료가 우리에게는 도움이 많이 된다. 서로 의견을 개진하며 몇 가지를 주제로 토론을 열심히 주고받는다.

또 이 시간은 서로를 알아가는 계기도 되는 것 같다. 누가 누구를 아는 것이 문제인가, 그냥 서로가 알고 지낸다는 것은 동병상련의 아픔을 서로 위로할 수 있다는 뜻이다. 가끔 그것을 이용할 수도 있지만 조심하면 된다. 어떤 전문의 선생님은 우리가 알아듣기 편하게 해 주는 경우도 있다. 알기 쉽게 우리의 상황들을 잘 파악하여 알코올 중독의 심각성과 고통을 증명하는 데 여러 가지 방법으로 가르쳐준다. 중독자들에게 교육은 필수이다. 교육 중 자신의 병증을 알아차리는 경우가 많다. 환자가 자기 병증을 알아차려야 자기 병을 고칠 수 있다. 특히 알코올 중독은 그러한 병이다.

알코올 중독자 치료진

이곳에서 근무하는 간호사나 보호사는 특별한 사람들인 것 같다. 거칠고 우격다짐하는 힘든 환우들을 대하다 보니 반 깡패가 되어야 할 것 같은데 모두 베테랑이 되어 대처도 잘하고 자기 관리를 철저하게 한다. 환자들의 상태나 중독 정도를 완전하게 파악하여 맞춤 간호와 보호를 한다. 서로 소통도 잘되고 거리낌이 없다. 어떤 때는 방금 술에서 깨어나 들어온 환자의 되지도 않은 강력한 금단 현상을 끝까지 참으며 대해주며 그에게 해가 되는 일을 하지 못하도록 막는데 침착하고 끈기 있게 인내하며 해낸다.

보호사들도 간호사를 보호하며, 또 환자도 보호하면서 좋게 모든 일을 해결하려고 노력하는 모습을 보면 눈물이 나는 경우도 있다. 같은 환우끼리 의견 충돌로 싸움이 나는 경우도 있는데 그런 때도 간호사와 보호사가 중간자 역할을 힘들게 하면서 힘겨운 시간을 보낸다. 특히 나이트 근무는 상당히 고된 일임에도 철저하게 하려고 노력한다. 그러나 환우들은 알코올 금단이 찾아오면 치료진을 별 이유 없이 괴롭힌다. 그런데도 유머로 대해주고 따뜻하게 대해준다. 세상에서 알코올 중독자를 사람답게 대해주는 사람들은 이곳에서 근무하는 간호사와 보호사들뿐이다. 그들은 이곳 환우들에게는 좋은 파트너이다.

물론 주치의 선생님들은 부모나 형제와 같은 분들이다. 그래서 알코올 중독자는 주치의 선생님을 잘 만나야 한다. 대부분 훌륭한 분들이다. 이곳에는 김모 박사님께서 계시는데, 이분은 알코올 중독자의 아버지라고 불릴 만큼 이 분야의 선구자이시다. 늘 인자하시고 모든 환

좋은 술, 나쁜 술, 미친 술

우가 치유되기를 늘 기도하신다.

지독한 알코올 중독을 고치기 위해서는 때로 극약 처방도 필요하다. 즉 중독자들의 옹고집을 꺾어야 할 때도 있다. 어떤 때는 인자한 아버지가 지독한 매를 들어야 할 때도 있다. 그럴 때 아버지의 마음은 더 아프고 고통이 심하다고 한다. 그 모든 것을 감안하고도 끝까지 노력하는 모습에서 성자를 보는 듯하는 경우도 있었다.

이렇게 불치의 병에 걸린 알코올 중독자들을 진료하기 위하여 많은 사람이 불철주야 노력하고 있다. 재발률 백 퍼센트의 알코올 중독을 완치하기는 불가능하다. 그러나 의사의 꾸준한 진료를 받으며 단주 일지를 매일 쓴다면, 알코올에서 탈출하여 새로운 길을 갈 수도 있다. 즉 단주의 기쁨과 행복을 누리며 단주를 연속해 갈 수가 있다.

°단주하면서 살아가려면

단주하며 살아가려면 첫째로 직업이 필요하다. 대부분 어느 정도 치료를 받은 사람들은 아파트나 건물 경비로 취직한다. 그리고 시간이 나면 무조건 단주 모임에 가야 한다. 단주 모임은 지역 사회에 가면 보건소에 알코올 중독자 모임이 있고 사설 단주 모임도 있다. 특히 A.A. 모임에는 꼭 가는 것이 좋다. 사람들이 모이는 곳에 가면 서로 위로를 주고받을 수 있어 매우 좋다. 그리고 단주에 대한 열망이 생겨 어느 정도 술에 대한 갈망이 사라진다고 한다. 그래서 한 시간 단위 단주가 하루 단위 단주가 되고, 일주일 단주가 되고, 한 달 단주가 된다고 한다.

술을 한 잔이라도 마시면 지체없이 병원에 입원하는 것이 상책이라고 한다. 그렇게 또 단주를 시작하는 것이다. 단주를 얼마나 오랫동안 유지했느냐는 무의미하다고 한다. 아무리 오랜 시간 단주를 했어도 한 번 음주한 것으로 알코올 중독이 재발한 것이라고 생각하면 틀림없다고 한다. 우리의 삶은 그렇게 단주와 재발의 반복으로 살아갈 운명이라고 한다.

그리고 평소에 많은 모임에 가입하여 살아갔다면 그 모임을 대폭 줄여야 한다. 사람은 모이면 술의 유혹을 많이 받는다고 한다. 가능하다면 단주 모임 외에 다른 모임은 안 하는 것이 맞는다고 한다. 또 배가 고프거나 고달픈 일은 하지 않는 것이 좋다. 그러면 음주 갈망이 생겨서 술을 찾게 되는 경우가 많다.

대부분 알코올 중독자는 돈이 없는 가난한 사람들이 많다. 그리고 대부분 혼자 사는 경우가 많은데, 그 모든 것을 안분지족으로 받아들

좋은 술, 나쁜 술, 미친 술

이고 편한 마음으로 살면 별 탈이 없는데 자꾸 욕심을 부리다가 스트레스를 받으면 또 술을 마시게 된다고 한다. 어찌 되었든 살기 위해서는 건강해야 하고 단주를 해야만 한다. 그러기 위해서는 암 환자가 살기 위하여 피나는 노력을 하는 것처럼, 어쩌면 암보다 무서운 알코올 중독을 극복하기 위해서는 정신을 바짝 차리고 온 힘을 경주해야만 그 지독한 알코올 중독 병을 극복하고 행복한 삶을 살 수 있다.

알코올 중독자에게 술은 사약보다 무서운 독약임을 알아야 한다. 차라리 술을 마시면 즉시 죽는다고 의식하면서 산다면 술을 마시지 않을 수가 있다.

둘째로 규칙적인 생활을 해야 한다. 끼니는 정확하게 챙겨 먹고 살아야 한다. 끼니를 거르고 술만 마셔 대는 것이 알코올 중독자이기 때문에 언제나 일어날 시간에 일어나 모임 등에 나가는 스케줄을 빠듯하게 짜서 허술한 시간을 보내면 안 된다. 여기서 살펴보면 허술한 시간이란 한가하게 술을 마시며 허하고 쓸쓸하게 보낸다는 말이다. 금쪽같이 주어진 시간들을 허술한 것으로 만들어서 될 것이 무엇이 있을까? 생각해 보기를 바란다.

여기에서 생활하는 사람 중에는 살아서 좋은 일을 하면서 살날이 얼마 남아 있지 않은 경우가 있다. 그래서 이곳에서라도 선하고 착한 일을 하며 사는 것이 좋다. 지금 이 순간부터 하는 것이 중요한 일이다. 이곳에도 봉사할 일이 많다. 청소도 할 수 있고 노인들 목욕도 시켜 주고 기저귀도 갈아주고 얼굴도 씻겨 드리고 밥도 챙겨 드릴 수가 있다.

우리가 살아가는 과정에 행복과 즐거움이 숨어 있다. 돈이 없어도, 큰 힘을 들이지 않고도 소소한 기쁨을 일순간 일순간 맛볼 수 있다.

그렇게 주어진 하루를 복되게 살다 보면 언젠가는 큰 복을 받을 수 있다. 그것이 우리의 삶이다. 매 순간 움직이면 건강에도 매우 좋다. 예를 든다면 어떤 일에서 슬프면 슬픈 대로 기쁘면 기쁜 대로 모든 것을 신께 맡긴다면 내가 받아야 할 고통이 많이 없어진다.

그리고 어디에서나 걷기를 좋아하고 생각하기를 좋아하고 일하기를 좋아하면 모든 면에서 건강해지고 알코올 갈망에서도 벗어날 수 있다.

게으르고 주책없이 남의 일에 간섭하고 잔소리가 많아지면 여러 가지 문제가 생긴다. 특히 나이 먹을수록 연장자로서 존경을 받고 서로 사랑을 주고받아야 하는데, 그렇게 하지 못하고 나이 먹은 것을 자꾸 내세워 자신을 내세우려고 하거나 과거의 좋은 일, 나쁜 일을 가지고 과시한다는 것은 나쁜 버릇이다. 우리는 그러한 착각에서 빨리 헤어나야 한다. 나이를 먹었으면 그 햇수만큼 겸손하고 젊은이들에게 잘해야 한다. 잘못하면 늙은이 취급을 제대로 받아 몹시 괴로워진다. 치료진 일부도 나이를 먹어서 늙었다고 다 성숙한 것이 아니라고 했다. 우리는 나이 먹은 햇수만큼 성숙해야 한다.

있는 그대로
모든 걸 시인하는 주선들

사람들은 자기 자신의 치부를 드러내지 않으려고 자기 자신을 포장하기를 좋아한다. 그럴듯하게 옷치장을 하거나 명품으로 자신을 가린다. 그리고 거짓말을 한다. 변호사도 아닌데 변호사 행세를 한다거나 빈털터리 가난뱅이인데 부자인 척한다. 모두 바로 들통 날 일을 그런 척한다. 알코올 중독자들의 특징이다.

한 사람이 안산 로펌에서 근무하다가 알코올 중독이 되어서 왔다고한다. 사람들은 그가 가끔 주는 좋은 것들, 예를 들면 유월에 거둔 제주 하우스 감귤을 얻어먹으며 그를 높이 평가한다. 그러나 그도 나름대로 심한 마음의 고통을 당하고 있음을 고백한다. 로펌에 근무하다보면 자기도 모르는 사이에 범죄자들과 한통속이 되는 경우가 많다고한다. 변호사들이 직접 하는 일은 거의 없다고 한다. 사무장이나 직원들이 일을 하면 변호사들은 도장만 찍는다고 한다. 확실하지 않은 알코올 중독자 말이니 깊이 생각하고 싶진 않다. 다만 그의 말일 뿐이다.

이분은 어느 부동산 관련사기 사건을 관리하게 되었는데, 사기 범죄 혐의자와 공모해 피고소인의 혐의를 무혐의로 만들고 오히려 고소인을 무고죄로 형사고발했다고 한다. 그 땅은 고소인 조상의 땅이 확실했다고 한다. 결국 합의 처리를 해서 모 시의 개발 예정지 땅 삼만평(약 10만㎡)을 피고소인 명의로 만들어 주고 만 평을 이분 명의로 해서 죽을 때까지 쓸 재산을 마련했었단다.

고소인의 조상 땅이 확실한데, 고소인이 그 사실을 모르고 있어 피고소인이 서류 등을 위장하여 자기 땅으로 만들었다고 한다. 고소인에게 평당 삼만 원씩 구억 원을 주었는데 그곳이 주택 개발 예정 지구로 바뀌면서 땅값이 백 배가 올랐다고 한다. 그래서 역으로 또 고소인이 피고소인을 고소하여 지금 골치 아픈 상황이라 술을 퍼마시다 다리까지 다치고 이곳에 입원했다고 한다.

좋은 대학교 법대를 나와 로펌에 취직했으면 억울한 사람이 없도록 법과 원칙에 따라 일해야 한다. 그랬다면 큰 어려움이 없을 텐데 돈에 욕심을 부려 탐욕에 빠져 자기의 모든 것을 잃을 위기에 놓여 있다. 우리나라 변호사들은 대부분 법과 원칙을 지킨다고 생각하지만, 일부 변호사들은 도덕적으로 윤리적으로 비난받아 마땅한 사람들도 많고 심지어 벌을 받아야 할 사람들도 많다고 그 사람은 말을 한다.

이상하게 국회의원 배지를 달은 변호사 중 몇 분은 법과 원칙을 무시하고 제멋대로 살면서 나라의 법을 악용하거나 더 나쁘게 개악을 시도하는 경우도 많다. 한 작은 로펌에서도 이렇게 법조 비리가 발생하여 힘없는 서민이 고통을 받는데, 큰 틀에서 입법부나 사법부 차원에서 이뤄지는 불법과 비리는 얼마나 많으냐는 것이다. 최소한 입법부와 사법부라도 제대로 법과 원칙이 바로 서야 하는데 큰일이라고 했다.

자기는 지금 양심의 가책으로 괴로워하지만 그래도 그 법망에서 빠져나갈 궁리만 하고 있다고 한다. 자기 자신을 생각해도 자기가 이렇게 썩고 타락할 줄은 몰랐다고 한다. 이번 사건만 잘 지나가면 다시는 불법과 비리를 저지르지 않을 것이라고 스스로 다짐하였다.

이곳에서도 자신을 있는 그대로 받아들이며 술 마시는 것을 숙명으로 생각하고 살아가는 분들이 많다. 그분들은 자신이 알코올 중독자임을 그대로 드러내고 정직하게 살아간다. 그들은 그들이 왜 알코올

좋은 술, 나쁜 술, 미친 술

중독에 걸렸는지 솔직하게 이야기하고 지금도 왜 불안하고 두려워하는지 잘 알고 그에 알맞은 대처를 하려고 무척 노력한다. 그리고 있는 그대로 진실만을 이야기하려고 노력한다.

그래서 그들을 주선이라고 부르고 싶다. 이곳에 들어와서도 겸손하고 조용하다. 누가 뭐라 하든 그들은 아무 대답을 하지 않는다. 모른다고 할 뿐이다. 그리고 다른 사람들 일에 관여하지 않는다. 자기들이 하는 일들에 열중할 뿐이다. 어디를 가든 그들이 가는 길에 방해하지 않는다면 조용하다. 그 주선들 앞에서 거짓말을 하거나 헛소리를 하면 그 사람은 호되게 야단을 맞는다. 자정 능력이 이 공동체에 있는 것이다.

교회 공동체, 사회 공동체, 나라 공동체에 아무리 부정부패가 만연해도 자정 능력이 존재한다면 희망이 있다. 그 희망이 없다면 모든 거짓과 비리로 뭉쳐 있는 공동체는 결국 망하고 만다. 지금도 나라가 위난에 놓여 있지만, 애국 애족하며 이 나라를 살리기 위하여 노력하는 많은 사람들이 곳곳에서 활동하고 있기에 희망이 있다.

이곳에 주선들이 이 알코올 공동체를 자정하듯이 모든 사회단체나 공동체에도 자정이 되었으면 좋겠다. 비록 알코올 중독자이지만 술을 좋아하는 죄가 있을 뿐 자기 자신을 산화할지언정 다른 사람에게 피해를 주지 않는 사람들, 그들이 알코올 중독자들의 나쁜 습성들을 고치도록 모범을 보여준다. 자기를 알코올 중독자로 고백하고 술을 마시되 다른 사람에게는 피해를 주지 않고 피해를 주기 직전에 병원으로 달려온다. 그들은 어쩌면 주선일지 모른다.

필름이 끊기는 사람들

사람이 살아가는 과거의 오늘은 기억이라고 한다. 그러나 알코올 중독자들은 과거를 기억으로 오늘에 살리지 못한다. 어떤 사람은 기억의 오 분의 일이 없어졌다고 한다. 그리고 삼 분의 일이 없어졌다고 하는 사람도 있고 치매에 걸려 백 퍼센트 없어진 사람도 있다. 삼사십 대임에도 불구하고 술만 마시면 바로 어제 기억도 없는 사람들이 많다. 그러니 서로 전화 통화를 하면 즉시 잊어버리고 이튿날엔 전날 한 이야기를 모두 잊어버리고 만다. 우리 기억을 관장하는 해마가 과도한 알코올 섭취로 망가져 버렸기 때문이다.

사십 대가 이곳에서 밖으로 나가자마자 술을 마시며 기분 좋은 대화를 했다. 라면 국물과 소주를 마셨는데 신선이 되었다고 한다. 이튿날 전화를 했는데 속이 많이 아프고 죽을 것 같다고 해서 다른 사람을 그가 있다고 하는 곳에 보냈지만 아무도 없다고 한다. 그다음부터는 퇴원한 사람들과 통화하지 않는다. 왜냐하면 그들은 기억 상실로 서로 통화한 내용을 기억하지 못한다. 나중에 만나 이야기하거나 동료들과 이야기를 하면 거짓말했다는 비난을 받을 확률이 높기 때문이다. 그래서 이곳에서는 가능하면 말을 삼가고 몸조심하는 것이 상책이다.

이곳에는 비밀이 없다. 환우들 일거수일투족이 모두 공유되기 때문이다. 알코올 중독자가 된다는 것은 과거를 잃어버리는 일종의 하루살이 인생이 될 수 있다. 어떤 영화에서는 알코올 중독으로 기억을 상실한 여인이 자기와 아무 관계없는 사람과 잠자리를 해서 원치 않는 임신을 하기도 하고, 술을 마시고 골프채로 온 집안 기물을 부숴버리

좋은 술, 나쁜 술, 미친 술

고 미안하다는 말만 하고, 과대망상으로 남편을 의심하여 살해를 하고도 그 모든 일이 기억에 없으니 또 오늘 술을 마시고 하루를 산다. 얼마나 끔찍한 일인가.

예전에 유명 연예인들의 연쇄 자살 사건도 만취가 그 자살의 직접적인 원인이 되었다. 알코올에 중독된 사람은 만취하면 자기가 하고 있는 일이 무엇인지도 모르고 일단 저질러 버린다. 그런 사람은 영원히 깨어나지 않는 경우도 종종 있다. 그것이 알코올 중독 자살이라고 할 수 있다. 자살은 본인 자신에서만 끝나는 것이 아니라 주위의 많은 사람에게 영향을 주는 끔찍한 일이다. 어느 유명 연예인의 죽음은 많은 사람들을 동반 자살하게 하는 사건이 되었다. 그분의 최후 검시 결과는 알코올 중독으로 인한 심한 우울증에 의하여 우발적으로 일어난 사건으로 규정되었다.

이처럼 알코올은 기억 상실로 인한 여러 가지 문제를 일으킨다. 정신 장애가 오는 수도 있다. 어느 농부는 큰 농장을 운영하며 비교적 부농으로 농촌 생활을 했지만, 농산물값의 변동이 심하고 중간 상인들의 농간이 심하여 차차 짓는 농사가 어려워지고 빚이 늘어나자 술을 마시기 시작했다고 한다. 그러다 보니 식구들을 폭행하게 되고 농기구를 들고 사람에게 위해를 가하기도 했는데 술에서 깨어나 보니 이런저런 사고가 벌어지고 경찰차가 와 있었다고 한다. 그래서 놀라서 다시 쓰러졌는데 일어나 보니 병원에 있었다고 한다.

가끔 이곳에서 아버지 꿈을 꾸는데 그분이 꿈에 나타나면 눈물이 많이 나온다고 한다. 그리고 식음을 전폐한다. 일종의 알코올 중독성 정신질환이라고 한다. 가끔 어떤 사건이 갑자기 기억나서 불안, 초조하고 누구인가가 자기를 죽이려고 한다며 바들바들 떨며 사람들을 근처에도 못 오게 한다. 그런 시간이 지나가면 또 정상으로 돌아와 웃기도 하고 텔레비전도 보고 이야기도 한다.

알코올은 이렇게 무서운 독약이다. 알코올 중독자에게 절주라는 단어는 합당하지 않다. 한 잔의 술도 허용되면 안 되는 것이다. 사람마다 다르겠지만 알코올 갈망에서 탈출하기 위해서는 최소한 삼 년이라는 시간이 필요하다. 주치의를 정하고 밖에서 생활하면서 중독에서 탈출한다는 것은 그야말로 코끼리가 바늘귀를 통과하는 것보다 힘이 든다. 불가능한 일이다. 차라리 알코올 병원에서 장기 입원하여 삼 년이 지나면 최소한 심한 알코올 갈망에서는 헤어날 수 있다.

일 년 동안은 가끔 수시로 금단 현상을 동반한 갈망이 온다. 이 개월에서 삼 개월이 지날 때 가장 심한 갈망이 온다. 그리고 육 개월이 지날 무렵에 미칠 것 같은 심한 금단과 갈망이 온다. 물론 항갈망제와 항우울제를 주치의 선생님 처방대로 복용해야 한다. 그리고 일 년이 되는 때에 큰 사고를 당한 것 같은 공포와 불안, 분노가 밀려온다. 이럴 때는 수면제를 처방받아서라도 잠을 자거나 운동을 격하게 한다거나 자기가 할 일에 푹 빠져야 쉽게 극복된다.

정 안 되면 그러한 상태를 거부하지 않고 조용히 받아들이면 좋다. 또 자주 병실 밖의 자연에 눈을 돌려 하늘도 바라보고 청산도 바라보고 담장을 덮고 있는 아름다운 장미꽃도 바라본다. 날아다니는 새들도 바라보고 떠도는 구름도 바라보면서 나쁜 기억들을 희석해본다. 그러면 기분이 좋아지고 행복해진다.

그리고 일 년이 지나면 술 생각이 많이 없어진다. 즉 갈망이 와도 참아 넘길 수 있는 정도가 된다. 그러나 이 년이 되는 해에 또다시 큰 교통사고의 후유증처럼 심한 갈망이 찾아온다. 그럴 때는 등산을 한

좋은 술, 나쁜 술, 미친 술

다거나 트레킹을 하면 효과를 볼 수 있는데 시원한 맥주 한 컵도 마시면 절대로 안 된다. 어정쩡해도 안 된다. 단호하게 철저하게 한 방울의 알코올도 허용하면 모든 것이 끝장이 나고 만다고 생각해야 한다.

개인 인생 영화에서 중간에 필름이 끊긴다는 것은 몹시 안타까운 일이다. 암이나 다른 병들은 마지막 아름다운 추억을 남기고 이 세상을 떠날 수 있지만, 알코올 중독 병은 회한과 슬픔을 남기고 쓸쓸히 고독사할 확률이 제일 높다. 그래서 술은 우리 인생을 깊은 바닷속에 던져 버리는 무서운 마귀이다. 한 방울의 알코올이 소중한 각자의 독립영화를 송두리째 앗아가 버린다.

어느 노인의 독백

어느 노인이 자주 "빨리 죽어야지, 더 살면 뭐 해." 하신다. 그러나 그분은 가끔 식사를 끝내고 나오면 손으로 김치 한 조각을 집어 드신다. 거의 매번 식사 시간마다 버릇처럼 그렇게 해서 "빨리 죽으려는 분이 김치를 드시면 어떻게 하셔요. 덜 드셔야 빨리 죽지요." 하면 먹고 죽은 귀신이 때깔이 좋다고 해서 그렇게 한다고 한다.

그분은 용돈만 떨어지면 딸에게 전화해서 용돈을 부치라고 한다. 그러고는 달력에다 십, 육, 사 등을 꼼꼼히 적는다. 그리고 매점에서 두유를 시켜 먹는데 꼭꼭 숨기고 혼자만 먹는다. 달력에 숫자를 써넣기에 뭐 하시느냐고 물으니 죽을 날을 계산하여 표시한다고 하신다. "더 살아 보려고 딸에게 용돈 받아 몸에 좋다는 것은 다 사드시고 돈 떨어지는 것이 겁이 나서 적는 것 다 알고 있어요." 하니 "내가 거짓말 한 것을 들켰네." 하면서 웃는다.

가끔 비싼 요구르트를 드리면 날름날름 받아 마시며 당신 것은 절대로 나누어 주는 일이 없다. 그래서 요즘엔 한 개를 드리고 한 개를 내놓으라고 하면 마음의 저울에 재보고 자기가 이익이 되는 것만 맞바꾼다.

딸아이가 똑똑해서 재산을 딸아이에게 넘기고 지금은 용돈을 받아 쓰는데도 부담이 간다고 한다. 아들놈들은 말짱 헛일이라고 한다. 여우 같은 며느리들이 할아버지가 늙으니까 재산만 노리지 데려가서 모신다는 녀석들이 없었다고 한다. 어느 날 사위가 와서 재산은 돌아가실 때까지 처분하지 말고 자기와 같이 살자고 해서 며느리보다 사위

좋은 술, 나쁜 술, 미친 술

가 낫다 싶어 딸 집으로 가서 살았는데, 며느리들끼리 딸 집에 와서 다투는 꼴이 보기 싫어 이것저것 다 정리해서 딸에게 맡기고 당신은 여기서 산다고 한다.

팔십팔 세인데도 밤이면 죽은 마누라 생각이 난다고 한다. 그래도 부인과는 행복하게 살았다고 한다. 농담으로 돈 천만 원 줄 테니 예쁜 여자 하나 소개시켜 달라고 해서, 두고 보자고 하면서 이 세상에 구두 쇠 영감을 좋아할 여자가 어디 있느냐고 대답했다. 그랬더니 할머니가 돌아가실 때, 할아버지가 제일 좋았고 할아버지 덕분에 행복했다고 하며 임종했다고 하면서 눈물을 흘리신다.

남녀 관계는 몸 연애와 정신적 연애가 있는데 두 가지가 동시에 이루어져야 최고의 연애가 된단다. 그런데 요즘 젊은 애들은 몸 연애에 치중하니 이놈 저놈 좋아하고 그러다 헤어지고 결혼했다가도 이혼하고 종잡을 수가 없다고 한다. 연애는 먼저 진실한 마음으로 사랑을 꽃피우며 상대의 마음에 나의 사랑을 진심으로 전해지게 해야 한다. 그것이 선결이고 몸으로는 여성 위주의 사랑을 나누어야 한다.

여자는 연애의 정점을 찍으려면 시간이 많이 걸리는데, 충분한 시간을 가지고 여유 있게 서로 즐길 수 있어야 한다고 한다. 가마솥에 밥 짓듯이 은근하게 불을 지펴 충분히 뜸을 들여야만 밥맛이 좋듯이 연애도 마찬가지라고 한다. 그리고 그네도 타고 파도도 타고 널뛰기도 잘해야 여자들이 다음 연애를 기다리며 남편이 언제 오나 기다린다고 한다.

할아버지는 요즘은 일 년이 하루 가듯 한다고 했다. 나이에 따라 세월은 가속이 붙어 초고속으로 달려간다고 한다. 그러면서 육십 대와 칠십 대가 사실 인생의 황금기라고 했다. 할머니와 가장 행복한 연애를 한 것이 육십 대라고 했다. 서로 그 맛에 취하여 일생 한 번도 경험하지 않은 연애를 매일 밤마다 새롭게 하였다고 한다.

장수의 비결에도 연애가 들어간다고 한다. 연애를 잘하려면 건강 관리를 잘해야 하고, 한편으로 연애를 하면 각종 젊음을 유지하는 호르몬이 나와 정력도 좋아지고 건강도 자연히 좋아지게 된다고 한다. 그런데 알코올은 성기능 장애를 일으키는 주범이 되어 술을 마시면 연애를 포기해야 한다고 했다. 술을 마시면 인생의 모든 것을 빼앗기고 만다고 한다. 이 노인은 아내가 심장 마비로 갑자기 죽어서 술을 입에 대기 시작했는데, 그 술이 말년에 외롭고 쓸쓸하게 만들었다며 술을 안 마셨으면 지금도 건강했을 텐데 안타까운 일이라고 한다.

죽는다고 하면서 죽을까 두려워 걸어 다니는 것도 무척 조심한다. 걸음도 최대한 여유 있게 천천히 걷고 식사도 소식한다. 그리고 몸에 좋다는 모든 것은 다 사서 드신다. 노인들이 '일찍 죽어야지' 하는 이야기와 '늙었는데 돈이 뭐가 필요해' 하는 것은 거짓말이다. 그래도 노익장을 과시하면서 사는 모습을 보니 행복하다.

° 어떻게 살아갈 것인가?

알코올 중독자가 살아갈 방도는 없는 것인가? 살아갈 방도는 있지만, 그 길을 찾기가 쉽지 않다. 무엇보다도 본인의 의지가 중요한데 오늘도 두 달 전에 퇴원한 사람이 두 분이나 재입원했다. 한 분은 책을 많이 읽는 분이라 큰 하자가 없다. 조용하고 별 말썽을 부리지 않는다. 있는 듯 없는 듯 입원했다가 퇴원했다가 다시 들어온다. 혼자서 사는 사람인데 책을 많이 읽는다.

한 분은 식탐이 있어 좋은 반찬이 나올 때 챙긴다. 식당 구석구석에 챙겨 놓는다. 그러면 위생상 안 좋은데 어떻게 될지 모르겠다. 그리고 술을 평생 마시는데 입원할 때는 멀쩡하게 왔다가 알코올 금단이 오기 시작하면 온몸이 아프다고 하며 치료진을 무척 괴롭힌다. 공동체 생활에서도 제멋대로, 자기 좋을 대로 하며 다른 사람들을 배려하지 않는다.

집도 절도 없이 이 병원 저 병원 떠돌이 생활을 하는 알코올 중독자로 산다. 금단이 오면 어떤 핑계를 대고라도 퇴원해서 한잔을 마시고 이 병원 저 병원 전전하다 다시 이곳 병원으로 돌아온다. 그래서 이번에는 그렇게 하지 말아 달라고 당부를 했지만 소용없다. 하던 짓은 계속 하고 만다.

그분도 알코올 중독자로서 생을 마감할 것 같은데, 그럴 바에는 중독자라도 주선으로 살다가 죽기를 바라면서 이곳에서 좋게 생활하다가 갔으면 하는 바람이다. 오늘은 입원 첫날이라 제법 생기가 돌고 온몸이 정상으로 보인다. 그러나 언제까지 그럴지는 알 수 없는 노릇이다. 코로나19에 안 걸리고 건강한 모습으로 귀원한 것이 퍽 다행이다. 두 사람 모두 코로나19로 통제가 심할 때 금단이 오자 모두 퇴원했다가 다시 돌아온 케이스다. 그러니 그들을 바라보는 주변 환우들의 눈초리가 심상치 않다. 모두 그들을 패잔병 취급했다.

이곳에 남아 있는 사람들은 최소한 몇 개월을 밖에도 못 나가고 코로나19와 싸워서 이겨낸 위대한 환우들이다. 즉 금단도 극복하고 코로나19와도 싸워서 이겨낸 것이다. 이제는 웬만한 금단은 이겨낼 힘을 얻어냈다. 모두 코로나19 덕분에 단주의 금단을 이겨낼 수가 있었다. 이렇게 환난 수준의 전염병도 이곳 환우들에게는 또 다른 큰 용기를 가질 수 있는 계기를 만들었다. 우리의 삶들이 정상으로 돌아오기만을 기도한다.

코로나19로 공식적으로 한두 달에 한 번씩 들락날락하던 많은 알코올 중독자들이 꽤 오랜 시간을 단주했다. 그렇게 즐거운 시간을 가지며 오랜 시간 단주한 것을 기쁘게 생각하면서 단주에 대한 열망을 다졌다. 참으로 다행스러운 일이다. 무서운 역병이 오히려 병원 생활에 희망을 주었다. 외출, 외박을 통제한 만큼 단주 기간이 길어진 것이다. 그것은 환우 자신들에게 큰 희망을 주고 있다.

이곳에서 적응하여 살아가는 사람들은 나름의 삶을 즐겁고 기쁘게 살아가려고 노력한다. 봉사를 해보라는 권고는 합당하다. 아무 조건을 걸지 않고 누군가와 서로 돕고 산다는 것은 돈으로 살 수 없는 기쁨과 행복을 준다.

팔십팔 세 약사 치매 노인에게 오늘 아침에 요구르트 한 개를 드리며 면도와 세수를 해 드렸다. 그리고 노래를 불러 달라고 해서 "내 놀던 옛 동산에 오늘 와 다시 서니 산천 의구란 말 옛 시인의 허사로고.

예 섰던 그 큰 소나무 베어지고 없구료. 지팡이 던져 짚고 산기슭 돌아서니 어느 해 풍우엔지 사태져 무너지고 그 흙에 새 솔이 나 키를 재려 하는구료."(엄정행, 〈옛 동산에 올라〉) 하니 일부 구절을 따라 부르면서 눈물을 흘리셨다. 당신이 가장 애창했던 노래라고 하면서 "원더풀"을 연호하는데 잠시 치매 증상이 없어진 듯했다. 그리고 사람이 당신에게 정을 주면 감격하여 눈물이 난다고 했다.

세상에서 제일 좋은 차를 선물 받은 기분이 들며 종일 기쁘고 행복할 것 같다. 봉사를 열심히 하다 보면 정신적, 물질적 풍요를 누린다. 알코올을 이길 수 있는 힘도 생기게 된다. 그래서 알코올을 치료받을 의지가 있는 분들에게는 봉사를 해 보실 것을 강력하게 추천한다. 마음을 비우고 모든 욕심을 내려놓아야 한다. 동서고금의 진리 말씀을 보면 그곳에서 공통으로 주장하는 것은 탐욕은 만 가지 악의 근원이 된다고 했다. 세상의 모든 다툼은 강한 이기심과 욕심에서 일어난다고 한다. 그리고 그런 연고로 갖은 질병에 걸려 고생한다.

특히 알코올 중독자들은 식탐이 많다. 밥 한 끼를 먹는데 적당히 조금씩 먹으면 될 것을, 한 번에 폭식하거나 먹지도 않을 음식을 싸서 챙긴다. 그것을 보면 괜한 욕심을 부리는 것이다. 욕심은 만병의 근원이며 알코올 중독자는 꼭 욕심을 버려야 한다. 작은 욕심부터 하나씩 버리면 마음에 불안과 분노가 사라지고 술에 대한 갈망도 줄어들 것이다.

우선 음식을 절제해 보자. 현재 먹는 양에서 밥과 반찬을 매 끼마다 한 수저씩 덜 먹는 습관을 가져 보자. 시간이 지나면 올챙이 같은 기형적인 배가 쏙 들어갈 것이다. 미움을 매우 사소한 것부터 버려 보자. 우선 다른 사람들에 대한 말을 하루에 한마디씩 의식적으로 줄여 보자. 그리고 비난을 하나씩만 없애 보자. 이것은 강력한 의지를 가지고 의식적으로 해야 한다. 적당히 하면 안 된다. 그러면 마음에 평화가 찾아와 안정되며 술에 대한 갈망도 줄어들 것이다.

이렇게 하루하루 작은 성취를 이루면 행복이 저절로 이루어질 것이다. 실행 가능한 작은 것부터 실행하는 것이 중요하다. 그리고 내가 가지고 있는 소모품을 아껴 쓰고, 먹고 마시는 간식도 조금씩 줄여보자. 특히 커피 마시는 횟수와 담배 피우는 횟수를 하루에 일 회씩이라도 줄여보자. 어떤 사람은 치료진이 담배를 피우지 말라고 하는데도 억지로 피우다 쓰러져서 많은 사람을 놀라게 했다.

알코올에 중독된 사람들은 마치 청개구리와 같다. 하라는 것은 죽어라 안 하고 하지 말라는 것은 어떻게 하더라도 한다. 관찰실에 누워 있는 환자는 술을 얼마나 많이 퍼마시고 왔는지 일주일째 정신을 못 차리고 치료진과 주위 사람들을 괴롭힌다. 오늘은 청소 봉사를 들어갔는데 방에 커피 가루를 뿌려 놓아 닦아 내는 데 애를 먹었다. 그뿐만 아니라 밤에 병실에서 먹으면 안 되는 라면까지 먹어서 냄새가 역하게 났다. 그래도 꾹 참고 청소 봉사를 했다.

즐겁고 기쁜 마음으로 봉사하면 알코올 갈망이 없어진다. 늘 하루의 일과를 단주일지에 쓰면서 하루하루 단단히 마음을 갈무리하고 단주 각오를 다짐해야 한다. 그리고 우리의 삶 안에서 잠시 잠깐의 짬도 알코올 갈망에 내어주면 절대로 안 된다. 책을 읽든, 봉사하든, 운동을 하든, 글을 쓰든 모든 시간을 잘 보내야 한다. 그래야 서로 잘 살아갈 수 있다.

시간을 잘못 보내면 갈망이 오고 우리 삶이 망가질 수 있다. 알코올 중독자에게 불규칙한 삶은 갈망의 사유가 된다. 힘들겠지만 이곳 공동체에서라도 규칙적인 생활 습관을 훈련하고 나가야 좀 더 나은 인

좋은 술, 나쁜 술, 미친 술

생을 살 수 있다. 그래서 입원하면 교육을 받으며 한 가지라도 좋은 습관을 들이도록 피나는 노력을 해야 한다. 그렇지 않으면 입원할 의미가 없다. 다만 술을 더 마시기 좋게 몸을 만들 뿐이다.

사십 대와 삼십 대 환자

오늘도 사십 대 한 분과 삼십 대 초반 한 분이 병원에 들어왔다. 사십 대는 외동아들에 집안 환경이 좋은 편이고 복지사 자격증이 있어 좋은 직업을 가지고 잘살아 왔는데, 결혼하려고 여성들과 선을 보면서 음주가 시작되었단다. 만나는 여성들마다 이분을 이해해주기보다 자신들의 잇속만 차리고 모두 떠났다고 한다.

처음 만난 여성 파트너가 제일 좋았었던 것 같았는데, 두 살 연상인데다 부모님이 안 계시고 고아원 출신이라고 아버지가 반대해서 헤어졌다. 그때부터 술병이 깊어져 알코올 중증 환자가 되었다. 나갈 때는 멀쩡하게 잘 나가지만, 입원할 때는 늘 긴급 호송 차량을 타고 와서 한 일주일 죽을 고생을 하면서 금단을 겪는다. 그리고 서서히 정신을 차리면 팔순 부모에게 전화를 걸어 각종 변명을 다 하며 퇴원시켜 달라고 조른다.

두 번째 선을 본 파트너는 만나기만 하면 자기에게 술을 먹이고 각종 명품 선물을 요구해서, 거의 일 년을 사귀었는데 결혼 자금으로 모아놓은 돈 삼 분의 일이 없어졌다고 한다. 그리고 어느 날 이별을 통보하고 떠났다고 한다. 그럴 때 정신을 차리고 더 이상 술을 안 마셔야 하는데 그 여자에게 투자한 돈이 하도 아까워 직장도 그만두고 그녀를 찾아다녔다. 최종적으로 그녀를 만난 곳이 강남 모 술집이었다고 한다. 술집 점원이 버젓이 선을 보러 나와 자기를 속였다며 괴로워했다. 술집 여종업원이라고 선을 보지 말라는 법은 없지 않은가?

남자는 여자를 보는 눈이 있어야 한다. 대부분의 남자들은 여자를 보면 눈이 뒤집어진다고 한다. 그래서 여자들에게 잘못 걸려들어 인생을 망치고 허망한 삶을 살아가곤 한다고 한다. 우선 여자는 매력이 넘치는 미녀는 피하는 것이 좋다고 한다. 평범하고 수수한 여성을 아내로 맞으면 좋다고 한다. 얼굴이 반반한 사람들은 질투심이 심하고 의부중 걸릴 확률이 높다고 한다.

요즘은 깡마른 여자들이 미인으로 손꼽히는 시대이다. 그러나 그런 여자들은 신경질적인 경우가 많기 때문에 조심하는 것이 좋다고 한다. 눈꼬리가 높이 올라가거나 눈웃음을 치는 듯하는 인상도 좋지가 않다고 한다. 몸 전체 균형에서 발목이 가늘고 발이 작은 사람들, 뒤태 엉덩이 부분이 큰 사람들도 조심해야 한다고 한다. 특히 만난 지 얼마 되지 않았는데 비싼 선물을 요구하거나 비싼 음식을 원하는 여성들을 조심해야 한다고 한다. 그러나 그런 일반적인 조건들이야 무슨 큰 문제가 있겠는가? 참고하라는 의견이다.

무엇보다도 서로 만남이 잦을수록 서로 마음이 기쁘고 행복하면 서로 마음속 깊이 사랑하는 증거가 된다고 한다. 그 진실하고 단아한 사랑이 바탕이 되고 서로 신뢰하고 좋은 생각을 가지고 산다면 어떤 경우에도 우리에게 결혼 생활이 조화를 이루고 아름다울 것이라고 한다.

아무튼 이렇게 만난 여자가 열 명쯤 되었는데, 나중에는 알코올 중독에 걸려 주로 술집에서 여자를 만나 며칠씩 술을 마시고 가지고 간 돈과 귀중품을 다 털리고 병원에 실려 온다고 한다. 나중에는 여자와 술 마실 돈을 마련하려고 어머니가 소중하게 아끼는 금반지 등을 몰래 팔아서 술을 마실 때도 있었다고 한다. 적금, 보험 모두 깨서 여자와 술 마시는 데 쓰는 지독한 알코올 중독자가 되어서, 이곳에서 일이 개월 치료받다가 퇴원하여 약 삼 개월 부모 속 썩이며 술 마시고 놀다가 다시 입원하기를 반복한다. 그 악순환의 고리를 끊고 중독 치료가 되어서 그분도 여생이 편해지기를 희망한다.

요즘 청년 실업이 폭동 수준이라고 한다. 그러다 보니 청년들이 술 마시고 놀자 판이라고 한다. 그리고 돈이 있는 부잣집 자식들은 도박 중독에 빠져 있다고 한다. 이 청년은 이십 대 후반부터 취업하려고 공무원 고시 공부도 해보고 대기업, 중소기업 공채에도 응시했으나 모두 낙방하고 이제는 포기 상태에서 술로 세월을 보냈고, 그 여파로 우울증을 앓다가 조울증까지 와서 사회생활을 하지 못하고 여기저기 정신병원을 전전하며 산다고 한다. 한 많은 인생을 살고 있다고 한다.

대개 이런 청년들은 머리 회전이 너무 빠른 것이 오히려 독이 되어 나라와 국민에게 해를 끼치고 있다며 자책한다. 아직도 주독에서 벗어나지 못한 것 같다. 그러나 그 청년은 생각은 건전하여 나라 걱정, 국민 걱정을 한다. 그래서 애국 애민 정신에 고맙다고 이야기하고, 코로나19에 걸리지 않고 잘 견디고 입원한 것을 환영한다고 했다. 아침에 청소 봉사를 하는데 자기가 막내니 한다고 해서 시켜 보려다가 그만두기로 했다. 하던 일은 스스로 하는 것이 정답이다. 그 청년에게 시켰다가 잘못하면 모든 게 어수선해진다.

이곳에 오는 청년들은 처음에 무슨 일이든 의욕적으로 하는데 중간에 모두 중단하고 용두사미가 되기 일쑤라는 사실을 잘 알기 때문이다. 실업자로 생활했던 청년 중독자들의 특징은 모두 중도 포기를 잘한다는 것이다. 그리고 중단하는 이유를 장황하게 늘어놓는다. 그것도 알코올 중독자의 특징이다.

처음부터 안 해도 누구도 탓하는 사람은 없다. 했다가 그만둬도 누가 뭐라는 사람은 없다. 이곳에서는 모든 일이 자율적이다. 본인이 봉사를 하고 싶으면 하면 되고 봉사하기 싫으면 안 하면 된다. 따지지도 묻지도 않는다. 다만 사람들이 살아가는 모습에서 가능하면 최소한의 인격적인 모습과 최소한의 규율을 지키면 된다. 그리고 모든 것은 자유롭다. 예를 들면 전화를 조용히 한다든가, 대화를 조용히 하는 것 등이다. 다른 사람들과 부딪치지 않으면 된다. 그 이상도 그 이하도 없다. 그렇게 하면 그래도 이상적인 공동체라고 할 수 있다.

청년이 말하는 포스트 코로나19

중세의 흑사병, 19세기 스웨덴 독감, 현재 코로나바이러스 같은 역병들은 그 시대의 문화적, 사회적, 정치적 판을 완전히 바꾸어 버린다. 이 청년은 어느 유튜브에서 보았다며 현재 이 코로나19 사태는 쉽게 끝나지 않을 거라는 예측을 한다. 백신이 빨리 나와야 하는데 아직 해결되지 않았고 정확한 감염 경로를 파악할 수 없다고 한다. 그러니 방역에 어려움이 많다는 것이다.

지금까지는 글로벌 시대를 외치며 지구가 한 가족이라고 했지만, 이번 코로나19 사태로 그런 이야기는 옛날이야기가 될 거라고 한다. 각 국가마다 모든 생산 시스템을 갖추고 독자 생존의 길을 갈 거라고 한다. 지금까지 세계 경제 흐름은 일본에서 소재 산업을 한국이 수입하여 중간재를 만들고 중국에서 완제품을 만들어 전 세계로 팔았다고 한다. 그러나 이제는 한국에서 소재 산업을 일으켜 중간재를 생산하고 완제품까지 만들어 세계 시장에 팔아야 한다고 한다. 이렇게 개별 국가 주의가 될 것이며 국제 교역량이 줄어들 거라고 한다.

이미 우리나라나 세계 여러 나라에서 자영업은 코로나19로 괴멸 상태라고 한다. 이제는 자유 시장 경제 체제는 완전히 몰락할지 모른다고 한다. 경제 체제에 큰 변화가 와서 거대국가가 모든 것을 통제할지 모른다고 한다. 지금 당장 우리나라 현실을 보아도 거대 여당이 탄생하여 모든 시스템을 바꾸어 버릴 수도 있는 상태가 되었다는 것이다. 그만큼 전제 군주 체제로 변화될 수도 있다는 것이다. 그리고 포퓰리즘으로 인기 영합주의가 더 커져 나라가 국민을 먹여 살릴 수밖에 없

좋은 술, 나쁜 술, 미친 술

다는 것이다.

이 청년은 술만 마시는 것이 아니라 술 마시면 유튜브로 공부를 많이 한다고 한다. 재미있다고 이야기를 계속해 달라고 하니 좋다며 이야기를 이어 나갔다. 앞으로 청년 실업 문제는 정부가 책임져야 한다고 한다. 국가가 사회 조합법인 등을 통해서 일자리를 만들어 청년들에게 최소 임금을 지급하고 일하도록 해야 한다고 한다. 일 년 예산이 약 삼십조 원이 든다고 한다. 그래서 자유 민주주의가 사라질지 모른다고 한다. 국가별 교역량은 급감하고 교류도 어려우니 자연히 외국인 근로자들도 빠져나갈 거라고 한다.

올봄에는 코로나19로 중국 공장들이 문을 닫아 미세먼지가 급감하여 우리나라 공기가 좋아졌다고 한다. 마찬가지로 앞으로 환경문제가 더 크게 대두될 것이라고 한다. 우리나라에서 원자력 발전을 멈추고 발전소를 못 짓게 한 것은 문 정권의 최대 실책이라고 한다.

풍력이나 태양광 에너지도 청정에너지로 말할 수 없다고 한다. 모든 에너지는 환경을 온전히 보존하면서 얻기 힘들다고 한다. 차라리 원전이 훨씬 청정에너지가 될 수 있다고 한다. 에너지 생산비도 제일 싸다고 한다. 그리고 우리나라는 세계 최대, 최고의 안전한 원전 기술을 보유한 나라라고 한다. 풍력과 태양광은 환경 파괴의 주범이고 이 나라 금수강산을 오염하는 에너지라고 그 청년은 말한다.

국민이 국난을 극복하라고 거대 여당을 국회에 만들어 주었는데 과연 국가에서 어떤 정책을 펼지 주목된다고 한다. 올바른 거대 정부가 되어 국가와 국민이 안전하고 행복한 나라가 되기를 바란다고 한다. 좌파 정권이 본래 좋은 뜻을 잘 살려 국민을 돌보아 준다면 좋을 텐데, 그 세력 중에는 이미 돈 문제로 혹은 비리와 불법으로 썩은 냄새가 풀풀 나는 사람들이 많은 것이 걱정된다고 한다.

참신하고 정직하고 순수한 사람들이 많아서 좋은 정치, 깨끗한 정치, 불법과 비리를 저지른 사람들을 정화시키는 여당과 정부가 되었으면 좋겠다고 한다. 그래서 우리나라의 국격에 맞는 정책이나 외교가 이루어졌으면 좋겠다고 한다. 청년은 자영업자들이 제일 큰 문제인데, 코로나바이러스에 직격탄을 맞은 자영업자들은 회생 불가할지 모른다고 한다. 그들에게 독거노인이나 사회 취약 계층들에게 식사 배달을 시켜주고 그에 따른 비용을 보장하면 어느 정도 자영업자들도 숨통이 트일 거라고 한다.

앞으로는 온라인 시장이 크게 성장할 것인데 자영업자들에게 온라인 영업 구축망을 갖춰 주는 것도 중요하다고 한다. 운수업, 여행업도 코로나19가 장기화되면 사업이 안 될 거라고 한다. 그래서 유튜브나 SNS로 온라인망을 구축하여 비대면 연결 사업을 하면 많은 부를 축적할 수 있다고 한다. 그리고 알코올 중독자들이 몽상가가 되어서 엉뚱한 생각들을 잘하는데, 그런 생각들이 모여서 하나의 사업 아이템이 될 수가 있다고 한다. 사차 산업 혁명이라는 것이 바로 이런 몽상가들에 의하여 이루어질 수 있다고 한다.

어디서 주워들었는지 재미있는 이야기를 많이 한다. 결론적으로 말하면 앞으로의 세상은 글로벌 시대가 끝나고 개별 국가 시대가 온다고 한다. 그리고 시민의 자유가 많이 제한될 수 있다고 한다. 거대 정부 기관이 사회 전반을 통제할 가능성이 크기 때문이다. 이번에 우리가 사회적 거리 두기로 코로나19 확산을 많이 방지했지만, 그것이 산업이나 사회에 미친 영향은 어마어마하다. 교회들도 이제 더 이상 대형화를 할 수가 없고 온라인 교회가 더 많이 부흥할 거라고 한다.

좋은 술, 나쁜 술, 미친 술

어쩌면 많은 연결 산업이 각광받을 것이라고 한다. 즉 온라인과 연결된 산업만이 살아날 가능성이 크다고 한다. 앞으로 일자리는 점점 더 많이 사라지기 때문에 일을 안 해도 국가가 임금을 지불하는 시대가 돌아오게 되었다고 한다. 당장 우리나라에서도 정부에서 그런 포퓰리즘 정책을 시행하기 위하여 준비 중이라고 한다. 이제는 안보도 자주국방이 정답이라고 한다. 점점 개별 국가 중심이 되기 때문에 제 나라는 자신들이 지켜야 한다고 한다. 자국 경제도 자국에서 모든 것을 자체 생산하는 것이 중요하다고 한다. 전 세계 마스크 대란도 중국에서 마스크 수출을 금지해서 그런 거라고 한다. 중국은 전 세계 생필품 공장 역할을 하고 있다.

친구도 온라인으로

이젠 인맥도 온라인에서 쌓아야 한다고 한다. 재택근무가 주를 이루고 대학 수강도 온라인으로 이루어지니 친구를 사귈 기회가 점점 없어진다. 극개인주의가 지금보다 더 심화할 것이고 사람이 살아가는 재미는 스스로 만들어 가야 한다고 한다. 컴퓨터는 필수이고 그것으로 먹고살고, 놀고, 즐거운 일을 만들어야 한다고 한다. 사차 산업혁명은 이미 시작되었고 앞으로 십 년 내에 그 모든 변화와 혁명이 일어날 것이라고 한다.

먹고사는 문제에 있어서 개인의 노력도 필요하지만 정부의 역할이 커졌다고 한다. 어쩌면 예전 농경사회로 회귀할지 모른다고 한다. 차라리 이왕 국가에서 무노동 임금을 줄 것이라면 농촌의 휴경지에 농사를 제도적으로 지어서 식량의 자급자족을 하는 것은 어떨지 생각해보는 것도 좋을 것이다. 시대의 트렌드에 뒤처지는 사람들은 앞으로 생존하기 힘들 것이라고 한다.

이제 AI 인공지능이 인간의 지적 능력을 뛰어넘는 시대가 올 거라고 한다. 미국 의료 인공지능 로봇은 온 세상의 모든 질병에 대한 빅데이터를 가지고 있어서 모든 질병에 대한 치료 처방을 단 칠 분 안에 내릴 수 있다고 하니 과히 그 괴력을 짐작하게 한다. 또한 바둑 인공지능 알파고도 지금은 또 승수가 다하여 한 번을 졌는지는 모르지만, 육십칠 전 육십육 승 일 패라고 한다. 우리나라 이세돌 선수에게 일 패를 당했을 뿐이다. 이제는 인공지능 앞에 우리 인간은 한없이 작은 존재로 전락하고 말 것이라고 한다. 어떤 학자는 우리 인간이 인공지능

좋은 술, 나쁜 술, 미친 술

을 가진 인조인간들의 애완인으로 변할 수도 있다고 한다.

이러한 사차 산업에 발맞추어 현재 우리는 남녀노소 누구든 공부를 하고 기민하게 적응해야만 미래세대에서 살아남을 수가 있다고 한다. 그리고 점점 인구가 감소할 거라고 한다. 즉 사람이 점점 희귀해질 거라고 한다. 모든 생산이나 경제 주체가 인공 인간이 될 것이기 때문이다. 특히 일차 산업인 농업도 사차 산업과 연결되면 생산성과 판매망이 뛰어나 좋은 먹거리 산업이 될 것이라고 한다.

사실 이제는 핵무기가 필요 없을 시대가 올 것이라고 한다. 오히려 해킹 등 온라인 전쟁이 핵전쟁보다 무서운 전쟁이 될 수 있다고 한다. 코로나바이러스가 한 번 세계를 강타하니 선진국과 후진국, 강대국과 약소국이라는 개념이 일시에 무너지고 말았다. 그리고 좌파와 우파의 진영논리도 약해졌다. 오직 모두 코로나19 방역에 몰두할 뿐이다. 코로나바이러스는 국내외 모든 이슈를 무색하게 했다.

이제는 정치도 많이 변화할 거라고 한다. 인공지능이 해내는 모든 일은 정확하고 진실하기에 일시적인 어떤 이슈로 정치판을 오염시킬 수 없기 때문이라고 한다. 앞으로 어쩌면 사랑도 우정도 온라인으로 이루어질 거라고 한다. 정말 인간의 상상을 초월하는 세상이 곧 펼쳐질 것이다. 사람이 매우 왜소해지는 느낌이지만, 그럴수록 인간의 소중함이 회자되어야 하고 특히 알코올 중독자들의 인권이 신장되었으면 한다.

매번 밑바닥을 쳤다는 사람

　오십 대 알코올 중독자는 입원할 때마다 밑바닥을 쳤다고 호언하며 누군가와 전화를 한다. 그가 입원하면 병원 복도가 시끄럽다. 조용한 날이 없다. 팔십 대 노부모에게 전화하여 간식비를 보내 달라고 한다. 그것도 공손한 말로 하는 것이 아니라 부모님이 들으면 매우 불쾌한 언사로 한다. 그리고 인생 밑바닥을 쳤으니 이제는 올라갈 일만 남았다고 한다.

　"아니, 밑바닥 친 것은 무슨 이야기고 올라가는 길은 무엇이냐."라고 물었다. 그랬더니 그 친구는 이 개월 혹은 삼 개월에 한 번 입원하는데, 알고 보니 퇴원하면 바로 술을 마시고 이곳 병원에 창피해서 못 오고 다른 병원에 입원했다가 그곳에서 퇴원해서 또 술 마시고 이곳 병원으로 오는 것이다. 입원하면 거의 열흘을 만나는 사람마다 붙잡고 자신이 왜 재입원을 했는지 계속 설명하고 다닌다. 그것도 알코올 중독 증상이니 할 말은 없지만, 밑바닥에서 굴러먹다 온 이야기를 한다.

　팔십 대 아버지를 '꼰대'라고 지칭하며 "그 엑스 때문에 내가 이 꼴이 되었다."라고 한다. 일 년이면 병원 치료비로만 약 이천여 만 원이 드는데, 벌써 몇 년째니 그 할아버지 평생 모아놓은 돈을 막내 겸 장남에게 모두 쓰는 것 같다. 오늘은 정말 그가 미워서 저런 자식은 없는 것이 나을 것 같다는 나쁜 생각을 했다. 그러나 곧 반성했다.

　어쩌면 저분의 아버지는 저런 아들이 빨리 회복되기를 바라면서 입원을 시켰는지 모른다. 자식이 정신을 차리고 팔십 대 아버지의 노심초사를 알고 술버릇을 고쳐야 하는데 그러지 못하는 것이 문제이다.

좋은 술, 나쁜 술, 미친 술

그리고 이번에는 진득하게 살았으면 좋겠다. 아직은 알코올에서 못 벗어났는지 헤매고 있다. 사람이 태어나서 밑바닥을 자주 치면 안 되니 이번에는 꼭 마지막이 되길 바라며 용처럼 비상해 보라고 했다. 그런다고 했는데 어떻게 될지 모르겠다. 그를 위하여 기도할 뿐이다. 이제 저 사람이 밑바닥을 치지 말고 용솟음하게 하소서!

당뇨 환자들

대부분 알코올 중독 환자들은 저혈당이거나 고혈당이 많다. 그들은 불규칙한 식욕을 참지 못하고 아무 때나 커피나 컵라면을 먹는다. 치료진의 의견이나 권고는 화를 내면서 거부한다. 라면을 먹지 말라고 하면 라면을 병실 바닥에 내던지고 밟아서 부순다. 어떤 환자는 벌써 이 주째 난동을 부리고 멋대로 살아간다.

병실에서는 음식물을 먹을 수가 없다. 그리고 오밤중에는 더더욱 그렇다. 음식물, 특히 컵라면은 식당에서만 섭취할 수 있다. 그런데 그런 모든 법칙을 무시하고 초법적인 일을 꾀하려고 한다. 그러니 병이 점점 깊어지고 그런 경향이 주변 중독자들에게도 쉽게 전이된다. 이 세상에는 많은 초법자들이 자기변명을 하면서 위풍당당하게 불법, 비리를 저지른다. 특히 정치권에는 여당이든 야당이든 모두 그런 사람들이 득실거린다.

알코올 중독자가 배가 많이 나오고 비만이면 거의 당뇨병 환자이고 매우 깡마른 사람도 마찬가지이다. 당뇨병 환자들은 스스로 모든 일에 무기력하고 많은 슬픔을 겪으며 분노 조절이 안 된다. 그래서 이중고 삼중고를 겪는다. 알코올 중독 환자가 당뇨에 걸릴 확률은 높고 치료가 되지 않는다.

예전에 노 한의사가 당뇨에 대한 처방을 내리면서 삼일씩 금식을 서너 번 하면 초기 당뇨는 모두 고칠 수 있다고 했다. 당뇨 환자에게 금식을 하라고 하면 거의 죽으라고 하는 것과 맞먹는 요구와 같은 것이지만 권고를 해볼 만한 일이라고 한다. 음식에 대한 탐욕을 버리고 치

좋은 술, 나쁜 술, 미친 술

료할 강력한 의지를 가지고 해야 하는데 쉬운 일이 결코 아니다.

알코올 중독 환자들은 대부분 참을성이 없고 조급하고 감정적이다. 그러니 식욕을 절제한다는 것은 거의 불가능하다. 두 사람은 당뇨 수치가 사백, 오백까지 올라가는데, 식사 시간이면 다른 사람이 먹는 것의 세 배를 먹고 운동도 안 하고 매일 침대에 누워 잔다. 먹고 자고, 자고 먹고 하니 매우 뚱뚱해지고 여러 질병에 시달린다.

그중 한 사람에게 운동하라고 했더니 복도를 몇 번 걷고 나더니 퍼지고 말았다. 책임지라고 해서 몹시 고민이 된 적이 있었다. 이곳에서는 말조심해야 한다고 했다. 사람들이 말 한번 잘못하면 서로 엄청난 갈등을 빚는다.

원래 공동체 생활이라는 것이 그런 것이지만, 알코올 중독자들은 다른 사람 말하기를 좋아하고 즐기면서 말에 살 붙이는 기술이 뛰어나 오해하기 좋게 만든다. 모두 정신 질환을 함께 앓고 있기 때문에 더 그렇다. 그런 모든 것이 병으로 그런 것이라고 치부하면 된다. 하지만 실제로 당하는 당사자는 힘든 것이 사실이다.

천사 같은 간호사와 보호사

이곳에서 간호사나 보호사들이 겪는 고통은 어디에서도 겪지 않는 일들이다. 사실 간호사나 보호사는 사차 산업 혁명이 일어나도 끝까지 존재할 수 있는 직업 중 하나이다. 인류가 멸망하지 않는 한 이 두 직업은 없어지지 않는다. 환자를 안전하게 케어하는 것은 단순히 지능만 뛰어난 인공지능을 갖춘 인조인간은 불가능하다. 특별한 교육을 이수하고 어느 정도 인격성을 갖춘 정상적인 사람만이 병든 사람들을 케어할 수 있기 때문이다. 그러기에 그들은 항상 위험한 환경에서 자기 책임을 완수한다. 이번 코로나19 사태에서도 의료진은 최일선에서 방역 작업에 나섰다. 그 와중에 간호사들이 바이러스에 감염되기도 했다.

그런 간호사들이 알코올 병동에서 근무하는 것은 무척 고단한 일이다. 특히 남자 병동에서 여 간호사들이 근무하기란 더욱 어렵고 힘이 든다. 알코올 중독자들은 의도적으로 그들에게 접근하여 각종 병을 핑계로 그들을 괴롭게 한다. 이곳에 있는데 간호사 두 분이 그만두었다. 환자들이 순수하고 좋은 마음으로 간호사들에게 인사해도 오해받을 소지가 많아 늘 조심하는 것이 최고이다. 조심하지 않으면 괜한 오해를 받을 수가 있다. 어떤 사람은 노골적으로 자기가 좋아하는 간호사에게 말만 걸어도 싫어하는 경우가 있다. 알코올 병중인 질투심이 발동하기 때문이다.

이곳에 남자 간호사가 근무하는데 보기도 좋고 무난해 보였다. 그런데 남자 간호사다 보니 안 되는 것을 요구하는 경우가 늘어난다. 그런

좋은 술, 나쁜 술, 미친 술

사건이 어제 오밤중에 일어났다. 밤 열 시가 넘었는데 컵라면을 병실에서 먹겠다고 한다. 간호사들은 의사의 처방에 의하여 환자를 케어한다. 그리고 음식물에 대한 섭취 여부도 환자 개인의 병증에 따라 결정은 주치의가 하고 간호사들은 그 지침을 따를 뿐인데, 수시로 라면을 먹겠다고 하고 커피를 마시겠다고 한다.

간호사가 안 된다고 저지하면 욕설을 하고 폭력적인 행동을 한다. 화를 내면 안 되는데 화를 내며 자기 의사를 실행하려고 한다. 그것은 불나방이 불 속으로 들어가 타 죽는 형상이기에 온 힘을 다하여 간호사들은 그것을 못 하도록 막는 것인데, 환자 본인은 그런 깊은 뜻도 모르고 자신의 욕구를 채우려는 데 혈안이 되어 있다. 간호사와 보호사는 그럴 때 몹시 긴장한다. 남자 간호사가 그 환자와 실랑이를 벌이다가 허리를 다쳤다고 한다. 별 탈이 없어야 하는데 걱정이 된다. 이처럼 우리 사회 음지에서 고생하며 자신에게 주어진 책임과 의무를 수행하며 사회에 일익이 돼 주는 사람들이 많다.

병실에 반가운 손님이 찾아온다. 앞 건물 유리창에 반사되어 병실에 들어오는 햇살이다. 이 건물은 북향이어서 종일 햇빛이 안 들어오지만, 이 시간에 잠시 들어와 내 얼굴도 비추어주고 비타민 D도 생성해 준다. 어느 날부턴가 이 시간이면 병실 침대에서 햇빛을 기다리곤 한다. 잠시 비춰주는 햇빛이 반갑다. 직접 쏘이지 않으니 자외선은 없을 것이다. 그야말로 순수한 햇빛이다. 사람들이 직사광선 햇빛을 피하려고 하지만, 오히려 이렇게 반사된 햇빛은 우리에게 좋을 것 같다.

이 반사된 유익한 햇빛과 같은 존재들이 이 알코올 중독센터의 주치의 선생님, 간호사, 보호사 등 치료진이다. 한 환자가 밥을 먹지 않자 간호사와 보호사가 협력을 해서 밥을 먹여주는 모습을 목격하며 누구도 관심을 주지 않는 사람에게 사랑의 케어를 해주는 모습에 감동했다. 이렇게 알코올 중독센터에서 일하는 간호사와 보호사는 누구나 외면하고 구박하는 알코올 중독자를 이해하고 감싸주고 보호해준다.

좋은 술, 나쁜 술, 미친 술

새로 온 남자 간호사

　두 분의 여 간호사가 퇴직하고 두 분의 남자 간호사들이 새로 오셨다. 간호사라는 직업은 여성 직업으로 각광받았지만, 사실 고되고 힘든 직업이다. 정상적인 사람들과 인간관계를 맺는 것도 힘든 세상이다. 대부분 환자들을 케어해야 하니 그 고단함이란 말로 형언하기 힘들다. 그래도 환자들의 보호자 역할을 묵묵히 해나가고 있다.

　알코올성 정신병자들과 함께 살아간다는 것은 더 힘든 일이다. 나날이 일어날 일들이 예측이 안 된다. 오히려 매번 즉흥적으로 일어나는 일에 대응을 해야 한다. 그런 의미에서는 알코올 중독 병동에는 남자 간호사가 안성맞춤이다. 앞으로도 남자 간호사들이 많이 배출되어 일선 병원에서 활동했으면 좋겠다. 여자 간호사에게 말하기 힘든 것도 같은 남자의 입장에서 함께 말하고 상담하기 쉬울 것 같다. 그리고 환자가 발작하거나 갑작스러운 행동을 해도 대처하기 쉬울 것 같다. 여성 간호사는 사실 알코올 중독자들을 케어하기에는 역부족이다.

　정 모 간호사는 키가 훤칠하고 얼굴도 잘생겼고 일도 꼼꼼하고 차분하게 잘하였다. 그리고 심성이 고와서 막무가내 환자도 잘 다룬다. 인내심과 뚝심이 있고 알코올 환자 모두를 잘 이해하고 특성을 알아서 모두에게 개개인에게 맞는 케어를 해 주었다. 권 모 간호사도 정 모 간호사랑 모두 비슷한데 늦게 부임해서 앞으로 활동이 기대된다. 알코올 중독 환자들의 심리 상태나 그들의 습성을 잘 이해하고 행동한다면 큰 도움이 될 것이다. 그럼에도 불구하고 서로 이해하고 아껴 주고 사랑으로 대한다면 타의 모범이 될 것이다.

사실 알코올 중독자에게 가장 필요한 것이 사랑과 자비와 이해와 용서다. 하느님만이 그들을 이해하고 이끌어줄 수 있을 것이다. 그러한 사랑만이 알코올 중독자들이 세상을 이겨 나갈 수 있는 힘이 되어 준다. 생각과 말로는 쉬워도 실행하기는 매우 어렵다. 한 노인을 꾸준히 돌보아 주는데 말이 많다. 간호사나 보호사가 하는 일이지만 그들의 손길이 미치기에는 그들이 매우 바쁘다. 그래서 그분을 조금 돌보아 주는데 무슨 흑심이 있느냐는 것이다. 이렇게 좋은 사랑을 실천하는 일을 하는 데에도 많은 오해와 비난을 받는다. 그래도 사랑을 실행하는 데 늘 앞장설 것을 다짐한다.

우리가 아무리 사차 산업혁명으로 세상이 뒤집어진다 해도 사랑과 자비, 봉사는 밤하늘의 별처럼 영원히 빛날 것이다. 두 남자 간호사가 참된 사랑의 길을 가기를 바란다. 그분들은 참으로 복된 직업을 선택한 것이다.

아내와 싸우는 알코올 중독자

　아내가 바람을 피운다고 의심하는 의처증 알코올 중독자가 입원해서 시도 때도 없이 큰 소리로 전화를 하는 통에 무척 시끄럽다. 전화기까지 패대기치면서 난동을 부리고 아내에게 별의별 욕설을 다 한다. 아내에 의해 입원이 된 것 같다. 그러니 빨리 퇴원을 시켜 달라는 것이다. 저런 상태에서 퇴원하면 아내를 죽일 것 같았다. 알코올 중독에 당뇨까지 있으니 남자 구실 하기 힘들 것이다. 그러면 아내에게 미안해하고 잘해 주어야 한다. 잘못하면 이혼을 당하고 다른 알코올 중독자들처럼 고독하게 살다가 죽을 것이다.

　여자들이 한번 한을 품으면 큰일 난다. 어찌 되어도 그들은 살아간다. 그러나 남자는 여자들만큼 당당하고 행복하게 살기 힘들 것이다. 오히려 더 크게 고통을 당하고 아이들까지 힘들게 한다. 한 가장의 알코올 중독은 모든 가족에게 큰 고통과 불행을 안긴다. 그리고 친척이나 주위 사람들에게 엄청나게 큰 고초를 준다. 그러면서 본인만 그 사실을 모르고 잘하고 있다는 착각에 빠져 있다. 그래서 "너 자신을 알라."라는 말이 있는 것이다.

　우리는 모두 자신이 알코올 중독자라는 사실을 모르고 산다. 그냥 병원에 입원하면 아무 상관 없이 살아가니 가족들이나 부모님들이 겪는 환난은 생각하지 않는다. 이 환자의 아내가 겪는 정신적, 육체적 고난은 어디에서 어떻게 보상받을 수 있을까? 보상이나 위로를 받을 길은 오직 신에게 의지하거나 본인 나름대로 살아가는 과정에서 받아야 한다.

이 알코올 중독자에게서 빨리 도망가는 것이 살길인지 모른다. 그는 아내의 일거수일투족에 불만을 갖는다. 자기는 술 마신 죄뿐이 없다고 한다. 그 죄가 얼마나 큰지를 모른다. 술에 취해서 한 행동들은 모두 잊었거나 기억에도 남아 있지 않다. 그러니 얼마나 위험한가? 모든 행동이 큰 위험에서 헤매고 있었다. 주변 환우들에게 끼치는 영향도 아랑곳하지 않고 치료진도 모두 무시해 버린다.

자신의 처지를 자각하고 제일 먼저 깨달아 알아야지 치료가 시작된다. 죽었다 살아나도 제 모습을 보지 못하면 모든 치료가 허사가 된다. 이분도 빨리 자기의 술 마신 죄를 알아차리고 아내에게 사과하는 것이 급선무일 것이다. 끝까지 술 마신 죄를 모른다면 이분은 모든 것을 잃고 말 것이기 때문이다.

좋은 술, 나쁜 술, 미친 술

주치의 선생님

주치의 선생님들은 누구나 많은 공부를 하시고 인격과 품격을 갖추신 분들이다. 그분들은 많은 환자를 대하고 처방을 내리시기 때문에 임상경험도 많으신 분들이다. 이 사회에서 모두 만나기를 꺼리고 회피하는 알코올 중독자들을 끝까지 믿어주고 안아주며 이해해주고 사랑해주는 분들이다. 그러나 대부분 환자들은, 그런 분들을 돈을 받고 병원에서 일하면서 중독자를 괴롭히는 사람으로 이해한다. 참으로 잘못된 알코올 중독자의 시각이다.

한 예를 든다면 한 환자가 일 년간 열두 번을 입원하고 열두 번을 퇴원한다면 환자들도 그를 같은 정신 이상자라고 말하며 사람 취급을 안 한다. 하지만 주치의 선생님은 그를 끝까지 감싸고 사랑해준다. 다만 그를 치료하기 위하여 조건을 걸고 약속한다. 그 약속 또한 환자가 먼저 파기한다. 그러한 인내와 사랑이 그 환자에게 변화를 주었다. 이제 일 년에 네 번 정도 입·퇴원하는 걸로 좋아졌다. 그렇게 차차 좋아졌다가 완치되어 간다. 여기서 완치란 단주 기간을 늘리는 개념이다. 아직 젊은 그가 주치의 선생님이 원하는 대로 완치되어 남은 생을 기쁘고 행복하게 살았으면 좋겠다.

솔직하게 알코올 중독자들에게 주치의 선생님은 부모와 같은 존재이다. 아버지와 어머니 같으신 분이시다. 환자가 조금만 이상해도 그의 마음을 위로하기 위하여 여러 가지 기법을 동원한다. 약을 처방할 때도 항상 신중하게 살펴서 하여 알코올 중독 환자가 알코올 수렁에서 빠져나올 수 있도록 손을 잡아 준다. 그 손길에 감사하며 소중하게 잡을 때 알코올 중독 환자들은 다시 환생하여 새로운 삶을 구가할 수 있다. 주치의 선생님과 치료진의 노력으로 이곳 공동체의 모든 사람들이 알코올에서 헤어났으면 좋겠다.

주치의 선생님이 가장 행복할 때는 회진할 때 환자가 행복해할 때라고 한다. 알코올 기운이 빠진 해맑은 얼굴이 주치의 선생님들이 보고 싶은 얼굴이라고 한다. 주치의 선생님의 의도대로 알코올 중독 환자들이 모두 잘 따라서 암보다 무서운 불치의 알코올 병이 치료되기를 바란다. 다시 한번 우리 공동체 주치의 선생님들께 감사드린다. 지금까지 저를 치료해주었던 박 모 선생님과 임 모 선생님께 감사드리고, 현재 주치의 선생님께도 감사드리며 존경합니다.

°책벌레 아저씨들

이곳에는 밥 먹고 책만 보는 아저씨들이 몇 분 계시다. 『혼불』이라는 열 권의 책을 읽는 데 약 일주일이 걸렸다고 한다. 『혼불』이라는 책을 나도 읽은 적 있는데 꼬박 한 달이 걸린 적이 있다. 우리들이 잊을 수 있는 우리나라의 모든 옛 풍습과 상례, 혼례, 복식 등의 내용이 상세히 기록되어 있다. 또 우리나라가 삼국시대에 당나라와 일본에 미쳤던 영향과 백제의 삼천궁녀 이야기까지, 그리고 어쩌면 일본인의 조상이 백제인일 거라는 이야기, 백제 문화가 일본에서 찬란하게 꽃피웠다는 이야기 등이 적혀 있는 명저이다. 후세에 길이 남을 유산이다.

그밖에 여러 책을 거의 하루에 한 권씩 독파한다. 그러나 내용을 머리에 담아내는지는 나도 모르겠다. 그냥 그래도 밥 먹고 책을 보니 멍하게 하루하루 보내는 사람들보다는 낫다. 국방부 대학원 교수라는 분은 노모한테 매일 전화가 오는데 전화를 받지 않는다. 성당을 다닌다고 하는데, 자세한 입원 동기는 모르지만 술 문제로 온 것 같다. 인사성은 밝다. 그러나 밥 먹고 책 읽고 멍하게 있기 일쑤다.

가끔 며칠씩 입원하는 사람들이 있는데 알코올 중독으로 고생하는 직장인들이다. 수시로 약 일주일씩 입원하는 사람들도 있는데, 그들도 책을 가지고 다니며 많이 읽는데 책 속에 길이 있다고 한다. 비록 알코올 중독자로 살아가는 사람이지만 책을 통하여 새로운 길을 찾고자 한다. 그런 모습이 좋아 보이고 책을 열심히 읽는 사람들은 미래를 착실히 준비하는 사람들이다. 최소한 어느 곳에서든지 큰 말썽은 부리지 않고 살아간다.

이곳에서도 온화하고 평화롭게 지내는 그들은, 대부분 술을 마시면 조용히 잠을 자다가 깨면 다시 술을 마시곤 한다고 한다. 그것이 정상적인 생활이라 할 수 없지만, 즉 알코올 중독에서 해방된 것은 아니지만, 책을 읽는 동안 부지불식간에 자신의 병증의 특성을 알아서 깨우칠 수도 있다. 우리는 그러한 삶을 통하여 알코올 중독자도 좋은 길로 갈 수 있다고 생각한다. 새로운 삶에 대한 도전이라고 할 수 있는 독서는 우리에게 새로운 치료의 길을 제시하기도 한다. 그 새로운 길이 어떤 길이 될지는 모르지만, 다독을 통하여 다양한 삶의 간접 경험을 하면서 새로운 길을 모색할 가능성이 있다.

책을 읽는 사람들은 다른 사람들보다는 아무리 삶의 환경이 안 좋다고 해도, 책을 읽는 시간만은 스스로 위로를 받으며 행복할 것이다. 그래서 책을 읽는 사람들이 예뻐 보인다. 나이가 들으신 분들보다 젊은이들이 책 읽기를 원한다. 젊은이들은 대부분 스마트폰 유튜브나 게임 중독으로 헤매며 사는 것 같다. 말을 해주면 청개구리처럼 함부로 생각하고 말한다. 그리고 커피나 라면 등 몸에 해가 되는 음식들을 먹는다. 과일이나 요구르트 등은 이곳 생활에 익숙하고 친인척들이 용돈을 보내 주는 사람들이 주로 구입해서 먹는다.

세상이 어찌 되었든 새로운 세상에 대한 도전은 그것으로 성공적인 길이 된다. 책을 읽는 분들이 단순히 책 읽는 데 그치지 않고 그것을 기반으로 독후감을 써 본다거나 진일보한 좋은 독서 습관을 가졌으면 좋겠다.

책을 매일 종일 읽는 사람이 이런 말을 한다. 본인은 구십 세를 넘기신 노모와 남동생이 있는데, 그 동생이 회갑이 된 지금까지 한 번도 형에게 하대를 한 적이 없다고 한다. 늘 형을 존중해 주고 형의 병시

중은 다 든다고 한다. 이분도 일생을 살아오며 술을 마시는 죄로 평생을 다른 사람들에게 좋은 일만 시키고 살았다고 한다.

우리나라가 어려운 시기에는 정신병이나 알코올 환자들이 무허가 기도원 등에 감금되어 강제 노역에 시달리며 살아가곤 했다고 한다. 포천 어떤 기도원에서 생활할 때 나름대로 열심히 봉사했는데, 가끔 삼겹살이나 폐계를 삶아서 먹을 때는 자기들 패거리만 통째로 가져다 먹고 일을 하는 봉사자들에게는 조금만 갖다주어서 짜증이 많이 났다고 한다. 그곳에서는 수용된 사람들을 독방에 가두고 심지어 쇠사슬로 묶어 놓기도 하고, 죽으면 아무도 모르게 묻어 버리고 산 것처럼 해서 지원 단체의 후원금도 받아먹었다고 한다.

이 세상이 돌아가는 꼴을 보면 지금은 많이 좋아졌는데도 위안부 할머니들을 이용하여 축재한 사람이 국회의원까지 되었으니, 옛날 그 기도원이나 정의연이나 약한 자들을 이용하여 축재를 하는 수법은 같다며 큰 죄악이라고 한다. 사람이 사리사욕에 물들면 모든 것이 끝장이 나게 되어 있다고 한다. 이 세월이 흘러가는 과정에서 우리들이 행복한 길을 가는 것은, 돈을 버는 것보다 그 돈을 얼마나 공정하게 관리하고 원래 후원금 모금 목적에 잘 쓰며 올바른 길을 가느냐가 문제이다. 이것이 큰일이라는 것이다.

이미 지나간 것은 다 묻어 버리자는 사람들도 있지만 그럴 수가 없다는 것이다. 묻어 버리기보다 진상을 확실하게 조사해서 사실을 밝히고 응당한 처벌을 받을 사람은 처벌을 받고, 또다시 국민 대다수의 순수하고 순박한 가슴에 대못을 박지 말고 약한 사람들에게 눈물을 흘리게 하면 안 된다는 것이다.

알코올 중독자들에 대한
시선

알코올 중독도 일반적인 병인데 사회에서 그들을 바라보는 시각은 매우 왜곡되어 있다. 마치 알코올 중독자들을 범죄자 취급한다. 그들이 대부분 폭력적인 환자가 된 것은 어쩌면 사회의 잘못된 시선이 그들을 분노시켰기 때문인지도 모른다.

사실 알코올 중독이라는 진단을 받은 사람들은 도덕적이다. 우리 주변에는 술로 엄청난 폐해를 주변에 끼치면서도 병원에도 안 가고 알코올 중독이 아닌 척 살아가는 사람들이 태반이다. 매우 딱하고 비난 받을 사람들이 그들이다. 그런데 단순하게 알코올 병원에 입원해 어렵게 그 병을 고치려고 하는 사람들을 비난하고 큰 죄인 취급을 하는 것이 현실이다 보니, 알코올 중독자들이 더 심한 병증을 보이고 분노가 폭발한다.

사회적 분위기가 따뜻해지면 알코올 중독자도 술 마실 확률이 낮아질 것이다. 그들을 선입견을 가지고 대하지 않는다면 좋을 것이다. 그냥 대부분 주취자들을 대하는 것처럼 그렇게 대해 주면 된다. 술을 좋아하니 술을 마시나 보다 하고 오히려 그들을 병원으로 데려다주면 얼마나 좋을까 생각해 본다. 그들이 노숙자가 되지 않도록 임시로 술에서 깨어날 때까지 잘 지낼 수 있도록 해주면 더 좋아질 수 있다.

알코올 중독은 평생 고칠 수 없는 병이다. 그러나 단주를 계속 이어갈 수는 있다. 단주가 깨지더라도 자연스러운 현상으로 받아들이고 또다시 단주를 시작하면 된다. "내가 죄인이다."라는 생각이나 "내가

좋은 술, 나쁜 술, 미친 술

도덕적으로나 윤리적으로 큰 문제가 있다."라고 생각하는 것은 큰 오류가 되고 자신을 학대하며 비하하는 것이 되는데, 그러면 안 된다고 한다. 모든 걸 순리대로 따르면 된다고 한다. 이런저런 고민을 하지 말고 퇴원하고 술을 마셨으면 병원에 입원하는 것이 상책이라고 한다. 잘못하면 또 주변에 해를 입히고 알코올 중독자에 대한 이미지만 나빠지는 경우가 된다고 한다.

책을 읽는 사람들은 그들이 보는 시각 자체가 다르다. 알코올 중독자라는 자신의 처지를 잘 알고 이곳에 있는 다른 환자들을 이해하며 도우려고 노력한다. 그리고 봉사도 열심히 한다. 그러면서 독서를 계속한다. 상호 이해심이 많고 환자 간에 서로 우애를 가지려고 노력한다.

특히 친한 친구들이 알코올 중독자라고 하면 무조건 싫어하고 만나길 꺼린다고 한다. 이유는 만나면 술도 얻어 마시고 용돈을 달라고 하기 때문이라고 한다. 그래도 봐주고 감싸 안아주면 좋으련만, 친구 입장도 이해하지만 알코올 중독자라고 하면 무조건 피하고 보자는 친구들 간의 상호 협의도 있다고 한다.

한 분은 술만 마시면 당신이 아내를 죽였다고 한다. 이유를 물으니 아내가 바람피우는 현장을 덮쳤는데 심장마비로 죽었다고 한다. 당시 경찰관이 함께 갔기 때문에 살인 누명은 벗었지만, 그것이 평생 한이되어 지금까지 알코올 중독과 각종 정신질환으로 많은 고생을 했다고 한다. 전국을 누비며 거지처럼 돌아다니고 죄책감으로 환청이 들리기도 했다고 한다. 그래서 죽을 고생을 다 했다고 한다. 요즘 조금 나아졌다고 한다. 그래도 밤이면 소리 지르고 이도 간다. 참으로 딱하다.

이런 것이 과연 중독 강의나 다른 교육으로 치료가 가능할까? 불가능하다고 한다. 이미 우리 알코올 중독자들의 뇌는 알코올로 인하여 모두 파괴되어 회복되기 어려운 상태라고 한다. 그래서 가능성이 높게 나타난 치료법으로는 신에게 의탁하는 것이라고 한다. 신에게 자신의 모든 것을 내맡기고 신의 지시에 따른다면 우리의 알코올 중독이 치료될 가능성이 크다고 한다. 이것은 미국에서 알코올 중독자 치료를 한 통계에 의한 정확한 자료라고 한다.

대개 개신교나 천주교를 믿는 이들 중에서 알코올 중독을 극복하고 술을 마시지 않고 정상적인 생활을 하는 사람들이 있다고 한다. 그런데 이곳에 입원한 사람 중에도 개신교나 천주교 신자가 있는데, 그들은 '술 주님'에게 빠져 '하늘 주님'은 무시한다. 하늘 주님을 진정으로 모시면 그들도 알코올 중독을 극복하기 훨씬 쉬웠을지 모른다.

무엇이든지 믿는다는 것도 자기중심적으로 자기 마음대로 믿는 것은 가짜 믿음이기 때문에 치료에 도움이 안 된다. 하느님을 경외하여, 술을 마시고 사소한 잘못이라도 저지르면 하느님의 진노를 살 거라는 생각을 가져야 술 마시는 자체를 두려워해서 술을 마시지 않을 수 있다.

술을 마신다는 것이 아마도 내가 망가지고 죽어가는 것이라는 생각을 하면 안 마실 수 있지 않을까 생각해 본다. 술 마실 스트레스나 일어날 사건들의 개연성을 미리 차단하는 것도 중요하다. 즉 경제적인 문제를 여러 가지 방도를 찾아서 해결한다든지 혹은 체력적인 문제를 운동 등 요법을 찾아서 해결한다면 좋은 일들이 일어날 것이다. 그래도 책 읽는 아저씨들 말이 좋은 것 같다는 생각이 든다. 책을 읽는 것이 건성으로 읽을 수 있지만, 읽다 보면 좋은 글 한 가지는 마음에 담게 되고 그것이 단주에 큰 도움이 될 것이다.

좋은 술, 나쁜 술, 미친 술

마음씨가 한없이 착한
중독자들

　고약한 알코올 중독자들도 있지만, 마음씨가 한없이 착하고 선하고 약해서 사회에 적응하지 못하고 술로 자기에게 닥치는 일들을 모두 해결하다가 중독자가 된 분들도 많다. 이곳에서 생활하다 보면 더 잘해 주려고 서로에게 배려한다. 심지어 담배 인심도 후하고 간식 인심도 후하다. 봉사를 할 때는 조를 이뤄서 함께한다. 그렇게 이곳 공동체는 쉽게 모든 일을 상의해서 공동으로 한다.

　그런데 모두가 참여하는 것이 아니고 극히 일부만 참여한다. 청소를 하면서 바둑을 잘 두어 그래도 사람 취급을 받는 사람에게 자기 병실 쓰레기 좀 치우라고 했더니 못 하겠다고 해서 사람이 달라 보였다. 자신이 해도 되는 일을 하지 않는 사람은 공동체에서 항상 외톨이가 된다. 그뿐만 아니라 들어올 때처럼 나가면 또 노숙자가 된다.

　물론 집도 없고 젊은 날에 식사도 못 하고 잘못 살아서 빚을 지고 갚을 길이 없으니 노숙자가 되기도 하지만, 대개 아무 일도 하지 않으려는 알코올 중독 특성 때문에 노숙자가 되어서 살다가 길바닥에서 죽어 버린다. 그것이 이곳에서 본 노숙을 하다가 입원하는 사람들의 특성이다.

　얼마 전에 이곳에서 엄청난 잡음을 내며 살다가 퇴원한 사람이 있었다. 그 사람도 현재 노숙 중인데 같이 잘 지낸다고 해서 유유상종이라는 말이 생각났다. 이곳 공동체에서도 서로 비슷한 사람들끼리 비슷하게 서로 어울린다. 어떤 사람은 전혀 그렇지 않고 홀로 외롭게 살아가는 경우도 있다.

집단 치료 중 대부분 사람들이 부정적인 시각을 가지고 있음을 알았다. 오늘은 어떤 강사가 하는 강의를 듣고 각자가 느낀 점을 말할 기회가 있었다. "현재 상황이 불행하면 행복이 올 거라는 생각을 하고 추의 중심을 지켜라. 그리고 슬럼프에 이름을 붙여라. 예를 들면 불안, 나태, 무기력함, 분노, 슬픔, 아픔 등 구체적인 상황을 표현하고 그것을 극복하도록 노력해보라."라고 했다. 그런데 몇몇 사람은 그 강사의 말을 강사와 함께 싸잡아 부정해 버렸다.

그리고 우리 현실이 고통스러운데 그 고통을 무시하고 언어의 유희로 자신을 즐긴다고 한다. 사실 요즘 인문학 강연을 들어 보면 자기 생활의 주변을 내세우며 나처럼 살아 보라고 강연하는 경우를 많이 본다. 그러니 착하고 선하게 사는 것이 아니라 자기 삶을 주관적으로 살라고 하는 것이다. 강사가 말하는 자체, 즉 인생의 자명종에서 벗어나 일탈을 해도 자기 자신이 그것을 정확히 깨닫고 다시 시작하면 된다고 하는 취지다. 현재 알코올 병원에 입원해서 사는 사람들에게 여기에서 다시 시작하면 된다는 의도로 그 영상 강의를 듣는 것인데 주치의 선생님 의도가 훼손되는 순간이다.

이러한 것들이 알코올 중독자들의 삐딱한 시각이다. 세상을 긍정적이고 소중하게 살아가는 데 필요한 일들은 모두 부정하고, 담배를 피우고 커피를 마시고 잡담을 하는 순간적인 쾌락을 즐긴다. 그것이 이곳의 풍경이다. 그래도 안 그런 분들도 있다. 이곳에서 공인중개사 공부도 하고 세상 살아가는 이치도 연구하고 자신의 삶을 변화시켜 보려고 부단히 노력하는 사람들도 많다. 그 노력에 항상 제동이 걸리는 것이 술이다.

　　　　　　　　　　　　　좋은 술, 나쁜 술, 미친 술

지금 한 분이 퇴원해서 시골 농원으로 가서 열심히 살아 본다고 나
갔는데 며칠 후 들려온 이야기는 술을 마시고 계단에서 굴러서 다쳤
다고 한다. 곧 이곳으로 올 것이 확실하다. 나가서 열심히 살다가 힘들
면 다시 이곳으로 오라고 했다. 그분도 비록 주취폭력으로 교도소까
지 다녀왔지만 마음씨는 한없이 여리고 착하고 선하다. 그러나 술을
마시면 천하의 폭력배로 변한다. 술의 위력이 그만큼 크고 무섭다. 좋
은 술이 나쁜 술이 되고 결국 미친 술이 되어 한 사람을 미치게 만들
어 교도소로 보낸다.

술은 그렇게 선한 사람을 범법자로 만들고 마귀로 만들어 인간을
비참한 처지로 만드는 위력을 가지고 있다. 그 위력 앞에 어느 누구도
무너지지 않는 사람이 없다. 즉 술을 마시는 사람들은 좋은 의미에서
건 나쁜 의미에서건 누구도 예외가 될 수 없다. 결국 치료하지 못하고
넘어지면 유일한 탈출구는 재입원하여 다시 치료를 시작하는 것이다.
그 길만이 알코올 중독자의 숙명적인 삶의 여정이다.

착하고 선한 알코올 중독자들이 강력한 치유 능력을 가진 신을 만
나 알코올에서 해방되기를 염원한다. 그리고 퇴원해서 불안하고 위험
한 삶을 살아가는 사람들이 제정신을 차리고 빨리 병원으로 돌아오
기를 기원한다. 거리에서 술에 취하여 헤매거나 가끔 인생의 필름이
끊기는 음주자들은 더 늦기 전에 알코올 병원을 찾아 진료를 받으시
길 바란다. 그 시기가 빠를수록 당신이 불치의 병 알코올 중독에서 해
방될 확률이 높다. 시기를 놓치면 미친 술에 의하여 당신의 몸과 마음
은 서서히 죽어간다.

알코올 중독자의 변명

이 나라가 다른 복지들은 잘되어 있는데 알코올 중독자들에 대한 복지는 선진국에 비하여 매우 후진적이라고 한다. 술 마시면 무조건 병원에 입원시켜 밥을 먹여주고 술을 못 마시도록 강제한다. 그러나 그것으로 알코올 중독을 치료할 수 없음을 많은 사람들이 잘 안다. 그러면 그들이 술을 마시며 살길을 마련할 방법은 없는가? 대안을 찾아보는 것은 어떨까?

대부분 알코올 중독자들이 일 개월에서 삼 개월, 길면 일 년에서 이 년을 단주하다가 퇴원하면 제일 먼저 하는 것이 짐을 맡겨 놓고 술을 마시는 것이다. 그동안 억제했던 술을 한꺼번에 폭음하고 호주머니에 있는 돈을 다 쓸 때까지 마신다. 돈이 떨어지면 구걸을 하다가 안 되면 빈털터리 거지로 입원한다. 입원하면 이런저런 사람들이 도움을 주어 담배며 간식거리도 생기고 입을 옷도 생긴다.

이럴 때 새로 입원하는 사람에게 연간 입원 횟수를 정하고 알코올 중독자에게 얼마간의 생활비를 지원해주면 최소한 인간적인 삶을 정상적으로 영위해 나갈 수 있을 것이다. 그리고 그들의 불안한 삶이 많이 해소될 것이다. 부인들과 갈등이 있는 사람들은 따로 관리하여 알코올 중독자에게 수당을 지불하여 여기저기 꾸는 일을 안 하도록 조치해야 한다.

예를 들자면 이번에 코로나19 사태에서 국가의 재난 지원금을 자녀나 아내가 수령하고 구 개월간 입원해 있음에도 돈 한 푼 구경을 못하니 무척 힘이 들었다. 그래도 어디에 하소연할 수도 없다. 그러니 돈

좋은 술, 나쁜 술, 미친 술

을 빌려 쓸 수밖에 없지만 알코올 중독자한테 누가 돈을 꾸어 주겠나? 결국 사기를 칠 수밖에 없다. 국가에서 이혼이 되어 있지 않은 알코올 중독자 관리를 따로 해서 집도 한 칸씩 주고 제대로 살아갈 수 있도록 해 준다면 그들이 알코올 중독에서 헤어날 확률이 높아질 것이다. 하루빨리 알코올 중독자들에 대한 실제적인 대책이 필요하다.

지역 중독센터 등도 중요하지만, 그들이 실제로 중독자들 현황을 파악하고 도움을 주어야 하는데 그들만의 조직원 관리와 겉치레에서 오는 국가 예산만 낭비할 뿐 알코올 중독자들에 대한 실제적 지원은 전무하다. 정의연이 위안부 할머니들을 이용하여 단체와 관련자들의 축재에 활용되었듯이, 알코올 중독자 센터들도 알코올 중독자들을 활용하여 단체의 이익만을 좇는 건 아닌지 알아보아야 할 것이다.

물론 단체를 유지하려면 인력과 유지 비용이 들겠지만, 알코올 중독자들을 연구하고 그들이 술을 마시고 노숙하지 않게 머물 장소라도 마련한다면 얼마나 좋을까 하는 생각을 해 본다. 술을 못 마시게 감금하는 것보다 적당한 음주를 허용하는 방안도 모색해 보면 좋겠다. 그러나 이것은 전적으로 개인적인 의견일 뿐이다. 중독자에게 적당한 술은 있을 수 없기 때문이다. 그러나 입원을 해도 외출 나가면 술을 마시는데, 차라리 입원 중 매월 일회씩 소주 반병 정도 주면 어떨까? 내 생각이다.

주류 회사들 책임

외국에서는 주류회사들이 알코올 중독자들을 위하여 많은 배려를 한다고 한다. 알코올 중독자 임시 숙소도 마련해 주고 술을 즐길 수 있는 문화에도 많은 관심을 갖는다고 한다. 심지어 주류회사에서 몇 시간의 일자리까지 주면서 단주를 유도한다고 한다.

우리나라의 경우 주류세는 엄청나게 거두는데 알코올 중독자들에게 무엇을 해주는지 알 수가 없다. 알코올 중독자들에게도 최소한의 생활비를 주류세 일부에서 대주면 어떨까? 알코올 중독을 단순한 개인적인 문제라고 치부하지 말고 사회적, 국가적 문제로 다루어서 알코올 중독자들을 위한 특별법을 만들어 그들의 생존을 보장해 주기를 간청한다.

알코올 중독자들은 모두 가난과 병고에 시달리며 최소한의 인격도 무시당하며 살아가고 있다. 사는 것이 아니라 죽음을 향하여 하루하루를 연명해갈 뿐이다. 그리고 행정 입원이라는 명목으로 자주 인권 문제가 생긴다. 그러한 모순에서도 보호를 받아야 한다. 알코올이 깰 때까지 일단 임시 보호 시설에서 보호를 받다가 취기가 가시면 중독자의 의사에 따라 감금 입원이 이루어지길 바란다.

알코올 중독자며 수급자가 알코올 병원에 재입원할 때 코로나19 검진을 받아야 하는데, 십오만 원 이상을 내고 검사 후 입원한 사람들이 있다. 아니, 외국에서 입국한 사람들은 모두 무료 검진을 받고 그외 환자 의심자도 무료 검진을 받는데, 유독 알코올 중독자들에게만 입원 시 필요한 검진비를 받는 것은 도대체 무슨 일이란 말인가? 이것

좋은 술, 나쁜 술, 미친 술

이 무슨 복지 정책이란 말인가? 바로 이런 사각지대를 없애라고 정부가 있고 보건복지부가 있는 것인데 그들이 하는 일이 무엇인가? 걱정스럽다.

우리가 바라고 원하는 알코올 중독자 지원법이 국회에서 발의되어 입법이 되었으면 좋겠다. 특히 주류 회사들의 책임을 강화해 그들이 직접 알코올 중독자들을 지원해 주고 일을 할 수 있는 사람들에게는 일자리를 마련해 주기를 바란다.

어느 알코올 중독자의 하소연

아내에게 의하여 강제로 입원된 환자가 약 열흘간의 주취에서 깨어났다. 날이면 날마다 술을 마시고 많은 병고에 시달리는 남편이 술에 취해 죽은 줄 알고 아내가 119에 요청하여 병원에 입원시켰는데, 얼마나 술을 많이 마셨으면 입원 후에도 그 취한 기운이 한동안 계속되어 치료진과 주위 환우들을 걱정시켰다.

아내는 식당을 운영하며 가정을 반듯하게 꾸려 가는데, 이분은 다니던 직장을 그만두고 처음에는 아내의 식당에서 함께 일하며 배달하면서 재미있게 살았다고 한다. 그런데 저녁 손님들이 오면 아내는 남편을 집으로 가서 쉬라고 해서 처음에는 아내 말에 순종하였다고 한다. 아이들은 도회지에 나가 대학교에 다니고 부부는 가게 근처 아파트에서 살았다고 한다. 혼자 집에서 아내를 기다리는 시간이 지겨워 술을 마시기 시작했다고 한다.

처음에는 술을 마시고 자다가 일어나 아내가 들어오면 이야기도 하고 서로 다정한 시간을 보내다 자곤 했단다. 그러나 술 마시는 양이 늘어나면서 아내가 집에 오는 것도 모르고 자고 아내가 가게에 나가자고 해도 못 나가고 장취로 이어졌다. 얼굴도 검은색으로 변하고 해서 아내가 자신을 살리려고 입원시켰는데, 자기는 아내를 의심하고 아내가 흑심을 품고 입원시켰다고 생각했다고 하며 심한 자책감에 시달리고 있었다. 알코올 중독자의 특징이다.

알코올 중독자의 아내는 이중고 삼중고를 겪는다. 가게에서는 술 먹는 손님들에게 시달리고 집에 오면 남편의 의처증과 술주정에 시달려

좋은 술, 나쁜 술, 미친 술

오만 정이 다 떨어져 나간다고 한다. 그냥 아내를 믿고 아내를 지지하고 행복을 주면서 진심으로 사랑한다면 즐거운 삶이 될 것인데, 의심하고 욕하고 구박을 했으니 얼마나 불행하겠는가?

술에서 어느 정도 깨어난 알코올 중독자는 아내를 생각하며 아내에게 잘못한 것에 대하여 무척 후회를 하고 자기가 잘못했다고 눈물까지 흘린다. 어제는 아내가 건강하게 회복하라고 견과류까지 보내오니 그 미안함이 더 큰 것 같았다. 세상을 살아가면서 미련도 많고 후회도 많겠지만, 주어진 오늘에 감사해야 한다. 또 가족들이나 친척들에게 죄책감까지 가질 것은 없지만, 그들의 소중함을 알아차리는 것도 알코올 중독을 치료하는 데 도움이 된다.

자신이 지금 어떠한 상태이며 무엇을 하고 있는지를 인정하는 것이 치료의 중요한 조건이 된다. 즉 자신이 알코올 중독자임을 시인하고 술을 마시지 않고 바르게 살아가려고 노력하는 자체가 우리 삶의 기본이 되어야 한다는 것이다. 그렇게 완강하게 알코올 중독자가 아니라고 아내에게 큰소리로 변명했던 이분은 드디어 자기가 술을 많이 마시고 이성을 잃고 언어폭력과 완력으로 아내를 괴롭혀 온 것을 시인했다. 그리고 아내가 안전하게 바람을 피우기 위하여 이분을 알코올병원에 입원시킨 것이 아니고 죽음에서 구하려고 입원시켰다는 사실을 알았다고 한다.

특히 건강 회복에 도움 되는 식품들을 보내오니 더 좋아하며 자신이 취중에 아내를 의심한 것을 오해로 규정하고 다시는 그런 생각을 안 하겠다고 했다. 알코올 중독자의 허언이 아니기를 바라지만, 워낙 중독자들의 말장난을 들은 터라 믿음은 안 가도 아내를 그만 괴롭히기를 청했다.

남자는 아내가 없으면 '개밥에 도토리'가 되지만 아내는 남자가 없으면 더 행복하게 살 수 있는 확률이 높다. 그래서 요즘은 여성 상위 시대가 되었다. 여성들은 오라는 곳도 많고 하라는 일도 많은 편이다. 그러나 알코올 중독자는 어디에 가도 환영도 못 받고 할 일도 없다. 살아가는 모습이 극히 제한되어 있다. 그러니 아직 아내가 도망가기 전에 정신을 차리고 아내가 듣기 싫어하는 이야기는 안 하는 것이 옳다.

제발 이제는 술을 안 마시고 살았으면 좋겠다고 한다. 그런데 나가면 제일 먼저 하고 싶은 것이 술을 마시는 것이라고 한다. 이분도 그 부분에 대해서는 자신이 없다고 한다. 이렇게 이야기하는 것도 창피하다고 한다. 벌써 이렇게 다짐한 것이 여러 번이라고 한다. 하지만 술 한 잔만 들어가면 모든 게 허사가 된다고 한다. 이러다가 결국은 아내에게 버림받을 것 같다고 한다. 이 환우의 하소연들이 이루어질 것은 이루어지고 안 될 것은 안 되도록, 이분이 원하는 대로 되었으면 좋겠다.

좋은 술, 나쁜 술, 미친 술

제3부

또 하루가
저물어 갔다

환우들의 소원

가끔 환우 전체 모임이 있다. 의견을 말하라고 하면 거의 말하지 않는다. 대부분 건의 사항들이 묵살되기 때문이다. 그래도 가끔 쓸 만한 의견도 나온다. 어떤 사람이 치킨이 먹고 싶다고 했다. 사실 이곳에서는 치킨은 아니지만 닭고기 요리가 자주 나오는 편이다. 그런데 똑같은 닭고기인데 요리하는 방법에 따라 사람들, 특히 환우들의 선호가 각양각색이다. 그 각양각색 환우들의 구미에 맞추는 것은 불가능하다.

이곳 병원 공동체는 그래도 식당 반찬이나 밥이 깔끔하고 맛이 좋은 편이다. 그래서 본인만 부지런하면 영양소를 골고루 갖추어 먹을 수가 있고 건강관리도 할 수 있다. 그런데 먹는 타령이 나올 때도 있다.

대개 보면 처음 입원한 사람들이 말을 하는 경우가 많다. 대부분 환우들의 소원은 담배를 풍족히 피우고 커피를 많이 마셨으면 좋겠다는 이야기다. 알코올 중독자가 커피를 마시는 것은 시간을 때우는 방법이기도 하다. 담배 피우는 것도 마찬가지다. 그야말로 할 일이 없어서 기호품에 중독이 된 것이다.

할 일이 있으면 좋겠다는 의견을 내었다. 부업 일이 있으면 좋겠다, 무엇인가 일을 할 수 있으면 좋겠다는 의견이다. 지금은 코로나19로 일하기 힘들지만 차차 궁리해 볼 일이다. 사람이 무언가를 궁리하고 일을 해 본다는 것은 좋은 일이다.

국가 차원에서 알코올 병동 환우들이 아르바이트를 할 수 있도록 하는 것도 알코올 치료에 도움이 될 것 같다. 제도적인 문제라 당장

좋은 술, 나쁜 술, 미친 술

시행되기는 힘든 일이다. 그만큼 알코올 중독자들도 일을 하고 싶은 것은 사실이다. 그러나 알코올 치료에는 편안하게 쉬는 일도 필요하다. 그러기에 근로나 아르바이트에 대한 것은 극히 개개인의 문제지 병원에서 어떤 방법도 제시하기 힘들다.

점점 세상은 각박해지고 일자리는 없어진다. 오직 방법은 한 가지, 술을 완전히 끊어 버리고 새로운 살길을 찾아가는 것이다. 이런저런 방법은 모두 몽상일 뿐이다. 실행 가능한 일은 이곳 병원 공동체 교육에 충실하면서 새로운 자신만의 노력으로 미래를 준비하는 것이 필요하다.

마음을 단순화하고 생활을 합리화하며 긍정적이고 명랑한 길을 가는 것이 중요하다. 노래를 배우거나 댄스를 배우는 것도 중요하다. 그리고 신앙에 심취해보는 것도 이곳에 있으며 할 수 있는 가능한 일이다. 이러한 모든 일에서 우리가 당장 실행할 수 있는 일을 오늘 지금 시작해보자.

새벽에 두 가지 부류가 있다. 한 무리는 담배를 들고 흡연실로 가고 한 무리는 운동실로 간다. 두 무리 중 어느 무리에서 희망을 찾을 수 있을까? 분명 시간이 흐른 후 우리는 확연한 차이가 생길 것이다. 오늘 하루 텔레비전에 올인하거나 게임에 올인하기보다 유튜브를 통하여 우리나라 역사를 공부하고 한 가지라도 배우고 인생에 유익한 일을 하면 얼마나 좋을까 생각해본다.

요즘은 시공을 초월하여 공부를 할 수 있으니 참 좋은 세상이다. 이 좋은 세상에서 술만 마시고 알코올 중독자로 살아가기에는 많은 억울함과 슬픔이 있다. 그만큼 우리가 살아가는 과정에서 알코올 중독자는 좋은 기회를 잃고 있는 것이다. 알코올 중독자가 아니면 받을 수 있는 이익과 기회가 백이라면, 알코올 중독자는 얻는 것은 하나도 안 되고 술이 모든 것을 바꾸어 버리고 종국에는 생명마저도 위태로 워진다.

좋은 술, 나쁜 술, 미친 술

불교와 명상에 심취한 환자

그는 코로나19가 오기 전에 산책을 나가면 백운산 백운사 까지 도보로 가서 불공을 드리고 돌아오곤 했다. 이번에 퇴원하면 시골로 내려가 노모와 행복하게 살 거라고 장담하며 퇴원을 했다. 그런데 어떻게 되었는지 꾀죄죄하고 초췌한 모습으로 눈동자가 약간 돌아가고 언어도 어눌하고 약간 맛이 간 흰죽처럼 비실비실한 사람이 되어 재입원한 이유를 말하고 다닌다.

여기에 뇌병 수술로 지능지수가 매우 낮은 사람이 있는데 그분이 퇴원할 때 다른 환자가 "형! 형은 퇴원하면 며칠 있다가 다시 입원할 것이 뻔하니, 퇴원하지 말라."라고 했다. 그 사람의 말이 맞았다. 이 병원에서 십여 년을 살다 보니 감을 잡는다고 한다. 어떤 사람은 어떻고 어떤 사람은 그렇고 빠삭하게 다 알아, 환우들에게는 왕따를 당하는데 그를 보호해 주고 응원한다.

그가 거짓말도 하고 남의 말참견에 일가견이 있지만, 후천적 병으로 뇌수술 후유증이려니 하고 그를 응원하고 감싸준다. 그 이후부터 그와 둘러싼 잡음이 모두 사라졌다. 한 사람을 두둔하고 사랑한다는 것은 쉬운 일이 아니다. 많은 비난과 질투를 이겨내야 한다. 인간 공동체에는 크건 작건 간에 질투와 비난, 반대파 죽이기가 다 있게 마련이다.

누구에게나 단점과 장점이 있게 마련이다. 반대파는 단점이 보이고 자기파에는 장점이 보인다. 그래서 서로 비판하고 음해하고 죽이기까지 한다. 이 알코올 중독자가 시골에 내려가 어머니와 며칠이나 함께 살다가 왔는지는 모르겠다. 그래도 그분은 딸아이들을 잘 둔 것 같다. 조석으로 딸들이 서로 번갈아 가며 안부 전화를 하고 아빠의 간식도 챙기고 함께 잘 살아가고 있다. 퍽 행복한 알코올 중독자 중 한 사람이다.

이곳 안에서는 불경도 외우고 모든 걸 행복하게 한다. 하루에 세 번씩 명상도 한다. 그러나 퇴원을 하면 술로 인하여 그 모든 것을 파괴하고 알코올 중독자 몰골을 하고 돌아온다. 물론 미친 술이 가장 강력한 도파민을 발생시켜 사람을 미친 술의 함정에 빠뜨려 꼼짝 못 하게 하는 것은 사실이다.

어찌 그리 쉽게 모든 것을 앗아가는 술로 모든 것을 다 잃는 줄 알면서도 중독자들이 제일 먼저 찾는 것이 술이다. 술만이 그들에게는 최고의 쾌락이다. 모든 게 다 없어져도 술만 있으면 된다고 하는 사람들이다. 그렇게 우리 알코올 중독자들은 술에 속고 술에 망가지고 술에 사기당하고 술에 수치를 당하고 술에 죽음까지 당한다. 그래도 의식이 들기만 하면 미친 술을 죽도록 마신다. 그래서 온갖 질병을 다 가지고 산다.

알코올이 분해되어 물과 이산화탄소로 배출되는데 그 과정에서 아세트알데히드라는 일급 발암 물질이 생성된다. 이것이 간암, 췌장암, 위장암 등을 일으키는 원인이 된다고 한다. 알코올성 지방간은 술을 끊으면 회복이 되지만, 술을 계속 한없이 마시다 보면 비형 간염이 되고 간경화가 되어 간암까지 발전한다고 한다.

그래서 우리는 꼭 술에서 해방되어야만 한다. 술을 계속 마신다면 우리가 결코 이러한 무서운 질병에서 자유로워질 수 없다. 이분도 이러한 사실을 다 알고 열심히 살아 보려고 퇴원했지만, 이렇게 처참한 모습으로 재입원하는 것을 보니 이분도 평생 알코올에서 벗어나기 힘

좋은 술, 나쁜 술, 미친 술

들 것 같다고 생각한다. 부처님 가피에 기대해도, 명상을 해도 '술 마귀'를 몰아내기는 한없이 힘든 모양이다. 미친 술의 강력한 유혹에 벗어날 길은 정녕 없는 것일까?

단주에 성공한 사람

알코올 중독에서 어느 정도 해방된 사람들이 술 유혹을 피하는 방법을 이야기한다. 이곳에서 외래 중독 교육을 하는데, 병원 생활을 하다가 단주에 성공해서 밖에서 직업을 가지고 살아가는 사람들이 이곳 병원에 있는 환우들에게 와서 자신들의 단주 생활 경험담을 들려준다. 그분들이 공통적으로 말하는 것이 단주하기 위하여 처절한 노력을 한다는 사실이다.

어느 분은 어느 아파트 경비로 취업해서 일을 나갔다. 경비 대장이란 사람이 자기보다 나이가 어린데 계속 반말을 하고 경비복을 빨지 않은 꼬질꼬질한 것을 가져다주고 입으라고 해서, 오늘은 첫날이니 평복으로 근무하고 경비복은 내일부터 세탁해서 입는다고 했단다. 그랬더니 다짜고짜 욕설을 하면서 그만두려면 당장 그만두라고 하면서 나가 버리더란다. 이 환우는 분노가 일어나며 강력한 술 갈망이 왔단다.

죽을힘을 다하여 참은 후 새벽에 교대 근무자가 와서 자초지종을 이야기하니, 그 사람은 오늘부로 퇴사하니 신경 쓰지 말라고 하면서 경비복도 자기가 마련해 놓을 테니 열 시에 시간 맞추어 오라고 해서 그렇게 한다고 했단다. 그러면서 알코올 중독자로서 단주에 성공하려면 우선 어떠한 상황에서도 참고 인내하는 것이 중요하다고 말한다. 분노를 이겨내는 것이 단주의 필요충분조건이라고 할 수 있다.

알코올 중독자는 참을성이 부족하여 조금만 화가 나도 참지 못하고 술부터 찾는다. 그래서 어떠한 경우라도 한 잔을 피해야 한다고 한다. 단주를 하시는 분들이 제일 두려워하는 것이 명절이나 단체 모임이라고 한다. 명절에는 식구들에게 이미 선포해서 아무 문제가 없다고 한다. 술 문제가 있는 사람에게 술을 권할 식구들은 없다. 친구나 서로 모르는 단체 모임에서 보통 중독자들은 자기 단점인 알코올 중독을 감추지만, 단주자들은 자신들이 알코올 중독자임을 당당히 밝힌다. 그리고 술 대신 다른 탄산음료를 마시며 단주를 이행한다고 한다. 그렇게 첫 잔 한 잔을 과감하게 피한다.

그리고 규칙적인 생활을 유지하며 배가 고프지 않도록 노력해야 한다고 한다. 늘 제시간에 밥 먹고 가끔 간식을 먹으면 좋다고 한다. 배가 고프면 갈망으로 이어진다고 한다. 어떤 단주자는 콜라나 사이다를 가방에 넣어 다닌다고 한다. 갈망이 오면 즉시 마신다고 한다. 술의 갈망을 없애려는 방법이다.

어떤 분은 시간만 나면 A.A. 모임에 나간다고 한다. 그곳에 가야 이야기도 하고 여러 사람의 체험담을 들으며 행복한 시간을 보낼 수가 있다고 한다. 그래서 단주자들은 A.A. 모임에는 조건 없이 가야 한다고 한다. 그곳에서 신비한 새 힘을 얻어 단주를 이어간다고 한다.

그리고 늘 자신이 현재 단주자라는 사실을 자각하고 술자리는 무조건 피하는 것이 상책이라고 한다. 혹시 친구라도 술 유혹을 하면 단교할 각오를 해야 한다고 한다. 세상의 모든 일이 하나가 되어 새로운 삶인 단주에 집중해야 한다고 한다. 그렇지 않으면 어느 날 갑자기 문제가 생길 수 있다.

단주자가 그 생활을 멈추는 순간 다시 단주가 무너지고 음주 생활로 돌아가게 된다. 그동안의 모든 수고와 희망은 물거품이 되고 또다시 알코올 중독자로 살아야 한다. 그럴 때는 무조건 병원으로 찾아가 입원하는 것이 최선이라고 한다. 어떤 분들은 단 한 잔만 마셔도 병원에 입원해 치료를 받는 것이 상책이라고 한다.

알코올 중독자가 세상에서 할 수 있는 일은 하나도 없다고 한다. 돈도 없어지고 몸도 망가지고 제대로 되는 일이 하나도 없다고 한다. 할 수 있는 일이라고는 술 마시고 망신당하는 것뿐이라고 한다. 그러다 병만 깊어지고 거짓말과 사기질만 늘 뿐이라고 한다. 그러니 단주 생활을 하다가 한 잔이라도 걸치면 바로 병원에 입원하여 또다시 단주를 시작하는 것이 돈 버는 일이라고 한다. 밖에서 헤매며 술을 마실수록 더 힘들어지고 가난해져 여러 사람에게 구걸하게 되고 상거지로 추락하고 만다고 한다.

좋은 술, 나쁜 술, 미친 술

엘리트 알코올 중독자

이곳에는 가끔 엘리트들도 입원하러 온다. 국방대학원 강사님이 삼 개월을 예정하고 입원했다. 경제학 학자로서 인생을 살면서 동료들, 제자들과 수시로 술을 마셨는데 필름이 끊어지고 기억력도 상실되고 해서 전문의와 상담했더니 알코올 중독 판정을 받았단다. 삼 개월 입원하기로 했다고 해서, 잘한 일이라고 했다.

알코올 중독자가 분명한데 아무렇지 않게 진단도 받지 않고 살아가는 사람들이 많다. 오히려 이렇게 진단받고 병원에 입원하여 단주 치료를 받는다면 불행 중 다행이다. 술을 마시고 집을 못 찾아 헤맨 적이 한두 번이 아니고 심지어 남의 집으로 간 적도 있단다. 혼자 사시는 구십 노모가 자식 걱정으로 전화를 자주 한다고 한다. 환갑이 내일모레인데 어머니께 걱정만 끼친다고 한다.

그렇다. 알코올은 모든 사람에게 공평하다. 학자라고, 권력자라고 봐주지 않는다. 누구에게나 문제를 일으키고 그를 파멸시켜 버린다. 군왕 중에도 알코올 중독으로 개망나니처럼 살다간 사람들이 많다. 연산군이 대표적이지만, 조선의 군왕 중 재임 기간이 짧은 임금들은 대부분 술로 인한 복합 병들로 단명하였다.

마찬가지로 여기 온 경제학자도 학자로서 왕성하게 활동할 나이인데, 지금 단주에 성공하지 못하면 더 이상 그의 학문은 국가나 국민에게 도움을 주지 못하고 여기에서 중단될 것이다. 학문이라는 것은 나이가 들수록 성숙해지는 묘미가 있어 각 분야의 학문의 결정들은 칠팔십 대에 나오는 경우가 많다. 그런데 육십 대 초입에 알코올로 계속 문제가 생긴다면 인생과 함께 그의 학문도 종을 치고 말 것이다. 그처럼 알코올은 고귀한 삶들을 무참히 짓밟고 만다.

멈추지 않고 계속하기

　알코올 중독자는 술 마시는 것은 언제나 꾸준히 열심히 잘한다. 그러나 다른 일들은 대부분 조삼모사 작심삼일이다. 한번 마음먹은 것을 연속성을 가지고 하지 못한다. 참으로 안타까운 일이다. 여기에서 운동을 할 수 있는데 겨우 며칠 하고 힘들면 안 하면서 온몸이 아프다고 핑계를 댄다. 하는 일마다 꾸준히 계속하는 것이 없고 용두사미이다. 그것이 우리 인생의 비극이다.

　그래서 병원에서 계속 교육을 하는 것은, 단주 교육과 함께 무슨 일이든지 한 가지를 정하여 꾸준히 하는 습관을 가질 수 있도록 훈련하는 것이다. 그러나 그것이 쉬운 일은 아니다. 하라고 해도 하지를 않고 안 하는 이유에 대한 변명은 변호사 뺨을 칠 정도다. 희한한 일들이다. 하라는 것은 죽어라 안 하고 술 마시는 데에는 이골이 나 있다. 그리고 말썽을 부리고 남 탓 하는 데에도 익숙하다. 모든 것이 그렇다.

　하루에 조금씩 이루어 가는 것이 모여서 하나의 성취가 된다. 단주도 한 시간 단주가 세 시간 단주가 되고, 다섯 시간, 열 시간 단주가 되고, 하루의 단주가 된다. 일주일의 단주가 한 달의 단주가 되고 그것이 일년의 단주가 된다. 이렇게 알코올 중독자는 매우 작은 것들을 실천하는 연습을 하면 작은 이룸에 대한 희망으로 조금씩 큰 미래가 된다.

　우리는 운명적 슬픔과 고통을 한 숟가락씩 덜어내는 연습 속에서 깨알 같은 기쁨과 행복을 만들어 가야 한다. 그것이 또한 알코올 중독자의 운명이다. 어떤 젊은 친구가 몸무게 이십 킬로그램을 뺀다고 하면서 매일 자전거를 타고 복도 걷기도 열심히 한다. 그가 목표를 너무 크게 잡아서 언제 끝날지 모른다. 그러나 현재는 그 일에만 몰두하고 있다. 그것이 언제까지 갈지는 두고 보아야 할 문제이다. 조금씩 목표를 잡고 한 달에 이 킬로그램씩 몸무게를 줄이라고 했다.

몸무게를 빼는 데는 여러 방법이 있겠지만, 운동을 꾸준히 하면서 먹는 것을 줄여야 하는데 알코올 중독자들은 금단 현상으로 새벽에 과자를 먹는다거나 밤새 게임을 하면서 중간중간 간식을 먹는다. 그것이 문제이다. 그렇게 되지 않게 하는 것이 중요하다.

잠을 잘 때 잠을 자야 하는데 금단으로 잠을 잘 수가 없다. 그래서 게임에 빠져서 알코올 중독에서 게임 중독으로 옮아가서 많은 문제를 일으킨다. 옆 환우에게까지 영향을 준다. 그래서 가끔 트러블이 생긴다. 자신이 하는 일이 이웃에게 피해가 안 가도록 노력해야 함에도, 그런 데에는 상관없이 본인의 쾌락만 좇는다. 그러니 아무리 몸무게를 줄이려고 운동해도 맹꽁이 배가 되어 볼록 튀어나온다.

일단 알코올 중독자가 금단을 극복하며 살을 빼려면, 주치의와 상의해서 수면제 처방을 받아서 잠을 제대로 자야 한다. 그리고 사람이 불안하면 식사를 많이 하게 된다. 주치의에게 적당한 안정제 처방도 받아서 마음을 안정시키는 것이 중요하다. 그리고 운동으로 몸을 만들고 식이요법을 병행하며 체중 조절을 해야 한다. 그것이 우리가 꼭 해야만 하는 일들이다.

즉 제멋대로 하는 것이 아니라 모든 것을 주치의와 상의해서 하면 무슨 일이든지 성공률이 높아진다. 알코올 중독자가 병원 생활에서나 퇴원 후 밖의 생활에서 자기중심적으로 마음대로 한다면 모든 것은 허사가 되고 물거품이 된다.

좋은 술, 나쁜 술, 미친 술

알코올 중독자들의 마른 주정

알코올 중독자들은 잦은 마른 주정을 한다. 이곳 병원에서 생활하다 보면 아무 일도 아닌데 가끔 혼자 화를 내고 짜증을 부린다. 즉 술에 취하지 않았는데도 술주정을 하는 것이다. 오늘 아침 식사 중에 갑자기 일주일 전에 온 환자가 누구와 부딪힌 일도 없는데 식판을 들었다 놓았다 하면서 난리를 쳤다. 아무런 이유도 없다. 매일 하루에 한 번씩 발광을 하는데 그것을 바로 마른 술주정이라고 한다.

어떤 사람은 하루에도 수십 번씩 과도할 정도로 커피를 마시며 계속 혼자 구시렁거린다. 처음에는 뇌에 이상이 생겨 그런 줄 알았는데 그것도 마른 술주정이라고 한다. 대부분 알코올 중독자들이 그렇다고 한다. 파괴적이고 폭력적인 행동을 하는 것을 보면 그것이 마른 술주정이 된다고 한다.

그 종류도 다양하다. 어떤 사람은 새 입원 환자가 아직 이곳 생활에 익숙지 못해서 하는 행동을 탓하며 갑자기 화를 내는 경우가 있다. 어떤 새 환자가 식사를 하고 바로 목욕하다가 마른 술주정을 자주 하는 알코올 중독자에게 큰코다치게 되자 그도 화를 내며 술주정을 했다. 그 마른 술주정 때문에 치료진도 당황하는 경우가 있다. 치료진에게 엉뚱한 이야기를 해 그분들을 당황하게 하거나 힘겹게 한다.

그리고 병원 밖에서도 술주정으로 주변 사람들에게 엄청난 해를 끼친다. 요즘은 전화만 걸면 경찰이 오고 소방관들이 와서 그 피해가 많이 줄었지만, 예전에는 그 피해가 무척 컸다고 한다. 이 사회에서 술은 꼭 필요한 물질이지만 그것에 정복당한 사람들은 모두 비참하다. 심지어 마른 술주정까지 한다는 것은 정신질환이다.

예전에 술주정하는 사람은 쌀뜨물을 먹고도 주정했다고 한다는 이야기도 있다. 깐족이는 사람도 있고 서로 이간질을 시켜 괴롭히는 사람도 있다. 세상에는 별의별 사람들이 다 있게 마련이다. 아무튼 마른 술주정은 단주자들에게 종종 있는 증상이니 그들을 이해하여 주었으면 좋겠다.

좋은 술, 나쁜 술, 미친 술

믿을 수 없는 사람들

알코올 중독자들은 주변 사람들에게 믿을 수 없는 사람으로 낙인찍힌다. 술을 끊는다고 늘 맹세를 하고도 끊지 않고 돈을 빌리며 내일 준다고 하고 입을 닦아 버린다. 아내들이 그런 알코올 중독자에게 진절머리를 낸다. 그뿐 아니라 친구들도 그렇고 교회 다니는 사람들도 다 똑같다. 거짓말하는 양치기 소년처럼 술을 마시면 많은 영웅담을 이야기하면서 사람들에게 환심을 사려고 하지만, 모든 사람이 그 알코올 중독자를 외면해 버린다. 그것이 세상의 냉혹한 현실이다.

실제로 알코올 중독자의 특기가 다른 사람을 괴롭히기 위한 시비를 자주 건다. 상대는 왜 시비를 걸어오는지 모르고 잘못 당하면 큰 피해를 보고 만다. 그래서 늘 알코올 중독자를 조심해야 하고 제일 좋은 방법은 조용히 멀리하는 것이다. 가까이 있으면 서로 피해를 입고 전동되는 경우가 흔하다.

치료진하고도 그들의 고의적인 시비에 말려들면 손해를 본다. 그래서 이 작은 공동체에서도 늘 긴장하고 자기 단속을 잘해야 한다. 그렇지 않으면 늘 문제가 생길 수 있다. 어느 알코올 중독자는 이곳에 오는 사람마다 자기 페이스로 이용하거나 그 사람에게 독박을 씌워 꼼짝 못 하게 한다. 애석한 일이지만 그런 일을 하는 사람이나 당하는 사람이나 모두 알코올 중독자이기에 일어나는 일이다.

이곳에 좀 부자인 오십 대 정신질환 환자가 있는데, 많은 사람들이 그에게 신세를 지고 그에게 많은 것을 얻어먹으며 여러 전자 기계를 얻어 쓰거나 옷을 얻어 입었음에도 그를 미워해서, 왜 그런가 생각해 보았더니 그의 말과 행동이 일치되지 않았다. 먼저 무슨 물건을 준다고 해놓고 안 주었다. 그리고 말참견하고 가만히 앉아 있지를 못하고 심하게 돌아다닌다. 또 말을 상황에 맞지 않게 해서 심한 혼란을 겪었다. 지금은 대체로 평화롭고 안정되게 살아가고 있다. 그러나 여전히 그의 습성은 변하지 않는다.

어릴 때부터 아버지나 어머니에게 꾸중만 듣고 살다 보니 그렇게 남의 눈치를 보고 상대방은 그에게 전혀 관심이 없는데 본인은 누가 자기를 욕하고 눈치를 준다고 말한다. 실제로 이곳에서 사는 사람들은 자기와 직접적인 연관이 없으면 서로 무관심하다. 그냥 옆에 있으니 상대하고 사는 것이다. 방만 바뀌어도 서로 안 보며 사는 사람들이 대부분이다.

그리고 '내로남불'에 도덕적 상식도 없는 곳이다. 그것은 알코올로 인하여 뇌가 많이 손상되었기 때문이다. 오직 술과 도박에만 집중돼 있어 다른 사람의 입장은 추호도 생각하지 않는다. 그러니 모두가 신뢰받지 못하고 불신을 받고 살 뿐이다. 여기 병원에서도 그런데 밖에서는 오죽하겠는가?

우리가 신뢰를 회복하고 정상인들과도 조화를 이루며 살기 위해서는 무조건 단주를 하고 한번 입원할 때 최소한 한 가지 단점은 고쳐야 한다는 사실을 알아야 한다. 세상 삶은 알코올 중독자에게 냉혹하지만 그것을 운명으로 받아들이고, 어떠한 삶이 주어지든 만족하며 살아가도록 서로 위대한 신께 우리 자신을 모두 맡기고 살아보는 것은 어떨까 생각해 본다.

부잣집 아들인 오십 대는 근본적으로 잘못된 뇌가 형성되어 있다. 식사를 받아놓고도 누가 자기를 기분 나쁘게 했다며 밥을 먹지 않는다. 음식물도 한껏 가져와 모두 음식물 쓰레기로 만든다. 그뿐만 아니고 다른 사람의 음식을 탐낸다. 안 좋은 현상이다. 좋은 음식만을 골라서 먹는다. 아들보다 딸들이 더 효도한다고 한다.

그 사람 여동생은 외국인 엔지니어와 결혼해서 여러 나라를 이 년에서 사 년마다 다니며 생활해서 본인도 유럽 여러 나라도 다녀보고 미국도 다녀왔다고 한다. 자기는 부모에게 짐이 되는데 여동생은 가끔 자기와 어머니께 용돈을 준다며, 술 때문에 부모님 속을 너무 많이 상하게 했다고 말하며 울컥한다. 그래서 지금은 단주를 하면서 살아가는데 머리가 잘 안 돌아가 슬프다고 한다.

그는 천주교 신자로, 아버지는 일찍 돌아가셨고 어머니가 팔순에도 꽃가게를 운영하고 있다고 한다. 뇌수술로 머리는 잘 안 돌아가도 자기에게 끊임없이 사랑을 베푸는 사람은 아저씨(필자)뿐이라고 인정해준다.

누구에게나 꾸준한 사랑을 진정으로 베풀 때 우리는 즐겁고 행복한 삶을 살 수가 있다. 그렇게 말썽이 많고 어느 병동을 가도 한 달, 두 달 지내다가 자유 병동에서 생활하지 못하고 폐쇄 병동으로 가는데, 그래도 이번에는 말썽 없이 이곳에서 생활하고 있는 거라고 주위 사람들이 말하곤 한다. 이곳에 있는 모든 사람이 그렇게 살아 신뢰를 쌓아서 사회 일원으로 살아주기를 간절히 신에게 청해 본다. 또한 세상 모든 사람이 행복하고 즐거운 마음으로 알코올 중독자들을 이해하고 감싸주며 용서해주길 빈다.

베트남 부인의 사랑

알코올 중독자가 된 지 꽤 오래되었지만, 베트남 부인의 끊임없는 사랑으로 단주와 음주를 반복하며 살아가는 한 오십 대가 입원한 지 약 이주가 되었다. 부인이 수시로 이것저것 꼼꼼하게 챙겨서 보내 준다. 한국 여자들보다 오히려 베트남 여인이 정도 많고 남편을 위하는 일이 지극한 것 같다.

지난번 한 삼십 대가 만취가 되어 입원한 적이 있는데, 그 부인은 자기 남편을 완전히 괴물처럼 대해 보는 사람이 공포감을 가졌다. 아마도 그 남편은 더했을 것이다. 기가 많이 죽어 있었다. 그래도 아직은 젊으니 이 정도지 이곳에 있는 대부분 사람들은 모두 이혼했거나 별거하는 중이다.

그런데 특이하게 그 베트남 여인은 남편이 술을 마시면 병원에 입원시켜 쉬게 하고 자기가 일을 하면서 집안 살림을 해나간다고 한다. 아이가 올해 초등학교에 입학했는데 매우 총명하고, 아이를 정성을 다하여 키운다고 했다. 아내 정성 때문에 단주해야 하는데 그것이 안 되는 것이 괴롭고 술에 취하면 아내를 괴롭히는 것이 제일 힘이 든다고 했다. 자기도 자신이 왜 그런지 알 수가 없단다.

이번에는 술을 완전히 끊을 수 있도록 힘써 본다고 했다. 결혼하기도 힘들었는데 부족한 자신에게 시집와서 아기도 낳고 잠시 행복했단다. 그런데 교통사고로 반신불수가 되어 술로 세월을 보내니 아내의 상심은 얼마나 큰지 짐작이 간다고 했다. 술을 마시면서 아내와 의사소통이 안 되어 힘들었는데 아내가 영민하여 한글을 배우고 익혀서

좋은 술, 나쁜 술, 미친 술

지금은 모든 일이 잘되어 간다고 했다. 이제 자신이 단주하는 일만 남았는데 그 일이 어떻게 될지 자신도 두렵다고 한다.

도대체 술이 무엇인데 이처럼 한 가정을 불행하게 하는지 알 수가 없다고 한다. 사고 나기 전에도 술은 좋아했는데, 사고 후 더 자주 술을 마시고 일을 안 하는 게으름에 빠져 장취를 하다 보니 술을 안 마시면 단 십 분도 살 수 없고 아내만 보면 분노가 치밀었다고 한다. 한심하고 탄식이 절로 나온다고 한다. 이번에는 꼭 단주를 하여 속 타는 아내를 행복하게 해주기로 했다고 한다. 퍽 다행스러운 일이다.

잘될 것 같은 생각이 들었다. 그리고 잘되어서 일편단심 남편의 단주를 바라며 뒷바라지를 해주는 아내에게 기쁨을 주었으면 좋겠다. 그런 그의 모습을 보니 다른 환우들을 생각하며 울컥 마음이 많이 아파오게 되었다. 평생 병원 신세를 지면서 살 사람들이 더 많은 현실이지만, 그래도 아름답게 살아가려는 몇몇 환우를 보면서 이 환우도 베트남 출신 좋은 아내의 소원대로 단주에 성공해서 예전의 행복한 가정이 회복되기를 간절히 바란다.

몇 개월간 코로나19 덕분에
단주한 사람들

코로나19가 많은 알코올 중독자들을 벌써 몇 개월째 꼼짝 못 하게 하고 단주하도록 하고 있다. 그런데 한두 명씩 퇴원하기 시작하더니 도미노 현상처럼 퇴원을 하였다. 그러나 한 달도 못 버티고 재입원하고 지금은 또 그런 사람을 부러워하면서 퇴원하려고 하는 사람들이 늘어나기 시작한다.

일을 하러 나간다든지 혹은 자신의 발전을 위하여 퇴원하는 것이 아니라 술에 대한 갈망에 굴복하여 임시로 퇴원을 하고, 다른 환우들은 그들을 부러워하며 영웅시한다. 그런 분위기부터 바꾸어 보는 것이 어떨까 하는 생각을 해본다. 병원 분위기 자체가 그렇게 돌아가니 심각한 문제가 아닐 수 없다. 오히려 장기간 단주하는 것이 폄하되고 자주 입·퇴원하는 사람들을 영웅시하는 병원 환경이 자연히 바뀌도록 노력해야 하는 것이 급선무다.

그러나 끼리끼리 서로 모이니 무엇이 되겠는가? 모든 게 허사일 뿐이니 슬프도다. 특히 단주로 마음을 바꾸어 보려고 나름대로 노력해도 안 되는 사람들 때문에 많은 괴로움이 따른다. 믿을 수 있는 친구는 단 한 사람만 남았다. 이미 나갔다 온 두 사람은 다시 노력해 보지만 지금은 적당한 선에서 지켜보기로 하는데, 힘들게 금단을 극복하지만 언제 또다시 금단에 넘어가 말썽을 일으킬지 모른다.

차라리 코로나19가 창궐하여 알코올 중독자들이 갇혀서 단주 기간이 늘어났으면 좋겠다. 그리고 어느 순간에 모두 단주자가 되어서 영

좋은 술, 나쁜 술, 미친 술

원히 단주하여 고귀한 삶을 살았으면 좋겠다. 우리의 삶은 허무하고 힘이 든다. 또한 시간도 빠르게 흐른다. 이렇게 엄중한 시대를 살면서 술에 취하여 산다는 것은 아프고 슬픈 일이다. 안정된 마음으로 한 시대의 흥망성쇠를 음미해보는 것도 참 좋은 일인 것 같다.

지금 세계는 중국발 코로나바이러스로 몸살을 앓으며 모든 경제가 올스톱되었다. 경제 활동이 멈추면서 우리 삶은 극도로 피폐하게 되었다. 앞으로 이 사태는 쉽게 끝나지 않을 전망이다. 그러면 다방면에서 엄청난 변고가 생길 것이 뻔하다. 이제 내년부터는 식량 문제가 인류에게 닥칠 것이다.

지금 중국에 장마와 메뚜기 떼 출현으로 올 농사를 망칠 거라고 한다. 이제 중국 공산당이 분열되고 한반도의 좌파 세력이 분열되면 이 나라에 큰 위기가 오지만 또 좋은 기회가 올 것이 뻔하다. 우리 알코올 중독자에게도 좋은 기회가 올 것이다. 한국이 공산화될 위기에서 하느님은 우리 국민과 국가를 사랑하시어 이 나라를 난국에서 구하시고 자유민주주의 헌법을 수호하려고 여러 가지 이변들이 일어나고 있다.

과연 요지경 이 세상이 어떻게 변하게 될까? 지금 좌파들은 어떤 모습이 될까? 김정은은 살아 있을까? 도대체 이 나라는 삼 년간 김정은 같은 이가 통치를 한 것인가? 지금 북한 당국이 어찌해서 남한 당국을 협박하고 괴롭히는 걸까? 참으로 아리송한 일들이 일어나고 있다.

현재 대한민국 정부는 있는가? 거짓과 쇼로 안보, 외교, 경제, 북한 문제 등을 국민 몰래 하다가 들통이 나니 허둥지둥하고 있는 모습이다. 어떻게 되었든 그들이 감추고 거짓과 쇼 정치를 했다면 지금이라도 석고대죄(席藁待罪)하고 바른길을 가기 바란다. 스스로 그 주변에서 수수방관하는 매국노들은 모든 자리를 내놓고 우리나라를 떠나기 바란다. 그래야 나라가 바로 서고 정의와 공평이 물결쳐 우리 알코올 중독자들도 춤을 추며 단주할 수 있을 것이다.

거꾸로 된 것은 바로 되게 하고 더럽혀진 것은 깨끗하게 되고 죽은 정의는 다시 살아나서 이 나라가 바로 섰으면 좋겠다. 그러면 코로나19 사태도 자연적으로 끝날 것 같다. 우리 선열들은 결코 불의와 타협하지 않았고 부정부패(不正腐敗)를 두고 보지 않았다. 분연히 일어났고 이 강산에 피를 뿌려 정화시켰다.

민주를 앞세우고 정의와 공정을 앞세운 좌파 단체들과 사람들의 면면을 보니 북한에서의 현재 모든 반응이 정당하다고 본다. 그 무리들이 주장한 모든 것이 가짜고 자기들 배를 채우고 돈을 긁어모으기 위해서 별의별 거짓과 수단 방법을 가리지 않았다. 그러니 남한 당국은 애국자들을 핍박하고 전직 대통령을 장기간 구금하고 이제는 사이버 공작으로 4·15 선거의 부정 논란이 일어나고 있다.

나라가 위태롭고 국민이 동요하기 시작했다. '이렇게 웃대가리들이 썩었는데 술을 안 퍼마실 수 있느냐'라고 술 마실 핑계를 현 정치판에 댄다. 참으로 알코올 중독자들은 모든 게 술 마실 구실이 된다. 다음 주에 퇴원해서 술이나 실컷 마셔야 한이 풀릴 것이라고 한다. 그래서 코로나19 사태로 단주를 이어오던 한 사십 대가 더 이상 참지 못하고 밖으로 퇴원해서 나간다고 한다. 나가 봐야 갈 곳도 없고 길거리에서 술 마시다 구급차에 다시 실려 올 것이 뻔하다.

좋은 술, 나쁜 술, 미친 술

공장에서 일하다 다시 온
사십 대

눈동자가 허공을 바라보면서 누구와도 마주치지 않는다. 대개 알코올 중독자들은 불행한 유소년기를 보내고 일찍부터 사회에 나와 인생의 쓴맛 단맛을 다 맛본 사람들이다. 이분도 부모의 구박에 일찍 가출하여 안산 모 공장에서 아연도금하는 기술을 배워서 십 대에 그 공장 기숙사에서 생활하며 일했다. 일은 어른들보다 많이 하는데 월급은 그들의 삼 분의 일도 안 됐고, 그나마도 제때 받지 못했다고 한다.

그래도 갈 데도 없고 해서 그곳에서 몇 년 일했는데, 자기를 학대하고 때렸던 아버지가 갑자기 공장에 찾아와 사장하고 대판 싸우고 사라졌다고 한다. 저녁에 사장이 입대 명령서와 당시 돈 십만 원을 주면서 "논산 훈련소로 가라. 그동안 밀린 급여는 아버지에게 주었다."라고 했단다. 그래서 논산훈련소로 갔는데 "당신은 군 면제 대상이니 집으로 다시 가라."라고 해서, 집은 어디인 줄 모르고 다시 공장으로 오니 사장이 반겼다.

우직하게 일도 잘하고 임금을 덜 줘도 무조건 일하니 이런 노동자를 어디서 구할 수 있겠는가? 그래서 그 공장에서 다시 일하는데 군대도 면제됐으니 월급을 올려 주었다고 한다. 공장 사장은 이 사람에게 아버지가 자기에게 와서 "미성년자에게 일을 시켰으니 당장 고발하겠다."라고 협박하면서 아들의 급여와 그 위에 삼백을 더 주면 모든 걸 없던 거로 한다고 하면서 돈을 몽땅 가져갔다고 한다. 꽤 많은 돈인데 도박하고 술 마시는 데 모두 썼을 것이라고 한다.

그 이후에는 아버지와는 연락이 두절되었다고 한다. 어렸을 때 어머니와 이 사람을 무척 괴롭히고 학대한 것도 모자라 어떻게 그 어린 나이에 벌어놓은 돈을 군대 영장을 들고 와서 몽땅 털어갈 수 있는지, 그것도 알코올 중독으로 인하여 일어난 일이라고 생각된다고 했다. 알코올 중독자는 돈이 필요하면 인정사정없이 안면박대하고 돈을 뜯어간다. 알코올은 그렇게 부자지간의 도의도 무너뜨려 버린다.

지금 생각하니 이 사람도 아버지로부터 알코올 중독이 유전된 것 같다고 한다. 아버지가 술만 마시면 집 안 물건들을 때려 부수고 어머니와 이 사람을 괴롭게 해서, 이 사람은 술은 절대로 입에 안 대겠다고 결심하고 삼십 대 초반까지 술을 마시지 않았단다. 그런데 갑자기 어느 순간에 술을 마시고 있는 자신에 대하여 놀라고 실망했다고 한다.

나이가 들어, 오가다 공단에서 여자를 만나 동거를 하는데 처음에는 서로 돈을 벌면서 재미있게 살았다고 한다. 그런데 아내가 얼굴이 붓고 힘들어하며 아기를 두 번이나 유산하고 우울증에 걸려 몹시 힘겹게 살다가 바닷물에 몸을 던져 자살했다고 한다. 그때부터 이분은 그 여인에 대한 그리움과 자신의 박복한 처지를 비관하고 술에 빠져 살게 되었는데 공장 사장이 막냇동생처럼 술이 과하다고 느껴지면 이렇게 병원에서 얼마간 지낼 수 있게 해준단다.

아연도금은 위험한 작업이고 아무나 할 수 없는 기술이라 사장이 자기를 돌봐주는데 그래도 그런 사장이 고맙다고 한다. 아내가 죽고 난 후에는 다른 여자를 만날 생각이 없다고 한다. 이유는 여자에 대한 두려움 때문이란다. 혹시 아버지처럼 아내를 때리는 것도 유전이 되었다면 한 여자의 일생을 비참하게 하는 거라고 생각해서 더는 여자 생각은 안 하기로 했단다.

지금도 술에 취하면 남자들에게는 시비를 걸지 않는데 여자들에게 시비를 걸어서 망신을 당했다고 한다. 그러니 자기는 결혼하면 안 되는 사람이라고 했다. 이 사람은 자기가 술을 마시는 이유와 자기 처지를 아는 사람이다. 그러기에 행복한 사람일 수 있다. 그리고 주기적으로 입원해서 치료해주는 사람이 있으니 다행이다.

알코올 중독자지만 그가 가지고 있는 기술로 인하여 단주와 직장 생활을 병행하니 여기 있는 여타 사람들보다는 환경이 좋은 편이다. 이처럼 취업이 어렵다고 해도 3D 업종의 기술이 있는 사람은 대우받으며 알코올 중독자임에도 해고당하지 않고 오히려 직장 사장님의 케어를 받는다.

아연도금 업종에는 한국인 근로자는 거의 없고 외국인 근로자가 대부분이란다. 자기가 생각하기에 한국 소비의 대부분은 한국에서 일하는 외국인 근로자들이라고 한다. 한국에서 제일 부촌은 안산 원곡역 근처일 거라고 한다. 그곳은 외국인 근로자가 한국에 와서 3D 업종 근로자로 일해서 돈을 벌어 그곳에 정착하고, 그의 가족들을 초청하여 독특한 자기 나라의 음식점을 하면서 새로운 외국인 정착지가 되어가고 있다고 한다.

그곳에 가면 구소련 사람들을 비롯하여 동남아인들, 아랍인 등 작은 지구촌이 되어 있다고 한다. 그들이 돈을 벌 수 있었던 것은 한국 사람들이 싫어하는 3D 업종에서 근무했기 때문이라고 한다. 그들도 한국인 근로자들과 동일한 대우를 받으며 요즘은 그들이 더 부자가 될 수 있는 근간을 마련했다고 한다. 하여간 이 사람이 모든 괴로움과 슬픔을 이겨내고 잘 살아서 알코올 중독자도 꾸준히 직장을 유지할 수 있다는 모범을 보여주었으면 좋겠다.

중독자의 심리

중독자들은 잠시도 평안을 유지하지 못하고 늘 불안을 호소한다. 물론 요즘은 좋은 약들이 나와 약의 도움으로 어느 정도 그 불안을 해소할 수 있다. 그럼 그 불안은 어디서 오는 걸까? 그것은 미래에 대한 희망이 없고 불투명한 현실 때문이다. 알코올 중독자가 술을 찾는 제일 큰 이유는 불안이 오기 때문이다. 술을 마셔 줌으로써 그 불안이 임시로 잠재워지고 가상의 문제 해결책을 얻기 때문이다.

즉 현실성이 없는 몽상으로 술에 취해 있을 때는 모든 것이 이루어지는 것으로 되니 미래나 현실의 모든 불안이 없어진다. 극히 짧은 시간의 가짜 만족과 가짜 행복이 찾아온다. 그래서 술에 취하면 잠도 잘 수 있고 괴로움, 슬픔, 고통 등 불안 요인들이 잠시 사라진다.

그러나 술에서 깨어난 후 몽상들이 산산조각이 나면 모든 것이 끝장난다. 더 큰 불안이 닥쳐오고 알코올로 그 불안을 잠재우기 위하여 더 많은 술을 마시고 장취로 이어진다. 더 이상 술은 불안을 치유하지 못하고 그 불안을 최고조로 키울 뿐이다. 그리고 무기력이 온다.

우울증이 엄습하여 세상을 알아가는 가치나 의미를 짓밟힌다. 그래서 가족이나 사회나 공동체의 일원임을 망각하고 이 세상을 사는 이유와 목적을 모른다. 알고 싶지도 않다. 그러니 또 술을 찾는다. 술을 마시면 안 될 일도 될 것 같고 못 할 일도 할 수 있을 듯 가짜 용기가 생긴다. 술에 취하면 울기도 하고 소리쳐 보기도 한다. 그러나 무기력이나 우울증을 근본적으로 치료할 수 없다.

오히려 술을 마실수록 더 큰 무기력과 우울증이 오고 급기야 자살

충동이 올 수도 있다. 자살은 알코올에 의하여 순간적인 결심으로 그 길이 자신의 모든 문제를 해결하는 방법이라고 생각되기 때문에 오는 극한 상황이라고 한다. 알코올 중독자들은 그러한 극한 상황에서 늘 혼자이다. 누구의 도움도 받지 못하고 고독사할 가능성이 크다.

우리들이 가는 길이 모두 꽃길만 된다면 좋을 것 같지만 그렇지 않다고 한다. 날씨도 일 년 내내 혹은 한 계절 내내 좋기만 하면 그 시절에 맞는 꽃도 피우지 못하고 과실을 맺을 수 없다고 한다. 바람도 불고 비도 와주고 더운 날, 서늘한 날들이 교차해야 꽃도 피고 과실도 맺고 사람들에게 좋은 것을 준다. 우리 인생길도 마찬가지다.

돈이 많아야 행복하다고 일반적으로 알려져 있다. 한 번 맞기도 힘든 로또 일등 복권을 두 번이나 맞은 청년은 그 돈을 다 날리고 도둑질을 하다 교도소에 갔다고 한다. 알코올 중독자 중 돈만 있으면 술을 마시지 않겠다고 하는 사람들이 있다. 술을 안 마시면 돈이 많이 쌓이고 돈 걱정이 없어질 거라고 했다. 그렇다. 돈 문제가 해결되면 단주가 지속될 수 있는 확률은 높아지겠지만 그것이 전부는 아니다. 그러나 심리적 안정을 찾는 데는 도움이 될 것 같다.

사실 알코올 중독자가 되는 과정에서 회사 부도나 개인 부도, 가정 경제 파탄 등이 큰 원인이 되기 때문이다. 그런 상황에서 술을 돌파구로 찾는 사람이 대다수이기 때문에 그런 문제들이 알코올 중독자가 되는 지름길이기도 하다.

망상가들도 알코올에 취약하다. 그들은 가상의 세상을 만들어 알코올로 그 세상의 주인공이 되고 싶어 한다. 〈상도〉라는 드라마를 보면서 주인공 임상옥처럼 고난을 겪어가면서 부자도 되고 권력도 얻을 수 있으면 얼마나 좋을까 상상한다. 거기서 그치지 않고 알코올을 섭

취하여 본인이 그 주인공이 되었다는 착각의 가짜 성취에 대리 만족한다. 그러면서 술이 깨면 다시 음주하고 드라마 주인공이 된 양 헤매는 것을 반복하다가 알코올 중독이 되는 것이다. 이렇게 알코올 중독자는 착각과 가상의 세계에서 자다 깨며 살다가 몸과 정신이 망가져 늘 몽상가로 살면서 단주에 실패한다.

오 개월간 단주를 열심히 해서 이제 퇴원하면 단주를 계속 유지할 거라고 호언장담했던 환우가 삼 주 만에 눈동자가 돌아가고 얼굴도 엉망진창이 되고 걸음도 제대로 걷지 못한 채 퇴원할 때와 전혀 다른 모습으로 입원했다. 집도 있고 딸아이들도 있고 아내도 있는 사람이 어이없는 모습으로 병원으로 왔다. 헛소리를 하고 말도 잘 못 하고 식사도 제대로 못 한다. 그러나 병원에서 짧으면 이 주, 길면 삼 주가 지나면 육체적인 모습은 제 모습으로 돌아온다. 신기한 일이다.

그들의 술에 대한 갈망도 어디인가로 꼭꼭 숨어 버린다. 그러나 금단현상은 눈에 띄게 많이 나타난다. 그중 하나가 거짓말을 잘 하는 것이다. 그래서 이곳에서는 진솔하게 자신을 잘 드러내고 거짓말을 안 하는 사람들이 인기가 높다. 있는 그대로 자신을 드러내며 살아간다면 우리는 서로 믿으며 행복하게 살아갈 수가 있다.

불안, 우울증에 시달리며 계속 술을 마시면 뇌에서 도파민이 파괴되면서 조울증이 온다고 한다. 이 병은 기분이 업되어 제멋대로 기분이 좋은 것이다. 상상의 나래를 펴고 아름다운 모습을 보게 되는 것이다. 공중 부양도 하고 싶고 높은 낭떠러지에서 떨어져 보고도 싶은 상태를 말하는 것이다. 만약에 고층 건물 옥상에 서 있다면 구름처럼 나도 떠 있어 보았으면 좋겠다고 생각하고 뛰어내리고 싶을 때도 있다고 한다. 이렇게 알코올은 우리에게 다양한 경험을 하게 하고 결국 죽음에 이르게 한다.

좋은 술, 나쁜 술, 미친 술

서로 위로는 할 수 있지만
도움은 못 된다

연세가 많은 분이 두 분 계시다. 마음 같아선 자주 만나고 그분들을 도와주고 싶지만, 과유불급! 이곳에는 그런 봉사조차 조심해서 해야 한다. 예를 든다면 치매 노인의 기저귀를 자주 갈아 준다고 한다면 그 또한 안 되는 일이다. 갈아 줄 시간에 맞춰서 갈아 주는 사람이 있기 때문이다.

도움을 주고받는 것도 사람에 따라 다르다. 어떤 사람에게는 침묵을 지키는 것이 좋다. 또 다른 사람은 이야기를 잘해 주는 것이 필요하다. 그러나 다 오냐 오냐 받아주면 나중에는 송두리째 다 달라고 한다. 그리고 하도 이야기를 하자고 해서 결국 지쳐 버린다.

냉장고에 있는 물건이 가끔 없어진다. 이유는 모르겠다. 그냥 넘기면 그만이다. '오죽 먹고 싶으면 그랬을까?' 생각도 해 보지만, 최근에 입원한 사람 짓이라고 생각한다. '그도 환자이니 그럴 테지.' 하고 치부하고 말지만 유독 자기 물건에 애착이 많은 친구는 다르다. 그는 단순히 한 개가 없어졌는데 난리가 났다. 그러니 또 냉장고 분란이 일어날 것이다.

돈을 계속 빌려서 물건을 사는 사람이 있다. 그리고 그 산 물건을 모든 사람에게 나누어주고 선심을 쓴다. 물건이 떨어지면 또 돈을 빌리러 다닌다. 주로 새로 입원한 사람들에게 접촉한다. 그래서 그분이 그런 일을 못 하도록 저지했다. 슬프고 고단한 일이다. 그는 물건을 사서 인기를 얻어야 하는데 그것을 못 하게 하니까 매우 당황했다. 몇 개월이 지나서 그 병이 고쳐지고 매달 돈을 꿔서 살았던 것을 이제는 자급할 수 있다며 고마워했다.

사람이 살아가는 중에 알코올 중독자가 되었는데 그로 인하여 각종 악습을 다 지니고 다닌다. 그래서 한번 병원에 입원할 때마다 그러한 악습을 하나씩 개선해 나가는 것도 좋을 것 같다는 생각을 한다. 한 생애를 중독 병원에서 살아가지만 알코올 중독자들은 그런 것과는 무관하다. 거의 모든 사람들이 대부분 오늘 하루 술을 마시며 살면 된다고 생각한다. 다른 생각은 아예 하지 않는다.

어떤 이는 술을 실컷 마시다 죽었으면 좋겠다고 생각한다. 그러니 그들의 하루하루 삶은 지루하기만 하다. 그들을 어떻게 도울 수 있을까. 그냥 그날그날 위로를 할 뿐이다. 위로하며 살아야지, 도움이 되는 말을 하면 왕따를 당하고 만다. 세상은 그렇게 호락호락하지 않다. 무지하게 쉽지 않다. 병원에 입원하여 빈둥대며 종일 게임이나 하면서 살다가 어떻게 세상에 나가 살 것인가? 안타까운 마음뿐이다.

하기야 마누라, 자식들까지도 치를 떨며 싫어하는 사람들을 누가 좋아하겠는가? 그리고 도움을 주겠는가? 금전적인 도움을 주면 끊임없이 도움을 요청하며 괴롭힌다. 그래서 이제는 물질적인 도움은 안 하기로 했다. 다만 먹는 것이 생기면 나눠 먹는 것은 한다. 그것이 순간적인 위로가 될 것이다.

나도 이제는 더 이상 다른 생각 없이 집필에만 전념하기로 했다. 다만 위로가 필요한 사람들에게 작은 위로를 해주는 것으로 만족하기로 했다. 이곳은 도움을 주면 주는 대로 고달프고, 위로를 하면 위로하는 대로 슬프다. 그냥 침묵으로 조용히 사는 것이 상책이다. 그러나 비난을 받거나 손해를 보더라도 단주에 도움이 된다면 기꺼이 모든 것을 감수할 각오이다.

좋은 술, 나쁜 술, 미친 술

작은 공동체에서라도 법과 원칙을 지키며 바르게 살아가는 모습을 보여야 할 것이다. 단주를 위하여 입원했으면 이곳에서 법과 원칙을 지키며 한 가지 잘못이라도 성찰하고 통회하고 고쳐서 나가면 좋겠다. 술 마시는 것이야 대부분 알코올 전문가들이 불치의 병으로, 백 퍼센트 재발하는 병이라고 규정하였다. 그렇다면 수시로, 상시로 입원하여 이곳에서라도 정상적인 생활 습관을 들이고 바르게 살아감이 좋을 것이다.

그리고 국가에서는 이들이 병원에서라도 불안하게 살지 않도록 충분한 생활비를 주어야 한다. 어차피 일을 안 해도 기본소득을 보장한다고 하니, 알코올 중독자 모두에게도 그렇게 생활비를 지불하면 불안과 공포심에서 헤어나 알코올을 가까이 안 해도 되지 않을까 사료된다. 알코올 복지는 정말 시급하다. 그들에게 기본소득을 보장하면 가정파탄도 해결되고 더 나아가 그들의 소비 심리가 국가 경제에도 도움이 될 것이다.

알코올 중독자들에게 소득이 보장되면 또한 결혼도 할 수 있어 인구 증가에도 도움이 될 것이다. 사람들이 아무리 아우성쳐도 알코올 중독자들은 국가에 군소리 한번 못 한다. 그들은 이 사회에서 완벽하게 소외당했기 때문이다. 그러나 이제는 알코올 중독자들도 당당해지기를 바란다. 술을 많이 마시는 데 돈을 펑펑 써대서 국가 발전에 큰 공헌을 했기 때문이다.

그들은 세금이 비싼 담배도 많이 피운다. 우리나라의 담배 판매량과 세금에 기여한 공이 민노총이나 정의연보다 클 것이다. 그러니 국가의 도움도 당당하게 받기를 바란다. 기죽어 살지 말고 기 살려 알코올 중독자 권익을 위하여 일하기를 바란다. 그것만이 살길이다. 슬퍼

하거나 괴로워하지 말기를 바란다. 술 마실 이유를 찾지 말고 알코올 중독자 권익을 찾도록 최선을 다하면 어떨까 생각해 본다. 스스로 뭉쳐서 살길을 찾아봄이 어떨까? 이것이 알코올 중독자들을 위로하는 일이 되었으면 좋겠다.

좋은 술, 나쁜 술, 미친 술

스스로 깨달은 도인 중독자들

알코올 중독으로 스스로를 망치고 헤아릴 수 없는 격랑을 거쳐 온 사람 중에는 인생을 달관한 도인들이 있다. 수많은 책을 읽어서 다방면의 지식을 가지고 하루하루 삶을 즐기며 사는 사람들이다. 종이를 이용하여 각종 예술 작품을 만드는 사람도 있고, 어떤 일에 대하여 논리정연한 논쟁을 훌륭하게 하는 사람도 있고, 매일 영화를 보면서 평가하는 영화광도 있다. 밥만 먹으면 생각에 잠기고 사회 돌아가는 모습을 다양하게 보면서 현실과 미래를 평가하는 시사 논평가도 있다.

이처럼 알코올 중독자들도 이곳에 입원하면서 여러 가지 공부를 하여 다방면의 전문가로 성장할 수 있는 방법을 찾는 것이 중요하다. 그렇게 작은 희망들이 모여서 단주할 이유가 많아지면 좋겠다는 생각을 해 본다. 그들은 이미 전문가가 되어 있는데도 그들이 자신을 드러내고 활동할 여건이 되지 않는 것이다. 구술도 꿰어야 제구실을 하고 평가를 받는다고 했으니 알코올중독자 지식인들도 또 다른 채널을 찾아서 세상에서 빛을 보았으면 좋겠다.

또한 주치의 선생님들도 그들을 도와 그들이 희망 속에서 세상으로 나가서 멋진 단주자 생활을 할 수 있도록 도와주기를 간절히 소망해 본다. 그러나 그렇게 되기는 쉽지 않다. 알코올 중독자들은 옳은 소리를 곡해하거나 자기를 비하한다고 오해한다. 그런 잘못된 인식에서 벗어나 알코올 중독자가 자기 연민에서 해방되어 어떤 한 가지 일에라도 전문가가 되는 도인들이 많아졌으면 좋겠다. 그리고 그 도인들을 국가 차원에서 도와주기를 간절히 바란다.

무엇인가에 미쳐 보는 것은 삶에서뿐만 아니라 단주에도 큰 도움이 된다. 그리고 하루가 소중해지고 그 작은 행복의 성취가 쌓여서 큰 행복의 성과물이 나온다. 지금 당장 하는 선하고 착한 일들이 우리의 행복을 좌우하는 단주에도 큰 도움이 되고 행복한 일이 되어 축복이 될 수 있다. 커다란 삶의 흔적들을 남기기보다 소소한 행복의 근원을 남기는 것도 좋다. 알코올 중독자의 최고의 목표는 단주이고 최고의 선도 단주이다.

단주가 이루어지면 정말 못 할 일이 없는, 기본적으로 머리가 좋고 소양이 갖추어진 사람들이 많다. 그것을 개발하고 어떻게 단주와 함께 사회에 연결되느냐가 문제다.

한 청년은 대리석 전문가였고 한동안 아파트 단지에 들어가 큰돈을 벌었다고 생각했는데, 건설사가 부도를 내서 공사비를 받지 못하여 빚을 지고 그때부터 술을 마시기 시작했다고 한다. 인조 대리석 공장에서 기술을 배워서 어떤 사람과 아파트 주방과 화장실 시공을 해 왔는데 규모를 크게 하는 바람에 망했단다. 자기 수준에 맞게 조그맣게 했어야 했는데 너무 크게 하는 바람에 망했다는 것이다.

사업이라는 것이 내가 감당할 수 있는 만큼 하면서 내 인건비만 잘 챙겨 먹어도 되는데 괜한 욕심에 고생만 하고 돈도 못 받고 망하고 말았다고 한다. 단독주택이나 아파트 리모델링을 할 때가 재미있었다고 한다. 돈도 일부를 미리 받을 수 있고 주인이 직접 돈을 주니 떼어먹힐 염려가 없었다고 한다.

단주에 성공하면 그러한 작은 사업을 한번 해보려고 한다고 했다. 자본도 크게 필요 없고 기구만 준비하면 일할 수 있다고 했다. 모바일

좋은 술, 나쁜 술, 미친 술

이나 온라인으로 주문받아 일하면 좋을 것 같다고 조언해 주었다. 그 청년이 소원하는 바를 꼭 이루기를 기원했다. 이렇게 여기에는 알코올 중독자 도인들이 유유자적하며 살아가고 있다.

술 마시려고 퇴원하려는 사람들

이상한 일이다. 어찌하여 단주하기 위하여 입원해서 거의 몇 개월을 고생해놓고, 또 음주하기 위하여 퇴원하겠다고 한다. 한심한 일이지만 지금까지 퇴원한 모든 사람의 공통분모이다. 분자는 술 마시는 양이나 가지고 있는 돈에 따라서 다르다. 일찍 들어올 수도 있고 늦게 들어올 수도 있다. 그래서 알코올 중독자가 술에 취하여 돈을 달라고 하면 절대로 주면 안 된다고 한다.

안주는 안 먹고 술 마시는 데 다 쓴다고 한다. 그러니 큰 문제가 생겨 결국 경찰에 의해 행정 입원이 되기도 하는데 그들은 수단과 방법을 가리지 않고 또 퇴원한다. 그리고 또 마시고 이번에는 자가 입원을 한다. 그래야 술 마시고 싶을 때 퇴원하고 마음껏 술을 퍼마시고 재입원을 할 수 있기 때문이다.

주치의들이 그들을 대할 때마다 무척 난감해하지만, 그래도 한동안 다시 잘 지내려면 그 또한 바라는 일이니 어찌하겠는가? 사람이 살면서 겪지 말아야 할 일을 얼마나 많이 겪고 사는지 알코올 중독자들은 이미 다 알고 있고 그 또한 생존의 방법이니 어찌하랴. 마치 그네를 타는 것과 같다. 세상과 병원 정문에 그네를 걸어놓고 '왔다리 갔다리' 하면서 그네 타듯이 인생을 살아간다.

다른 사람의 호의를 이유 없이 받아들이지 않고 미워하고 슬프게 한다. 우리 삶이 많은 아픔과 불안과 따가운 시선으로 초토화된 것이 단순히 다른 사람들에 의한 것이고 나 자신의 잘못은 없다고 착각하는 경우가 있다. 이것은 알코올 중독자의 슬픈 현실이다. 자기가 지금

좋은 술, 나쁜 술, 미친 술

퇴원해서 술을 마시는 것을 대단한 무용담으로 이야기한다. 그리고 전체적으로 그런 심각한 분위기이다.

우리가 살아가는 방법 중 제일 좋은 방법이라고 스스로 결정하고 그 길을 선택하여 간다. 평생 병원에서 생활할 각오를 한 것 같다. 하기야 이 힘든 세상에서 그렇게 살아가는 것도 하나의 방법이 될 수 있지 않을까 생각된다. 단주와 음주를 적당히 번갈아 하며 입·퇴원을 반복하는 것이 숙명적인 알코올 중독자의 삶이다.

밖으로 나가서는 술을 마시고 병원에 들어와서는 게임을 하면서 지루한 하루를 어쩔 수 없이 연명하면서 살아가면 된다. 좌충우돌하면서 마음대로 생각대로 자유롭게 살아가니 얼마나 좋을까? 뭔가 해보려고 끊임없이 노력하는 삶은 매우 좋은 삶이 될 수 있다.

그러나 알코올 중독자 대부분은 그 노력을 깔보고 어차피 되지도 않을 일을 하는 것이라고 생각하며 단주 후 생활을 준비하는 사람들을 비웃는다. 해봐야 별 볼 일 없다는 것이다. 대부분 사람들이 여러가지 시도를 했지만 모두 실패했기 때문이다. 그래도 끊임없이 노력하는 자세를 갖는다는 것은 의미가 있다. 하여간 병원을 들락날락하면서도 모진 목숨을 유지해야 하니 어쩌겠는가?

우리 모두가 서로 병원에 있는 동안이라도 평화롭게 인간 대우를 주고받으며 살아가기를 바란다. 한 명이라도 퇴원해서 술에 대한 갈망을 줄이며 생활하기를 바란다. 코로나바이러스가 알코올 중독자의 삶도 무척 어렵게 만든다. 요즘은 작은 일에 짜증이 자주 난다. 코로나19 때문이다. 되는 일도 없다. 세상에서 가장 무서운 것이 코로나바이러스라고 생각된다. 모든 사람과의 관계를 단절시켰다. 사람들의 삶의 패턴을 뒤집어놓았다. 큰일이라는 생각이 든다.

청소년 중독자의 퇴원

초등학교 시절부터 술을 입에 대서 고등학교까지 술을 마시고 졸업하고, 집에서 하는 사업체에서 일하며 아버지나 어머니 돈을 훔쳐서 술을 마시며 돌아다니는 버릇이 있다는 이십 대 초반의 젊은이가 입원했다. 알코올을 워낙 일찍부터 마셔대서 그런지 일반 평범한 사람으로 보이지 않고 모든 일에 어설프고, 밤에 잘 때는 이도 갈고 가위에 눌리는지 소리를 질러대서 잠을 잘 수가 없었다.

집안은 부자인지 마음껏 쓰고, 병원에 틀어박혀 있는 것이 집안을 도와주는 것이라고 통화 중 그의 어머니가 말하는 것 같았다. 그러니까 이 중독자는 집에 가면 방안에서 꼼짝 않고 틀어박혀 있을 테니 알아서 퇴원시켜 달라고 했다. 어머니가 돌아다니며 술 마시고 사고를 쳐서 병원에서 못 빼 주겠다고 한다. 그러니 이번에는 돌변하여 어머니를 협박하기 시작한다.

사람이 세상을 살아가면서 자기 삶을 잘 조종하면서 살아간다는 것이 쉽지 않다. 드디어 청년의 분노가 폭발하여 저녁 시간에 난리가 났다. 결국 그의 어머니와 병원 측이 통화를 해서 오늘 퇴원하게 되었는데, 한 위험한 인물이 없어져서 다행이지만 그와 그의 가족들이 걱정되었다.

지난번에도 똑같은 유형의 환우가 있었다. 그도 부잣집 아들이었는데 도벽이 있어서 강제 퇴원을 당했다. 이 어린 환우도 도벽이 있는지 그가 입원한 후부터 계속 냉장고 물건이 없어진다. 신기했다. 그동안 냉장고 물건에 손댄 사람이 없었는데 유난히 그가 입원한 후부터는

좋은 술, 나쁜 술, 미친 술

냉장고 음식들이 없어졌다. 가져간 사람을 찾으려고 하지도 않았고, '오죽 먹고 싶으면 그런 일을 할까?' 생각하며 모든 것을 잊기로 하고 다른 사람들에게도 그렇게 하라고 했다. 그러나 이곳에 장기 입원한 사람들은 돈이 쪼들리는 사람들이 많다.

한 오십 대 환우는 팔순 노모가 꽃가게를 운영하며 입원비와 용돈을 받아 쓰는 형편이다. 그러니 자기 물건에 대한 애착심이 많고 마땅히 주어야 할 돈을 주지 않으려는 경우도 있다. 약간 셈도 잘못하고 한글도 완전히 모르는 것 같다. 모든 것을 스스로 혼자 하는 일에는 미숙하다. 그래서 다른 사람들 손을 빌리려 하지만 잘되지 않는 것 같았다. 그리고 그로 인하여 다른 환우들과 트러블도 생긴다.

사람이 온전하게 살아가는 것도 큰 복이다. 선천적이든 후천적이든 몸의 한 지체라도 문제가 생기면 일상생활을 하는 데 많은 지장이 생긴다. 어머니가 망나니 아들을 퇴원시키기 위해서 병원으로 와서 데리고 가는데 얼굴에 수심이 가득했다. 좋은 차를 타고 다니면 그만큼 근심 없이 즐겁고 행복하게 살아야 하는데 돈이 전부가 아닌 것 같다.

그러니 우리 삶은 더더욱 술이 전부가 되면 절대로 안 되는 일이다. 술이 전부가 되다 보면 우리의 삶은 아프고 슬플 뿐이다. 청년 환우는 어린 나이부터 술을 마셨으니 모든 기능이 거꾸로 되었을 것이고 정상적인 생활은 상상도 못 한다. 평생을 저렇게 살다가 저렇게 세상을 떠날 것이다. 저 어린 청년이 꼭 정신적 문제와 알코올 문제가 해결되어 행복하고 즐거운 여생을 보내기 바란다.

식당에서 봉사하면서

이곳에서 봉사하는 것은 누구의 지시도 받지 않는다. 스스로 찾아서 할 수밖에 없다. 그런데 봉사를 한답시고 보호사나 간호사 영역을 침범하면 안 된다. 이곳에서 그들의 눈에 나면 생활하기 힘들다.

오줌을 제대로 가리지 못하는 노인이 있다. 오늘 보니까 식사를 시키려고 모시고 나오는데 틀니를 하지 않고 있었다. 스테이션은 교대시간이라 사람이 없었다. 실수도 할 수도 있고 월요일이라 그럴 수도 있지만 그만큼 환자들에게 소홀한 것은 사실이다. 그들만의 업무에 열중할 뿐 사람에 대한 관심이나 배려는 많이 부족하다. 알코올 병동 특성상 그럴 수도 있다고 생각한다.

알코올 중독자들은 대부분 자신의 삶에서 기가 죽어 있는 상태라 스스로 의사 표현을 하지 못하고 이곳에서도 대부분 죽어 지낸다. 나는 일찍 일어나는 버릇이 있어서 아침 일찍 일어나 운동도 하고 청소 봉사를 한다. 물론 청소하는 아주머니가 있지만 혼자 건물 청소를 한다는 것은 무척 힘든 일이다. 그래서 일부 구역을 내가 청소 봉사한다. 밖에 나가 일할 것을 미리 연습할 겸 체력도 키우기 위해서다.

그러나 그것도 쓸데없는 험담에 휩싸여 있다. 우리가 남의 일에 관심을 가지고 있으면 쓸데없는 오해도 받지만 서로 행복한 시간도 갖는다. 그 아주머니는 가정을 잘 꾸리고 행복한 삶을 사시면서 청소도 열심히 해서 모든 것을 잘 이루어 나간다. 그래서 그분을 돕고 싶어서 그런 청소 봉사를 하게 된 것이다. 그 일을 하다 보니 체력 테스트에도 좋고 건강에도 도움이 되고 모든 면에서 긍정적인 요소가 적용된다.

한 환우가 그동안 치매 노인 목욕을 시켰는데 더는 하기 힘들다고 해서 하지 마시라고 했다. 내가 그런 권한은 없지만 그 환우도 환자이기에 자기가 하고자 하는 모든 일을 해보다가 힘들고 지치면 하지 않을 수 있다. 인내와 끈기가 부족한 것이다. 봉사를 하는데 힘이 들지 않는 일이 어디 있겠는가? 그래도 어떤 일이든 미리 해서 내 몸을 일할 수 있는 상태로 만드는 것이 중요하다. 그래서 청소 아주머니 일도 도와 드리는 것이고 할아버지도 챙겨 드리는 것이다.

한번은 할아버지가 나를 꼭 안아주며 고맙다고 했다. 나도 어느 순간에 저런 상태가 될 터인데 하는 마음에 슬픔과 우울함이 닥쳐왔다. 오늘은 주치의 선생님이 회진을 와서 요즘은 밖으로 나가지 않느냐고 해서 '방콕' 하는 것이 낫다고 하였다. 팀장을 할 때는 이 일 저 일 다 신경을 써야 했지만, 직을 내려놓으니 밖으로 나갈 일이 없다.

이 방 이 침대가 내가 머물 곳이려니 하고 조용히 살아간다. 밥 먹을 때나 화장실 갈 때만 병실 밖으로 나간다. 병실에 있으면 만사가 편하다. 모든 것이 한 우주에 있다는 생각을 한다. 이 방은 풍수지리상 어머니 자궁과 같은 방이다. 가끔 옆 건물 창문에 반사된 빛도 들어오고 동료들도 있다.

사람은 함께 사는 것이 원칙이다. 누구라도 공동체를 이루며 살 때만이 사람으로서 가치를 가질 수 있다. 그렇지 않고 알코올 중독자로 산다면 아무 가치가 없는 동물적 삶을 살아갈 뿐이다. 마시고 자고 마시고 자고 그러다 배가 나오고 그러다 병 걸리고 그러다 죽는다. 그래서 알코올 중독은 가장 무서운 병이다. 알코올은 치명적인 독약이다. 우리가 사는 데 가장 거대한 장애물이다.

전에는 끼니때마다 봉사했는데 요즘은 아침 식사 때만 한다. 아침에는 늦게 일어나 봉사할 사람이 없어 내가 한다. 그렇게 퇴원 후 사회 적응 훈련을 계속한다. 세상은 나태하고 게으르면 아무것도 할 수 없고 일도 할 수 없다. 그리고 생존 자체가 힘들어 알코올 중독에서 헤어나 살기가 힘들다. 그러니 무엇이든 열심히 해야 살아갈 수 있다. 그래서 병원에서 그런 준비를 하면서 살아간다면 만사 오케이다.

우리 삶 자체에서 그런 것을 느끼고 미래를 준비하는 차원에서 일을 봉사로 한다면 그것으로 만족한다. 그러므로 식당에서 아침 식사 봉사를 하는 것은 매우 인상적인 일이다. 봉사하면서 기도를 하는 것도 좋은 일이다. 위대한 신을 찾아서 함께 살아가는 방법은 알코올 중독자의 희망이다.

한 노인의 불행한 병원 생활

현대판 고려장을 당한 치매 노인을 돌보아 드린다. 물론 간호사나 보호사들이 돌보아준다. 그러나 틈틈이 식사를 돌보아 드리는데 약 한 달 전에는 침대에서 떨어져 상처를 입었고 오늘은 또 방에서 넘어졌다. 간호사와 보호사가 뛰어 들어갔다. 저녁 식사 직후이다. 배가 많이 아픈데 치료를 안 해준다고 한다.

가끔 정신이 돌아오면 당신의 불편한 현실을 호소한다. 그러나 같은 환우로서 아무 이야기도 하기 싫었고 이야기해도 소용이 없다. 다만 그분이 덜 불편하도록 도와 드릴 뿐이다. 식사 후 입을 씻을 수 있도록 수건을 챙겨 드린다. 가끔 남몰래 기저귀와 젖은 옷을 갈아입혀 드린다. 그리고 한 성당 다니는 환우가 이틀에 한 번 목욕을 시켜 드린다. 모두 남몰래 하는 선행이다. 알게 하면 어떤 불이익을 당할지 모른다.

그 노인은 자식들을 다 성공시켰다고 하는데 왜 이런 알코올 중독자들과 생활하는지 모르지만, 아마도 코로나19 문제로 이곳에 머무는 듯하다. 그래서 그분이 머무는 동안은 좀 더 따뜻하게 돌보아 드리고 싶어도 한계가 있어 가끔 그분이 머무는 방을 지날 때면 천불이 난다.

침을 흘려서 베갯잇도 없는 가죽으로 만든 베개를 적시고 환자복을 적신다. 또 오줌을 싸서 한강수가 되어 그야말로 물구덩이에서 벌벌 떨고 잠도 못 자고 있다. 베갯잇이 없는 베개가 찬바람을 일으키니 머리를 들고 있다. 그 모습을 보고 그를 돌봐 드리기가 힘들다. 이유는 보호사나 간호사들이 모두 지쳐 있기 때문이다. 인원이 모자란다. 특히 간호 인력이 모자라니 그분을 제대로 돌볼 도리가 없다.

그래도 틈틈이 눈치를 보아가며 얼굴도 닦아 드리고 수염도 깎아 드린다. 마음 같아선 취침 시간은 할 수 없지만 시간마다 돌보아 드리고 싶고 과일도 드리고 싶은데 그러지 못하니 답답하다. 여기서 보면 차라리 국가 도움을 받는 수급자들이 낫다. 불효자 자식이 있는 노인들은 더 슬픈 것 같다. 배가 아프다고 하고 머리가 흔들린다고 하여도 치료진에게 알려줄 수가 없었다. 그들에게 말하면 기분 나빠한다. 아무리 치매 노인이라고 해도 알 것은 다 아는 듯하다. 누가 진정으로 자신을 사랑하여 주는지를 말이다.

당신을 목욕시켜 주는 사람에게 늘 고맙다고 이야기한다. 어떤 때는 누가 그랬는지는 모르지만 두유에 빨대를 꽂은 채 사물함에 넣어 준 것도 보았다. 물론 그것은 노인이 먹으라고 누가 준 것을 나중에 먹기 위하여 넣어 뒀을 수도 있다. 요즘 날씨에 한두 시간만 놔두어도 두유가 상하고 치매 노인이 마시면 배앓이를 심하게 할 것이다.

그래도 그러한 정보를 치료진에게 말할 수 없다. 그들이 잘못하는 것을 말했다가는 보복당한다. 언제 퇴원할 것이냐고 하는 간호사도 있었다. 할아버지가 오줌을 잔뜩 싸서 사타구니에 기저귀를 매달고 다니기에 옷과 기저귀를 갈아주며 한 말씀 드렸더니 즉각 보복을 한 것이다. 그래서 어디 가나 알코올 중독자는 괄시를 받는다.

치료진도 우리 알코올 중독자가 하는 봉사를 탐탁하게 여기지 않는다. 그래도 눈에 할 일이 보이니 할 뿐이다. 그리고 침묵을 지킬 뿐이다. 조용히 말이다. 어느 공동체나 무서운 음모가 도사리고 있다. 그 음모와 음해에서 헤어나와야 하고 걸려들지 말아야 한다. 그래서 매사에 조심조심해야만 한다. 지금까지 힘들게 살았는데, 이제부터는 지혜와 슬기, 예지를 가지고 살아가기로 한다. 조용히 침묵으로 살아서 더는 내 삶이 손상되지 않도록 할 것이다.

그러기 위해서 최우선되는 것은 단주를 지켜 가는 것이다. 그리고 관대하게 용서하면서 살아가는 것이다. 일상을 내 것으로 만들고 지금 당장 나에게 주어진 일에 충실하는 것이 내일의 담보가 될 뿐이다. 지혜는 바로 나 자신을 사랑하는 것이라고 했다. 내가 나를 진실로 사랑할 때 단주에 성공할 확률이 높다. 그리고 나를 먼저 사랑할 때 다른 사람도 사랑할 수 있다.

슬기는 모든 복된 것을 얻을 수 있는 좋은 것이라고 했다. 슬기와 지혜는 삶의 질곡에서 얻을 수 있는 보석과 같은 것이다. 알코올 중독자가 되어서 살아가는 사람 중에는 겉으로는 무지해 보이지만, 그들 나름대로 삶의 지혜와 슬기를 지니고 살아가는 사람들이 더러 있다. 그들은 나름대로 편히 쉬는 시간을 이용해 책을 읽거나 혹은 유튜브나 영화를 시청하면서 삶의 지혜와 슬기라는 보석을 캐는 사람들이다.

그러나 그것이 꼭 단주와 연결되지는 않는다. 글도 잘 쓰고 많은 영화를 보아 지혜로운 사람이 있었는데 퇴원 후 주독에 빠져 결국 다른 병원에 입원했다는 사실에 마음이 아팠다. 과자도 나눠주고 과일도 나눠준다. 누구나 와서 달라고 하면 소유하고 있는 것은 무조건 다 주곤 했다. 이유는 모르겠지만 그의 삶에서 나눔의 슬기와 지혜를 얻어낸 것 같다. 그러나 알코올은 극복하지 못하고 쓸쓸하게 또다시 어느 병원에서 또 좋은 일을 하며 단주에 성공하기 위해서 몸부림치고 있을 것이다.

이렇게 알코올 중독자 중에는 뛰어난 예지가 있는 사람들이 많은데 잔꾀를 부리고 잔머리를 굴리는 사람도 있다. 그것이 문제다. 술을 마시기 위해서다. 제발 그들이 그 슬기와 지혜를 단주하는 데 모두 쓰기를 바란다. 그래서 단주에 성공하고 성공적인 삶을 위하여 쓰기를 바란다.

팔 년간 병원 생활을 하는 알코올 중독자

이곳에는 보통 칠팔 년을 병원에서 생활하는 사람들이 많고 십 년, 이십 년, 삼십 년을 한 사람도 있다. 일생을 살면서 여러 곳에서 많은 경험을 하면서 사는 사람들이 태반이니 병원에서 그 많은 세월을 산다는 것은 불행한 일일 수도 있지만, 그들은 죽지 않고 지금까지 살아 있는 것에 감사하다고 말한다. 그들의 동료들이 객사하거나 길거리에서 죽었는데 자기들은 병원 덕분에 지금까지 살아 있다고 한다.

그런 면에서 그들은 자기의 삶을 그래도 잘 관리하며 살아왔다고 할 수 있다. 죽음 직전까지 음주하고 죽기 직전에 병원에 들어와서 몸을 만들고 회복한다. 그리고 대부분 그들은 현실의 삶에 만족하면서 모든 욕망을 끊고 마음을 내려놓고 알코올 중독자로 사는 것을 즐기니 큰 기쁨을 얻을 수 있다. 그래서 잘 늙지 않는다. 술을 마시고 싶으면 수단과 방법을 가리지 않고 술을 마셔 버리고 후회나 자책감은 갖지 않는다. 그냥 알코올 중독을 숙명으로 받아들이고 살아간다.

우리나라 알코올 병원들은 환자들이 사는 데 큰 문제가 없다. 그래서 어떤 사람들은 장수하고 오래 산다. 한 분은 팔 년을 이곳에서 살았는데 정신과 질환도 함께 있다. 술을 엄청나게 많이 마시는데 동안이고 운동도 열심히 했다. 알코올 중독으로 인하여 뇌 경변이 와서 어눌하다. 옷을 둘 곳이 없어서 살림 짐을 싸 들고 다니는데 그 짐이 어마어마하다.

그래도 중독자들이 코로나바이러스에 걸리지 않는 것 같았다. 온통

싸돌아다니면서 술을 마시는데도 바이러스 검사를 하면 모두 음성이 나오고 병원에서 일주일 정도 격리되는데 퇴원했다가 들어오는 사람들이 코로나19에 걸렸다는 이야기는 듣지 못했다. 혹시 코로나바이러스에 알코올이 특효약인가 하는 생각을 해보았다. 퇴원해서 지금 이 순간에도 술독에 빠져 있는 사람들도 코로나19에 걸렸다는 이야기는 아직 없다.

이분도 한 달간 코로나19 환자가 나온 동네를 다니며 술을 마셨는데 안전하게 돌아왔다. 자기 것을 챙기는 데는 도사다. 마치 집시처럼 짐을 싸 들고 왔는데 그 정리도 기가 막히게 잘하였다.

백번 말해도 똑같은 사람

다시 말하지만 이곳에서는 국가에서 도움을 받는 사람들은 행복하다. 이번에도 코로나19 사태로 인한 생계비로 그들은 백만 원 가까이 복지 혜택을 받았다. 신선놀음을 하면서 살아도 그들에 대한 복지가 잘되어 있어, 이번과 같이 매달 지급받는다면 정말 노후를 걱정 없이 이 일 저 일 하면서 행복하게 살 것 같다고 했다.

한 오십 대는 본인 것은 꿀단지 챙기듯 잘 챙기며 절대로 남에게 주지 않는다. 그래서 몇 번 좋은 말로 당부도 해보고 조심하라고 했지만 거의 두 달간을 다른 사람 종이컵을 빌려서 약을 먹거나 커피를 마신다. 그렇게 하지 말라고 하면 싫어하고 화낸다. 그러면서 어려서부터 살아온 이야기를 줄줄이 말한다. 그래서 그와 대화하기가 겁난다. 다른 이의 인생사를 한 번 듣는 것도 싫은데 몇 번을 들으니 진절머리가 쳐진다. 그래도 그를 끝까지 사랑으로 대하니 마음이 통했는지 만나기만 하면 반가워하고 이젠 하지 말라는 일은 하지 않는다. 퍽 다행스러운 일이다.

사랑은 오래 참으며 기다려야 상대방에게 전이되어 꽃을 피우고 열매를 맺는다. 오늘은 부산 아저씨가 잠시 혼절하는 사태가 벌어졌다. 당직 의사가 달려왔는데 순간적 간질이 왔다고 한다. 알코올 중독자들에게 오는 잦은 현상이다. 또 한 사십 대는 갑자기 혈압이 떨어져 치료진을 긴장시켰다. 오늘 조심해야 할 날이다. 절대적 신께 말과 행동의 조심을 청하며 지혜와 슬기를 청해본다. 그 '마이동풍 옹고집 트집쟁이' 오십 대가 깨알만큼이라도 성장하는 하루가 되기를 간절히 바라본다.

그의 어머니에게 전화하는 모습을 보면 일곱 살짜리 어린아이다. 자식 생각해서 사과와 바나나를 보내왔는데 그런 건 먹기 싫다며 자기가 좋아하는 과자를 보내 달라고 떼를 쓴다. 그리고 사과를 헐값에 팔아 버린다. 바나나는 사과를 사주는 조건으로 반 송이를 받아서 모두에게 나누어 주었다. 그 노모는 그 뇌 질환 환자 아들을 생각할 때마다 얼마나 힘이 들까 하는 생각을 해본다.

대화 내용을 들으면 어머니는 자식에게 꼼짝을 못 했다. 자식이 뭐라 하면 무조건 오냐오냐했다. 과자는 내일 보낸다고 했고 코로나19가 진정되면 면회를 와서 함께 갈빗집에 가서 소갈비를 먹자고 했다. 재산도 있겠다, 아픈 자식을 위해서 무엇은 못 해 주겠나 하는 생각을 그 어머니는 하는 것 같다. 나이가 들면서 신앙생활과 돈 버는 일이 얼마나 소중한 일인가는 그 오십 대 어머니를 보면 알 수 있다.

어머니는 세례명이 마리아인데 평생 꽃가게를 운영하며 살아서 꽃농장도 마련했다고 한다. 팔십이 넘었지만 본인이 보기에는 육십 대로 보인다고 한다. 그 고우시던 엄마가 팔십이 넘었다니 믿어지지 않고 믿고 싶지도 않단다. "하기야 내가 오십 대인데." 하면서 눈시울을 붉혔다. "어머니께 공손하게 대하고 늘 좋은 마음으로 어머니와 통화하여 어머니를 기쁘게 해드리라."라고 했다. 그 오십 대는 그런다고 했다.

백번을 말하고 타일러야 알아들을 수 있는지 모르지만 걱정이 된다. 그래도 계속 노모에게 공손하게 전화를 잘하라고 할 예정이다. 그러면 언젠가는 그렇게 할 것이다. 어머니께서 바빠서 아플 새가 없다며 기분 좋아하셔서 다행인데 앞으로 잘해보겠다고 하였다. 모자간에 행복하고 기쁜 일만 있기를 빌어 본다.

좋은 술, 나쁜 술, 미친 술

유유자적하는 사십 대 환우들

하는 일 없이 하루를 살기가 지루하다고 하면서 병실을 지나치게 자주 드나든다. 술을 마시고 추운 데도 공원에서 잠을 잔다. 이런저런 이유로 살아가는 그들의 모습은 다른 사람들 눈에는 고통으로 보이지만, 그 자체가 삶의 형태가 되어 알코올 중독자가 아니라 주선으로 유유자적 살아가는 것 같다.

그들은 아직 육체적인 힘이 뒷받침되어 주어서 그런지 아무 말도 하지 않고 비교적 건강한 모습으로 살아간다. 각자 알코올 중독에서 동반되는 풍치나 피부 질환, 비염 등으로 고통받지만, 그들은 행복한 술 마시는 대가로 치르는 그런 질병조차도 함께 받아들이며 담담하게 살아간다. 전혀 미래에 대한 염려가 없다. 오늘 하루 술 마시며 살 때는 술 마시는 거로 즐거웠다고 한다.

이곳에 들어와서는 단주하면서 각종 고질병도 고치며 살아간다고 한다. 그것이 자신들의 운명적 삶이기에 슬프거나 괴로운 일이 아니라고 한다. 게임도 하고 서로 끼리끼리 모여서 남들도 잘근잘근 씹으며 살아간다고 한다. 그것이 그들의 삶의 방법이다. 그리고 커피를 마시고 담배도 피운다고 한다. 하루 동안 담배나 커피를 마시는 양이 동일하게 보이지만, 담배를 피울 때마다 커피를 마실 때마다 마음과 기분과 상황에 따라 그 양이 다르다고 한다.

즉 그 시간들조차도 한 삶의 단면으로 받아들이며 기쁘게 살아간다고 한다. 불편도 불리함도 불행도 심지어 죽음일지라도 알코올을 마셔서 얻는 것이라면 기꺼이 감수하겠다는 생각을 한다. 그러니 정신적으로는 스트레스를 받지 않고 주어진 운명에 순응하며 살아간다. 우주 안에서 최고의 발명품은 술이라고 한다. 술이 없었다면 자기들은 이미 다 죽었을 것이라고 했다. 그래서 오늘 아침에 눈을 떠서 기쁘고 감사하다고 한다. 그리고 또 지루한 하루를 보내게 되어 즐겁다고 한다.

다른 사람들은 세월이 빠르다고 난리를 치는데 본인들은 그런 것 없이 오히려 세월이 늦게 가서 지루하기까지 하니 얼마나 좋은 일인가 하고 말하기도 한다. 그들이 부러울 때도 있지만 그들의 그 만용과 자만, 오만방자함에 기분이 나빠질 때도 있다. 하지만 그들이 삶의 한 방편으로 알코올 중독을 선택했다면 그것도 세상을 편안하고 평화롭게 살아가는 방편이 아닐까 생각해 본다.

알코올 중독을 부끄러워하거나 자책감을 가질 필요가 없다고 생각한다. 마시고 싶으면 마시고 못 마실 정도로 아프면 병원에 입원하고 그렇게 알코올 중독자 삶을 살아갈 뿐이다. 그 외 다른 것들은 조용히 자신만의 만족에 머물며 신이 내려준 오늘을 살아갈 뿐이라고 한다.

그들은 공통적으로 말한다. 자신들은 인생의 다사다난한 문제에 전혀 관심이 없다고 한다. 다만 주어진 오늘을 무슨 일이든 하면서 하루를 살면 그것으로 만족한다고 한다. 술 마시는 것이 노후 대책이라고 한다. 그들의 그런 마음가짐이 치료되었으면 좋겠다. 일단 그런 생각으로 살면 알코올 중독을 치료받을 확률이 높다.

좋은 술, 나쁜 술, 미친 술

우리 사회의 불안이
알코올 중독자를 만든다

　코로나19는 우리 사회와 나라, 전 세계를 불안과 공포의 도가니로 몰아넣고 있다. 이럴 때 알코올 중독자가 많이 생겨날 위험성이 크다. 대략 우리나라 알코올 중독자들은 약 이백오십만 명 정도가 되는데 이것은 공식적인 통계다. 비공식적인 사람들, 즉 알코올 중독자임에도 아닌 척 혹은 모르고 술을 마시는 사람들을 합치면 천만 명은 될지도 모른다.

　특히 요즘처럼 온통 불안한 일들만 생기는 시기에는 술 중독자들이 더 많이 생긴다고 한다. 문 정권은 북한과 손을 잡으려고 하고 미국은 자유 대한민국을 포기하려고 한다. 지금 북한의 강경한 군사 도발에 대한 메시지에 대하여 끝까지 유화책으로 일관하며 미국에 모든 책임을 떠넘기려는 남한 주사파들의 움직임에 알코올 중독자들조차도 공포감과 불안감을 느낀다고 한다. 이 나라가 어떻게 되는 것인지 알 수가 없다고 한다.

　옳은 선택을 하여 나라의 존망에 잘 대처해야 하는데 지금 이 나라는 최대의 위기에 와 있다고 한다. 남북한이 국지전을 치를 단계까지 온 것 같다고도 한다. 이제는 그런 일이 벌어지지 말아야 하는데 문 정권의 모호한 대처로 여러 가지 큰일이 벌어질 것이라고 한다.

　이곳 공동체의 사람들도 세상 돌아가는 일에는 나름대로 좌와 우가 뚜렷하고 그들의 지지선을 늘 서로 가늠하는데, 김정은과 김여정의 전쟁 협박에 굴복하는 대통령과 주사파 일당들의 태도에 모두 화를 내고 싫어한다. 오늘은 남북 공동 연락 사무실이 폭파되었다. 이곳에 있는 좌우파 모두 북한과 남한 모든 당국자를 원색 비난한다.

'한 민족끼리'라는 명분도 좋지만 우선 남한의 자유 민주주의 기반 위에 한 민족끼리가 중요하다. 북한 사회주의 공산주의로는 안 된다. 고려 연방제도 시기상조이다. 좀 더 시간이 필요하고 우리나라가 더 발전한 후 독일처럼 통일되어야 한다. 중국과 한통속이 되면 더 큰 문제가 생긴다. 중국은 지금 우리 한국에 도움이 전혀 안 되고 있다. 문 정권이 이상한 외교를 하는 바람에 우리나라는 풍전등화다. 이곳 공동체 의견도 지금은 한미동맹을 따라야 나라가 안정되고 발전할 수 있다고 한다.

그래서 그렇지 않아도 술 마실 빌미를 찾는데 현 시국이 이러니 한 잔 마셔야 하겠다고 나선다. 정국이 빨리 안정되어 새로운 희망 속에서 사회적 불안 요인으로 술을 마시지 않도록 노력해야 할 것이다. '우리 민족끼리'는 잠시 유보하고 자유 민주주의의 강력한 안보체제가 한미동맹을 기반으로 유지되기를 간절히 바란다.

그리고 어찌 되었든 알코올 중독자들에 대한 생활비도 넉넉히 책정하여 줘서 알코올 중독자들도 기를 펴고 살았으면 좋겠다. 세월이 어수선해도 우리 알코올 중독자들은 생활비가 넉넉하면 술을 마셔도 즐겁게 마실 수 있고 그 양도 줄어들지 모른다.

좋은 술, 나쁜 술, 미친 술

° 여유 있게 느긋해보자

점심 식사를 한 후 잠시 쉬고 있는데 한 사십 대가 오후에는 또 무엇을 하면서 시간을 때우나 한다. 할 일이 많아서 비명인데 그 말을 들으면서 '저 여유가 어디서 올까?' 했다. 알코올 중독자만의 특권을 누린다는 느낌을 받았다. 알코올 중독자들은 실지로 할 일도 없는데 매우 바쁘고 분주하다. 쓸데없는 일에 말이다. 느긋하게 한날을 즐기며 살면 되는데, 왠지 모르게 불안해하고 어쩔 줄 모르게 분주하게 잔머리를 굴리며 어떤 일을 도모하려고 한다.

한 오십 대는 새 환자가 들어올 때마다 그와 붙어서 무엇인가를 도모하려고 한다. 돈을 꾼다거나 그를 이용해서 자기가 원하는 것을 얻으려고 안간힘을 쓰고 있다. 웃기는 일인데 이곳에서 십여 년을 살았으니 이곳 생활에 적응을 잘해 필요한 것을 얻어내는 것이다. 그의 식탐은 한도 끝도 없다. 늘 모자란다. 이십일 수급비 나올 날만 기다린다. 그러면 먹을 것들을 듬뿍 사서 본인도 먹고 어리숙한 사람들에게 빌붙어 그들을 낚을 미끼로 삼는다. 늘 거짓말을 하며 사기를 친다. 웃기는 일이다.

여유를 가지고 느긋하게 산다는 것은 어느 정도 자기 욕심들을 내려놓거나 포기를 해야 한다. 잡다한 생활 습관을 단순화하고 나이에 맞게 살아가는 것이 소중하다. 삶을 간단하고 순수하게 모든 걸 비워내고 산다는 것은 매우 소중한 것이다. 욕심을 부려서 시간 약속을 많이 하거나 운동이나 독서 등도 자기 수준에 맞지 않게 잡는다면 모든 게 수포가 되고 만다.

삼십 대 젊은 친구가 체중을 줄이기 위하여 운동도 격하게 하고 먹는 것도 줄이려고 힘쓰고 있다. 그런데 얼마나 조급한지 모른다. 이제 이 주를 해놓고 아직 몸에 변화가 없다고 투덜댄다. 최소한 한두 달은 지나야 약간의 변화가 있을 것이라고 충고하였다. 그 친구는 가끔 세상에서 모든 일을 할 수 있다고 호언장담하면서 하루에 소주를 서너 병 마셔도 아무 문제가 없다고 이야기한다.

그래서 한번 퇴원을 해서 어떻게 되나 살펴보았더니 밖으로 나가자마자 우선 술부터 마시고 자신이 밖에서 무슨 일을 하고 다녔는지를 전혀 모른다. 무척 황당하지만 딱한 일이다. 과연 그러고 자신이 밖에 나가면 무슨 일이든지 할 수 있다고 할 수 있는가? 잘못된 일이고 거짓말이다. 그러고 입원하여 자기가 술 마시고 잘못된 것은 생각하지 않고 남의 탓과 사회 구조 탓만 한다.

알코올 중독자가 술을 마시면 세상에서 아무 일도 할 수 없다. 그래서 단주를 반드시 해야만 하고 철저한 준비를 하여서 주도면밀한 계획에 따라 움직여야만 무슨 일이든 해낼 수 있고 단주도 유지될 수 있다. 어떤 사람은 이곳에 입원해서도 끊임없이 퇴원만 생각하고 지겨워한다.

여기에 여러 번 입·퇴원을 하는 오십 대가 오늘도 입원한 지 일주일 정도 되었는데 퇴원 타령을 하고 있다. 이틀 전에도 이번에는 일 년쯤 입원해 있을 거라고 했는데, 오늘 또 뭔가가 잘못되었는지 심사가 뒤틀렸는지 힘겨워하면서 퇴원 타령을 한다. 그분에게 "느긋하게 여유를 가져 보라."라고 하면서 "무언가 해 보라."라고 했다. "노래도 외워서 부르고 운동도 하고 책도 읽어 보라."라고 권해 보았다.

좋은 술, 나쁜 술, 미친 술

어떤 육십 대의 회한

얼마 전 약 삼 개월의 알코올 치료를 받고 이제는 자신 있다고 이야기하며 퇴원한 육십 대가 있었다. 코로나바이러스로 인하여 입·퇴원이 자유롭지 못하고 외출, 외박이 불허되었다. 그 덕택에 매번 입원하면 한 달, 길어야 두 달이면 퇴원했다. 그런데 이번에는 정신과 의사들이 최소한 알코올 중독을 극복하고 단주를 원활하게 하기 위해서는 삼 개월의 입원을 추천한다. 그래서 삼 개월을 넘기고 나간다는데 단주를 이어가지 못하고 반죽음이 되어서 또 입원했다.

한 일주일 헤매더니 요즘은 살아나서 밥도 잘 먹고 운동도 시작했다. 좀 있으면 법화경을 줄줄이 외가며 아침, 저녁 운동도 시작할 것이다. 아내도 있고 딸들도 있고 어머니도 계시다. 그분 가정에서는 그분만 술을 안 마시면 행복할 것이라고 한다.

술을 먹기 시작한 것은 회사에 다니면서 일 마치고 동료들과 저녁을 먹으면서 한잔씩 한 것이 알코올 중독까지 발전했는데, 필름이 끊기고 아무것도 할 수 없는 지경이 될 때까지 알코올 중독임을 모르고 살았다고 한다. 지금 그분은 알코올 중독 판정을 받고 입원 치료를 받지만 그분과 함께 술을 마시던 다른 분들은 그대로 술을 마시고 사는데도 중독이 아니라며 끼리끼리 모여서 술로 세월을 보내고 있다고 한다.

그래도 아내를 비롯한 가족들이 이분을 이해하고 응원하고 있어서 극단적인 선택을 하기 직전에 병원에 입원한다고 한다. 이번에도 이렇게 사느니 죽으려고 그야말로 술을 치사량 이상으로 마시고 동네 공원에서 목을 매려고 했는데 쓰러져 일을 치르지 못하고 병원에 왔다면서 자꾸 미안하다고 해서 그분을 위로하며 다시 시작해보자고 했다.

육십 평생을 살면서 처와 자식들 먹여 살리며 교육을 시켜가며 열심히 살았는데 말년에 알코올 중독으로 돈을 까먹으며 살아가니 말도 안 된다고 한다. 이렇게 괴롭고 슬프기는 이번이 처음이라며 아쉬워하였다. 인생은 육십부터라고 하는데 한창 재미있게 살 나이에 술로 허송세월하니 마음이 언짢다고 한다. 그래도 오늘부터는 주변 사람들과 어울리기도 하고 말을 나눈다.

만약 그분 말대로 그 공원에서 목을 매어 자살했다면 얼마나 큰 고통을 주변 사람들에게 주었을까? 그분이 살아나서 안심했고 감사했다. 세상을 살아가는 과정에서 술을 마신 게 알코올 중독으로 발전하여 불행한 세상을 살아가니 안타깝다고 회한의 눈물을 흘린다. 내일모레가 환갑인데 이게 뭐냐고 한다. 술을 마시고 알코올 중독자가 되면 모든 게 끝이라고 많은 비관을 한다.

그러지 말고 하루하루를 유쾌하게 긍정적인 마음으로 살라고 달랬다. 그리고 당신이 가지고 있는 행복 조건이 이곳에 있는 다른 사람들보다 많다고 했다. 손사랫짓을 하며 아니라고 했다. 그를 옆에 앉게 하고 그분만이 가지고 있는 행복 조건을 알려 드렸다.

첫 번째, 이곳의 대부분 환우들은 집이 없는데 당신은 퇴원하면 갈 집이 있으니 행복하다고 했다. 두 번째로는 여기 사람들은 장가를 가보지도 못하고 혼자 총각으로 늙어가고 있고 늙은 사람들이 대부분인데, 당신은 장가도 들고 딸자식도 있고 외손자·손녀가 있고 거기에 어머니도 살아 계시니 이곳에 사는 누구보다도 행복하다고 해줬다. 그러니 오늘 지금부터 좋은 마음을 가지고 긍정적으로 살면서 다시 단주를 하라고 했다. 그분도 고맙다고 하면서 새로운 삶을 살아보도록

좋은 술, 나쁜 술, 미친 술

노력하겠다고 했다.

　사람은 자기의 고통이나 불행은 쉽게 보면서 자기의 행복은 보지 못한다. 그래서 자신이 불행하다고 여기며 살아간다. 즐겁고 행복하게 살아가려면 자기가 누리고 있는 현실에 감사하고 주어진 환경에 적응하며 만족한 삶을 살아가는 방법을 찾아서 즉시 실천해야 한다.

　대형 음주 교통사고로 모든 것을 다 잃고 절망과 심한 좌절로 죽어 버리려고 했는데, 그것을 혼자 극복할 수가 없어서 정신 병원에 입원했다. 처음 이 주간은 온갖 쓰레기로 점철된 내 삶이 싫었다. 그래서 기회가 된다면 죽어 버릴 생각을 했다. 그러다 입원 후 삼 주째 되는 날부터 하나씩 포기할 목록을 썼다.

　처음에 가정을 포기했다. 내가 아내와 딸아이에게 결정적인 고통을 주었기에 그들이 원하는 대로 외출, 외박이 허락되어도 그들이 머무는 집에는 안 가기로 했다. 가장 큰 원인은 내가 일반 병원에서 외과 치료를 받고 집으로 갔는데 퇴원하는 줄 알면서도 집 키 번호를 바꾸고 집에 들어갈 수 없게 했다. 또 외과 병원에서 입원 이 주 후에 경기로 쓰러져 중환자실로 옮겨 갔는데, 병원 측에서 아내에게 전화하니 "그 사람은 우리와 상관없는 사람이니 죽든지 말든지 병원에서 알아서 하라."라고 했다고 한다. 그리고 내 휴대폰을 빼앗아가서 돌려주지 않았다. 그래서 나는 가정을 제일 먼저 포기했다. 그랬더니 한없는 평화가 왔다.

　두 번째, 더 이상의 돈을 벌려는 생각을 하지 않고 나라의 도움에 만족하며 많은 여유 시간을 주심에 감사했다. 세 번째, 친구나 친척이나 누구와도 연락하지 않기로 했다. 이성 친구 두세 명하고만 교유하기로 했다. 그리고 나니 마음의 쓰레기들이 치워지고 집필을 시작했다. 그리고 여기 있는 환우들을 돌보며 사랑하기로 결심하고 내가 봉사할 수 있는 일을 스스로 찾아서 했다. 그렇게 살다 보니 졸필이지만 두 권의 책을 출간했고, 여러 권의 책을 탈고해서 출간을 기다리고 있다.

오늘이 입원 및 단주 삼백사 일이 되는 날인데 새벽마다 운동하는 일을 한 번도 거른 적이 없다. 실내 운동용 자전거 타기 사십 분, 윗몸 일으키기 사십 번, 아령 들기 사십 회 등을 하고 청소 봉사와 치매 노인 돌보기 봉사를 한다. 그리고 아침 식사 상 차리기와 배식 후 뒷정리를 하게 되었다. 모든 일정이 끝나면 잠시 눈을 붙인다.

대부분의 시간은 집필에 집중한다. 이렇게 이곳 환경에 적응하고 이곳에서 할 수 있는 일들을 찾아서 하니 지금 머물고 있는 여기가 천국이 되었다. 운동장도 되었고 일하는 곳도 되었고 단주를 하는 데도 큰 도움이 되고 친구들을 사귀는 사교장도 되었다. 이제 남은 것은 어떤 방법으로 이 시대의 소명에 맞게 돈을 벌 수 있는가를 찾는 것이다. 일단 상표 등록도 해야 하고 특허 출원도 해야 한다.

책 출간도 도움을 받아서 열 권 정도 할 예정이다. 앞으로 내 여생은 집필하는 일로 마무리하려고 한다. 만약 돈이 모인다면 그동안 신세 진 사람들에게 보은을 하고 남는 것은 함께 울고 웃고 지내는 알코올 중독자들을 위한 복지사업에 투자해 볼 예정이다. 단주를 오늘도 하게 되어 기쁘고 즐겁다. 이런저런 친구들과 대화하고 유쾌 통쾌 상쾌하게 지내며 글을 쓰다 보니 즐겁게 노래하던 새들이 둥지로 돌아가고 어두움이 밀려온다. 나도 잠잘 준비를 한다.

좋은 술, 나쁜 술, 미친 술

가끔 물건이 없어진다

알코올 중독자 중 가끔 자기도 모르게 남의 물건에 손을 대는 경우가 있다. 이상하게 가정형편이 좋은 어린 알코올 중독자들에게 그런 습성이 있다. 얼마 전에 이십 대 중독자가 입원했다. 냉장고의 음식물이 없어져서 불침번을 서는데 꼭두새벽에 그 사람이 냉장고로 가서 마실 것을 가져가는 것을 보고 낮에 왜 남의 음료수를 마시느냐고 하니 그런 일이 없다고 딱 잡아떼었다. 알코올 중독으로 오는 몽유병 환자인가 생각하고 더는 이야기하지 않았다.

지난번 친구는 나와 호형호제하는 병원 근처에 사는 부잣집 아들인데, 냉장고에 있는 남의 음식을 모두 그의 것인 양 가져다가 먹곤 했다. 자기만 먹는 것이 아니라 그것을 가지고 다른 사람에게 인심까지 쓰곤 했는데 지독한 알코올 중독으로 뇌가 손상되어서 공사의 개념이 없는 상태가 되어 버린 것 같다. 중증 알코올 중독으로 별생각 없이 살아가며 남의 것을 갈취하거나 빼앗아 먹는 경우도 종종 보곤 한다. 모두가 알코올 중독으로 인한 정신질환으로 나타나는 현상들이니 너 그렇게 넘어가야 하는지 안타까운 일이다.

결국 알코올 중독은 사람의 도덕성과 윤리성마저도 타락시켜 버린다. 알코올은 우리에게서 인간의 가장 신성하고 중요한 특성인 기억력을 앗아가고 치명적인 치매를 앓게도 한다. 우리는 아직 뇌 손상이 덜 왔을 때 단주를 하고 단주의 길을 갈 수 있도록 힘써야 하겠다.

단주는 알코올 중독자에게는 가장 중요하고 긴박한 문제이다. 알코올 중독자가 단주를 하지 않거나 소홀히 한다면 그가 누리는 모든 것을 다 잃어버리고 만다. 도둑놈, 사기꾼이 될 수 있고 치매나 암과 같은 합병증에 시달릴 수도 있다. 그러니 자나 깨나 단주를 의식적으로 외치며, 언제나 단주만이 살길이라는 생각을 하면서 지내야 한다.

즉 단 한 순간이라도 내가 알코올 중독자임을 의식하고 단주를 염두에 두고 다른 계획을 세워서 술을 피하면서 모든 일을 하는 데 참고해야 한다. 술자리는 무조건 피하고 술친구들과도 단절해야 한다. 어떤 경우에도 술과 연관된 모임이나 자리는 무조건 피해야만 한다. 생계를 위한 직업도 술과 관련이 없는 일을 해야 하고 술이 연관된 일은 무조건 하지 않도록 단호한 결심을 해야만 한다.

그런 과정을 거쳐서 올바른 단주의 길을 가면서 자신이 알코올 중독으로 잃어버린 것들이 무엇인지 목록을 작성해보고, 과연 그것들을 포기하고도 술을 마셔야만 하는가를 성찰해야 한다.

나는 술로 인하여 좋은 직업을 잃었다. 나는 육 개월 만에 간신히 취득한 일종 대형 면허를 음주운전으로 취소당했다. 술로 인하여 소중한 가정을 파탄 냈다. 술로 인하여 내가 사랑한 애완견과 헤어졌다. 술로 인하여 피 같은 현금 천만 원을 벌과금과 병원비로 써 버렸다. 나는 술로 인하여 간 경변에 걸렸다. 나는 술로 인하여 기억력이 사라지고 아름다운 추억들이 사라졌다. 나는 술로 인하여 당뇨가 와서 매일 인슐린을 투약한다. 그리고 집안에서 쫓겨나 노숙하게 되었다.

이 모든 일이 음주로 일어난 일들인데 과연 우리가 이래도 또 술을 마셔야 하는지 깊이 생각해 볼 일이다. 무조건 단주를 하자. 그리고 완전히 단주가 될 때까지 움직이지 말고 병원에서 충분한 회복을 해보도록 하자.

주치의 선생님은 삼 개월을 치료 기간으로 잡는데 그것은 알코올 중독 초기 첫 입원일 경우다. 두 번째 입원하면 육 개월, 세 번째 입원하면 구 개월, 네 번째, 다섯 번째 알코올로 입원한다면 일 년 이상 장기간 입원해야만 어느 정도 단주에 자신할 수 있다. 그리고 입원 중에 몸과 마음을 닦아서 단주를 위한 준비를 단단히 해야 한다. 가능하다면 무슨 일을 해서 생계를 유지할 것인가도 연구해보고 계획을 잘 짜고 나가면 덜 헤매고 술을 마실 이유를 현저히 줄일 수 있다.

다른 사람들에게 피해를 주었다면 피해 준 목록을 잘 만들어 더 이상 피해를 주지 않고 잘 갚을 생각도 해야 한다. 알코올 중독자는 그들에게 마음의 빚, 물질의 빚을 지고 사는 사람들이다. 모든 빚에서 헤어나기는 힘들어도 세상은 알코올 중독자를 용서하고 관대하게 대해 주어 빚을 탕감받는다. 그러므로 우리는 단주로 세상에 보답을 해야 할 의무와 책임이 있다.

알코올 중독은 불치의 병인가?

알코올 중독은 솔직하게 말하면 불치의 병이라고 고백하고 싶다. 선천적으로 조상으로부터 받은 유전자로 인한 것이건 후천적으로 세상을 살면서 오는 모든 고통과 슬픔을 이기지 못하고 술에 의존하게 되어 얻은 것이건, 일단 알코올 중독이 되면 완치라는 개념은 존재하지 않는다. 평생을 알코올 중독자로 살면서 단주할 뿐이다. 그리고 단주를 유지하려면 항상 알코올 병원에 입원하여 진료를 받아야 한다. 퇴원 후에도 의사의 처방을 받으며 단주 생활을 유지 보수하며 살아가야 한다.

알코올 단주 기간이 오래된 사람들도 자신을 알코올 중독자라고 솔직하게 고백하고 소개한다. 알코올 중독자 모임, A.A.(Alcoholics Anonymous)에서다. 이곳 모임에서 자신을 소개할 때는 늘 "저는 알코올 중독자 김입니다."라고 말한다. 이 얼마나 솔직하고 겸손한 표현인가? 그중에는 사회적 지위가 있거나 학문 전문가들도 많지만 무조건 자신을 소개할 때는 위와 같이 한다.

알코올 중독은 완치가 안 되고 다만 단주하고 있다는 겸허한 태도이다. 단주가 짧거나 길거나 상관없다. 오직 현재 이 순간, 지금 단주를 하면 그것으로 족하다. 그 이상도 그 이하도 아니다. 앞에서 여러 가지 단주하는 방법은 이미 소개했다. 다만 알코올 중독은 내과 혹은 외과의 병처럼 치료를 받고 완치되는 것이 아니고 오직 단주를 유지하면서 이어가는 불치의 병이다.

단주를 하는 데 도움을 주는 사람은 담당 주치의 선생님뿐이다. 그리고 A.A. 그룹 멤버들뿐이다. 또 절친한 이성 친구가 모든 것을 이해하고 함께해주면 한결 쉽게 단주를 이어갈 수 있다. 가족 중에도 어머니는 단주에 큰 도움이 되지만, 아내는 화가 나면 과거 이야기를 하여 단주를 유지 못 하게 하는 주범이 될 수 있다. 자식들도 마찬가지이다.

사람은 누구나 가까운 사람들로부터 상처를 많이 받는다. 아내, 남편, 부모님, 자식들 등 가족들로부터 친인척까지 모두가 적이 될 수가 있다. 그들이 단주하는 데 도움을 줄 수 있지만, 오히려 단주를 훼방할 수도 있다. 그래서 아프고 쓰리더라도 가족들과도 과감하게 헤어져 살 용기를 가져야 한다. 단주를 위해서 말이다. 평생 불치병인 알코올 중독을 안고 살아야 하는데 방해가 된다면 가족들과도 따로 살아야 한다.

알코올 중독자들은 이혼을 당하고 혼자 사는 사람들도 많고 아예 결혼도 못 하고 몽달귀신으로 사는 사람들도 많다. 그리고 가정이 있다손 치더라도 별거하는 경우도 많다. 어떤 사람은 이혼을 해야만 새로운 길을 찾고 단주할 수 있는데, 아내가 앙심을 품고 이혼을 안 해주어서 복지의 사각지대에서 가난하고 힘들게 살아가는 경우도 많다. 그러니 단주하기가 얼마나 힘든지 모른다.

단주를 하면서 한 시간 한 시간 살아가는 것은 알코올 중독자에게는 위대한 일이다. 그 시간을 자신과의 치열한 전투를 벌이며 살아가야 한다. 이곳 병원에서도 단주하기 위하여 마음으로 전쟁을 한다. 퇴원하려다가 안 하고 갈망을 이겨내기 위하여 종일 잠자는 사람도 있다. 어떤 사람은 책만 읽는 사람들도 있다. 정말 밥 먹는 시간과 잠자는 시간만 빼고 온종일 책을 붙잡고 산다. 이렇게 병원에서도 다양한 방법으로 갈망을 이겨 나가고 있다.

어떤 사람은 세수하고 발 닦고 머리를 감고 종일 자신의 몸을 관리하는 데 온 정신을 다 쏟는다. 진종일 새 환우들을 상대로 무엇인가 도움을 주는 척하면서 자신의 이익을 취하는 데 골몰하는 사람도 있다. 그가 하는 그 일도 이곳에서 갈망을 이기고 생존하는 한 방법일 뿐이다. 그리고 아침부터 밤까지 영화 감상을 하거나 유튜브 영상을 본다. 그 모든 것이 이곳에서 갈망을 이기며 하루를 살아가는 모습으로 측은하기도 하고 대견하기도 하다. 하여간 이렇게 각양각색으로 단주를 이어가는 것이 알코올 중독자들의 운명이다.

알코올 중독은 불치의 병이다. 다만 단주만이 있을 뿐이다. 언제 어디서나 단주하다가 술을 마셨다면 주저하지 말고 병원으로 가서 주치의 선생님과 상의하여 다시 단주를 시작하는 것이 비용도 절감하고 알코올 중독으로 오는 모든 병을 예방하는 유일한 길이다.

우리는 그러한 길을 함께 격려하며 살아갈 뿐이다. 그리고 다른 모든 것은 믿지 말아야 한다. 오직 주치의 선생님 말씀을 전적으로 신뢰하고 그분의 말씀을 잘 듣고 살아가면 단주에 큰 도움이 된다. 주치의 선생님 지시를 거역한다면 단주 생활은 불가능하다.

좋은 술, 나쁜 술, 미친 술

단주만이
모든 문제의 해결책이다

　알코올 중독으로 일어나는 일들은 모두 치명적이고 심각하다. 정말 수습하기 힘든 상황에 이르고 만다. 음주 폭력으로 어떤 사람에게 씻을 수 없는 상처를 주고 본인도 법적, 물적 책임을 지고 교도소를 수시로 갔다 와야 한다. 심지어 살인까지도 한다. 그리고 음주운전으로 많은 생명을 앗아가고 본인도 죽는 경우가 있다. 이로 인한 사회적 손실은 돈으로 환산할 수 없다.

　술독에 빠져 살다가 보면 그 시기에 꼭 해야 하는 일을 하지 못하고 큰 손실을 입을 수 있고, 인생 자체가 왜곡되어 비참한 음주자로 살다가 비참하게 죽는다. 그리고 자신도 모르게 후회와 슬픔만 남는 생활을 하면서 세월을 보내게 된다. 특히 젊은이들이 알코올 중독에 빠지면 그 인생에 큰 그림자가 드리워지고 정신질환으로 이어질 확률이 백 퍼센트이다.

　겉으로는 멀쩡하게 보이는 청년들이 모두 하는 말이나 행동이 어눌하고 자주 저혈압이 되고 간질을 앓기도 한다. 충분히 쉬고 충분히 자야 하는데 그들은 수면제를 먹고도 충분한 잠을 이루지 못한다. 밤새도록 인터넷을 한다. 주로 도박 사이트에서 도박을 한다. 어떤 환우가 온종일 노트북을 가지고 무엇을 하나 보니까 고스톱을 치고 있었다. 인터넷 도박을 하는 것이다. 하여간 무엇이든 하던 일이 잘 안 되고 도박에서 돈을 잃으면 종일 씩씩거리고 주위 환우들에게 고통을 준다.

　그래도 이곳에는 단주가 되니 큰 사고는 없지만 그런 상황에서 음주가 이뤄졌다면 싸움이 일어났을 것이다. 이곳에도 가끔 화를 내고 서로 다투는 경우가 생긴다. 알코올 중독자에게 많은 병이 대개 화병(분노 장애)이다. 그들은 누군가에게 혹은 사회 제도나 자신을 진료하는 치료진까지 화의 대상으로 삼고 자기 마음에 조금만 안 들어도 불평하고 화를 낸다. 항상 언제 터질지 모르는 시한폭탄으로 살아간다.

금방 친하게 지낸 사람과 적이 될 수도 있다. 그래서 항상 조심해야 한다. 어느 때나 갑자기 치고 나올 수 있기 때문이다. 그러니 알코올 중독자 가족들은 얼마나 겁에 질려 힘들어하겠는가? 특히 어린아이들 앞에서라면 더 그럴 것이다. 그 아이들은 공포 속에서 꼼짝도 못 하고 살아갈 것이며, 자라서 아버지를 따라 살 것이다. 즉 알코올 중독자가 되어서 주취 폭언과 폭력을 자행할지 모른다. 알코올 중독자는 병원에서 완전히 해독하고 단주가 가능하면 퇴원하는 것이 최고이다.

°종합 병원

알코올 중독자들이 사는 이곳에는 간 경변으로 서울에 있는 대형병원을 오가는 사람들, 당뇨로 인하여 인슐린 주사를 맞고 있는 사람, 위장 절제 수술을 한 사람, 정형외과를 다니는 사람, 기타 안과, 치과, 이비인후과 환자들이 수두룩하여 알코올 병동이면서 종합병원이기도 하다. 종기와 가려움증에도 시달린다. 온갖 병을 다 가진 사람들도 있다.

그 모든 병의 근원은 알코올 중독에서 그 원인을 찾으면 틀림없다. 그러나 대부분 보면 몸이 어느 정도 나아지고 좋아지면 또다시 퇴원을 서두르고 술을 찾아 음주의 여행을 떠난다. 그리고 또 다른 병 한 개를 더 얻어서 데리고 병원에 입원한다.

오늘도 두 달 전에 퇴원했던 오십 대가 입원했다. 성경을 읽으면서 단주를 이어가려고 힘썼지만, 또다시 음주가 이어져 모든 꿈을 무너뜨리고 다시 단주를 시작하려고 입원한 것이다. 이렇게 입·퇴원을 반복하며 고행의 길 음주의 여정을 계속 이어가다가 어느 순간 멈추고 만다. 각종 질병으로 인한 죽음으로 말이다.

그 지독한 운명을 이겨내고 바로 살려면 단주를 하고 또다시 일어서야만 가능하다. 그렇지 않으면 죽어야 끝나는 운명이 아닌가? 운명을 되돌릴 수 있는 길은 오직 한 가지 방법, 단주뿐이다. 단주는 아무리 강조해도 과한 일이 아니다. 오직 단주하는 일만이 우리가 살아가는 수단과 방법이다. 그러기 위해서 병원에 입원하여 꼼짝 못 하고 단주 연습을 계속한다. 모든 갈망을 참아내며 그 길로 갈 뿐이다. 혹시 또

다시 단주가 깨져 입원해도, 퇴원하여 나가서 끝까지 그 길을 가야만 한다.

앞의 오십 대는 성경을 읽으며 말할 수 없는 고통 속에서 몸부림을 치면서 단주하다가 결국 또 무너졌다. 알코올 병원에 입원을 안 하면 수급자에서 쫓겨난다고 해서 입원한다고 했다. 그냥 단주가 안 되어 입원했다고 하면 되는 것을 왜 변명을 하는지 모르겠다. 그냥 병원에 입원하여 단주를 이어가면 된다고 생각하면 되는 것이다. 그 외 변명은 필요하지 않다.

어떤 오십 대는 술을 마시며 전화를 하는데, 시도 때도 없이 해대고 전화하는 장소가 받는 사람마다 달라진다. 어떤 사람에게 어제 전화하면서 시골 모처라고, 방을 구하는 중이라고 했다. 그런데 오늘은 전화를 해서 방금 그곳에 도착하여 막걸리를 마시며 음악을 듣고 있다고 한다. 추측으로는 병원 근처 동네 술집에서 술을 마시는 것이 분명하다. 퇴원한 지가 꽤 오래되었고 이제는 돈도 떨어질 때가 되었는데 오늘 국가에서 주는 수급비가 나오니 한 이틀 더 술 마시고 버티다가 들어올 모양이다. 어찌 되었든 술을 마시다 무사히 들어오길 바란다.

세상엔 알코올 중독자들이 술을 마시고 머물 곳이 없다. 누구도 그들을 반기지 않는다. 전화를 몇 번 하더니 돈 보내 달라고 전화하고 필름이 끊겼는지 무소식이다. 이렇게 알코올 중독자가 음주를 하면 무섭게 변한다. 그들은 비양심적이고 극히 이기주의자다. 세상이 그렇다. 우리가 살아가고 있는 현실은 무섭고 심각하다. 알코올 중독자가 음주를 했을 때 말이다.

오늘 입원한 사람이 세상 소식을 전해 주었다. 교회 목사님이 이야기하는데 미국과 북한이 전쟁을 벌일 것 같다고 한다. 김정은을 한반

좋은 술, 나쁜 술, 미친 술

도에서 제거할 거라고 한다. 문 정권이 출범하면서 한반도 평화 프로세스를 표방해 오면서 선거 때마다 잘 이용해 먹었는데, 이제는 한반도 평화 프로세스의 상징인 남북 공동 연락 사무소 건물을 북한 당국이 폭파해 버렸다. 문재인 대통령은 화들짝 놀랐겠지만 우리 국민은 담담했다.

북한 정권은 남한에서 받아먹을 돈은 다 받고서 나쁜 짓은 다 했다. 지금까지 그들이 한 일들은 역사에 잘 나타난다. 연평해전이나 천안함 폭침 사건, 연평도 포격 사건 등 이루 말할 수 없는 만행을 저질렀다. 그리고 이번에 남북 공동 연락 사무소를 폭파하고 전쟁을 일으킬 수 있다고 하는데, 문 정권은 대북 특사를 보낸다고 했다. 북한에 대하여 몰라도 너무 모르는 정부와 집권 여당이다.

김정은을 비롯한 그 왕조는 정권 유지를 위하여 수많은 북한 인민을 학살하고 그들의 친인척까지도 상상할 수도 없는 방법으로 죽이고 자기 이복형을 국제공항에서 치명적인 화학 무기로 죽이기까지 했다. 그런데 그들을 도와서 핵무기를 포기시킨다고 하고 한반도 평화를 운운해온 문 정권은 이제 어떠한 말로 국민을 설득할 것인가? 문 정권과 주사파들이 저질러 온 거짓과 사기에 북한 괴뢰정권도 신물이 난다면서 반발했다.

안보는 이제 그들의 정책 실패로 여실히 드러났고, 경제 '폭망'은 코로나19 핑계로 호도했지만 그 민낯이 서서히 드러나고 있다. 그뿐만 아니라 그동안 우리 사회에서 전 방위적으로 저질러온 탈법, 비리, 부패들이 정기연 등에서부터 속속히 드러나고 있다. 이미 사회 지도층 주사파 인사들의 부정부패는 조 모 전 장관 가족사에서 드러났다.

문 정권은 공화국 정부가 아니라 전체주의 정부가 맞다. 제 식구들이 저지른 일들은 도덕적, 윤리적, 법적 잣대가 약하거나 무시되고 그들의 반대파에겐 무자비하게 고통을 주고 있다. 박근혜 전 대통령이나 우파 정치인들에겐 지금도 엄청난 고통을 주면서 북한 김정은 일당들에게는 한없이 관대하다. 그들이 과연 자유 민주주의 시장경제를 위한 정상적인 정권인지 알 수가 없다고 한다. 정책에 일관성도 없고 모든 것이 헛되고 헛되어 보인다.

이번에 국회에 들어온 주사파 의원들도 북한 지령성 법안들을 무더기로 통과시키려다 북한의 도발과 국민의 반발에 두 손 들고 국회를 열지 못했다. 다행스러운 것은 이런 대한민국 위난에 이승만 전 대통령이 한국전쟁 휴전 조건으로 맺은 한미동맹조약 때문에 미군들이 기민하게 대처하고 있다. 차라리 미군들이 북한 핵 시설들을 모두 폭파시키고 북한 김정은을 제거해주기를 바라는 국민이 많다고 한다.

이렇게 밖에는 코로나19로 어수선한데 북한의 도발로 국민 삶이 더 힘들어지고 아프다고 한다. 어찌 되었든 이곳에서 퇴원했던 새 특파원이 오늘 단주를 위하여 입원해서 세상 소식도 전하니 즐거운 한때를 보냈다.

좋은 술, 나쁜 술, 미친 술

짜고 치는 고스톱이 있다

어디서나 사람들이 모여서 공동체를 이루며 사는 곳에는 서로 같은 생각을 가진 사람들이 모여서 살아간다. 여기도 마찬가지이다.

지독한 극좌파 '대깨문' 한 분이 며칠 전에 퇴원하였다. 그분의 습성은 무조건 자기가 하는 일은 정당하다고 강변한다. 그리고 남들이 조금만 규칙을 어기거나 잘못하면 난리가 난다. 자기가 하는 일에 간섭하거나 지적을 하면 무조건 가짜라고 우기고 거짓말이라고 한다. 봉사를 하거나 다른 환우들이 심부름을 시키면 그 대가로 돈을 요구한다. 또 반대파를 공격하거나 욕을 보이기 위해서 자기파들끼리 짜고 치는 고스톱을 벌인다.

예를 들어 장기나 바둑을 두는데 마음에 들지 않는 친구가 오면 그를 내몰기 위해서 한 사람이 그와 사소한 시비를 벌이게 하고 그가 작은 틈을 보이면 벌 떼처럼 모여들어 소란을 피워서 그를 가해자로 몰아 버린다. 그리고 그에게 큰 고통을 준다.

주사파 국회의원들과 언론인들이 자기 정파의 비리나 탈법, 불법을 저지른 자들을 보호하기 위하여 반대파에게 정치적인 보복을 하고 검찰 개혁이란 미명하에 잘하고 있는 검찰을 뒤흔드는 것을 본 사람들이 이곳 공동체에서도 똑같이 한다. 주사파들은 이곳에서도 잘 적응하여 국가에서 주는 돈도 잘 빼먹고 다른 사람 호주머니의 돈 냄새도 잘 맡아 그들의 돈을 빼내는 데도 머리를 잘 굴린다. 그때도 그들의 짜고 치는 고스톱의 수법에 걸리면 빼도 박도 못 하게 되어서 호주머니 돈을 쓰게 만든다.

알코올 중독자인데 여기서 더 망가져도 어떻게 되어도 좋다는 식이다. 세상은 이렇게 철학도 도덕도 윤리도 무시하며 사는 무리들이 수없이 많다. 어느 단체에나 공동체에도 있고, 국가 속에도 있다. 조선 오백 년 왕조 실록을 보면 아무 죄도 없이 죽임을 당한 좋은 수재나 학자들이 반대파의 사소한 짜고 치는 고스톱에 걸려 귀양을 가거나 극형을 받았다.

그렇게 남을 음해하고 죽여야 살아나는 사람도 있지만, 그렇게 얻은 부귀영화는 꿈인 듯 사라지고 남는 것은 아무것도 없고 사가들의 냉혹한 판단을 받을 뿐이다. 그래도 임금들 중 백성들 편이 되고 억울한 사람들의 편이 되어 주어서 역사상 타인의 음해로 죽어간 사람들의 신원을 회복시켜 주고 억울하게 죽어간 충신들의 원혼을 달래 주기도 했다.

1456년 세조 2년에 일어난 단종 복위 사건에 참여했던 사육신인 성삼문, 박팽년, 하위지, 이개, 유성원, 유응부는 처형 당시에는 역적으로 몰려 모두 몸을 갈가리 찢어 죽이는 극형을 받았다. 백성을 긍휼히 여기고 억울한 사정을 해결해 주었던 조선 중기 두 성종 대왕과 숙종 대왕에 의하여 충신으로 복위되어 만고에 길이 빛나는 충신으로 배향되었다. 이처럼 파당을 지어서 나라를 경영하면 큰 변고가 일어나고 나라가 위험에 처한다.

마찬가지로 짜고 치는 고스톱을 이용하여 나라를 거짓과 위선으로 운용하면 그런 사람은 하늘의 버림을 받고 그에 동조한 모든 세력도 결국 역사 속으로 외롭고 고독하게 사라질 뿐이다. 작은 공동체인 이곳에서도 제멋대로 살면서 자신의 이득만을 챙기며 다른 사람들에게 위해를 끼치는 사람들이 있다.

그들은 더 가난해지고 더 힘들어지고 더 고통스러워한다. 그들은

좋은 술, 나쁜 술, 미친 술

이곳을 자기들만의 아지트로 만들기 위하여 애를 쓰지만 결국 무의미한 나날을 보낸다. 다만 단주로 연명하는데 어느 때 그 단주가 무너질지 모른다. 이곳 모든 환우들이 서로 화합하여 좋은 관계 속에서 평화롭게 살기를 바란다. 그것이 오늘을 살면서 하는 나의 기도이다.

'내로남불'이 없어지길 바라며 내 것만 소중하고 다른 사람들의 것은 내 맘대로 함부로 해도 좋다는 생각은 버리길 바랄 뿐이다. 그래도 어찌하겠는가? 이곳도 사람들이 모여 사는 곳인데 더 많이 사랑하고 용서하며 관대하게 살아가는 것이 모두의 건강에 좋다. 우리 삶 속에서도 그렇게 살아가는 것이 어떨까?

남을 탓하기 전에 내 탓을 먼저 하고, 내 부족함을 먼저 바라보면서 남을 관대하게 대하며, 그들의 사소한 잘못을 용서하는 그러한 삶을 단주 중에도 살아가면 좋겠다. 어부지리로 대통령까지 된 사람이 정당하지 못하게 짜고 치는 고스톱을 친다는 것은 큰 잘못이라고 많은 사람이 말한다. 이제는 솔직하고 정의로운 대통령이 되었으면 좋겠다. 잘못한 사람들에게는 네 편이든 내 편이든 추상같은 엄벌을 내리는 읍참마속의 마음을 가진 대통령이 되기를 바란다.

또 하루가 저물어 갔다

주치의 선생님의 회진을 받을 때마다 고마운 마음을 갖는다. 다정하고 차분하게 환자를 살피는 모습이 감동적이다. 종일 글도 쓰고 참고서적도 뒤지다 보니 하루가 꿈결같이 지나갔다. 나이를 먹으면 자신의 운명을 스스로 점칠 수 있고 살아가는 지혜가 늘어 웬만한 유혹에는 넘어가지 않는다.

그래도 어느 때는 다른 사람의 속임에 넘어갈 수 있다. 이유는 사랑과 자비 때문이다. 그냥 속아 넘어가 준다. 세월이 흘러 모든 것이 드러나면 상대방은 다 안다. 특히 알코올 중독자들은 거의 모든 사람에게 왕따를 당하고, 이곳에서 사는 사람들도 마찬가지이다.

세월의 흐름 앞에 무엇이 원칙인지는 알 수가 없지만, 우리는 오늘내 옆에 있는 이웃에게 작은 자비라도 베풀며 사랑을 나누며 사는 것이 소원이 된다. 고달픈 인생의 뒤안길에 그래도 작은 나눔이 소소한 삶의 기쁨을 준다. 그런데 나이를 먹어가며 더 힘든 일들이 생긴다. 그것은 욕심과 이기심이 커지기 때문이다. 그리고 수전노가 되어 먹을 것을 쌓아 놓고도 다른 사람들에게 나누지 않고 썩혀서 버린다. 큰일이라는 생각이 든다.

나이가 팔십 줄에 들어섰으면 뭔가 나누며 산다는 각오로 살아가야한다. 그래야 그의 죽음마저도 복되게 된다. 각자의 하루살이를 지켜보다 보면 나 자신이 깜짝 놀랄 경우가 생긴다. 어떤 사람은 먹고 자고 또 먹고 자면서 일과를 배불리고 당뇨병 키우는 재미로 산다. 먹는 것이라면 모든 것을 얻어먹는다. 국가에서 주는 수급비도 먹는 것으

좋은 술, 나쁜 술, 미친 술

로 모두 써 버린다. 그분을 보면 측은해서 걷는 운동이라도 하라고 한다. 그러나 또 침대에 눕는다.

두 청년은 게임 중독에 빠졌다. 자는 것도 잊고 새벽까지 게임하다가 낮에는 종일 비실거리며 잠잔다. 그러다 일어나면 또 게임을 한다. 마음이 슬프다. 저들이 뭔가 미래를 위하여 공부하는 모습을 보여주었으면 좋겠다. 음주 갈망을 잊으려고 그런다고 한다.

사람마다 차이는 있겠지만, 이곳 병원에서는 사실 술이 완전히 차단되고 봉쇄가 되니 술에 대한 갈망은 없다. 어떤 분은 영화 감상 및 유튜브 시청을 종일 하기도 한다. 퇴원할 때 다시는 입원하지 않겠다던 사람이 또다시 들어왔다. 잔소리가 싫어 운동을 혼자 하는데, 그 사람은 내 운동을 방해한다. 그래 놓고 그 사람은 온종일 운동을 한다.

종일 문을 지키며 병실을 수백 번 들락날락하는 사람이 있다. 사람들은 그를 불쌍히 여기고 오가며 그에게 필요한 물품을 주기도 한다. 먹을 것, 마실 것 모두를 주곤 한다. 그는 그냥 얻어먹는다. 아무 말도 없다. 그래도 자기 방 쓰레기통은 철저하게 비운다. 바둑을 하루에 네 번씩 꼭 두는 사람들도 있다.

그리고 환우가 쓰러지면 그를 간호하고 치료하는 데 보조 역할을 한다. 그래서 하루가 서로 유기적으로 매일 잘 돌아간다. 금강산도 식후경이라고 하루 세끼의 식사 시간은 모두가 기다리는 좋아하는 시간이다. 메뉴도 좋고 음식 맛도 매우 좋다.

대부분 환자들은 먹는 시간을 학수고대한다. 식사는 자유 배식이고 배식 준비는 환우들이 서로 번갈아 가면서 한다. 주로 아침 시간에는 부지런한 사람들이 한다. 그렇게 하루를 보내며 저녁 식사를 하고 차한 잔 마시고 여덟 시까지 약 두 시간 글 작업을 하고 끝나면 창문에 어두운 기운이 서려온다.

샤워를 하거나 손발을 씻거나 세수를 하고 자기 전 약을 받아먹고 잠자리에 든다. 잘 자는 사람들은 잘 자지만 나머지들은 여전히 게임을 하며 밤을 새우기도 한다. 이렇게 병실의 하루는 끝난다. 잠을 자고 내일을 기다린다.

좋은 술, 나쁜 술, 미친 술

°두 분의 죽음

여러 분이 돌아가셨지만 퇴원할 무렵에 두 분이 선종했다. 한 분은 입·퇴원을 반복하면서 건강을 지키며, 퇴원해서는 닥치는 대로 일하면서 돈을 벌면 입원해 있는 환우들에게 제철 과일을 최소한 한 개씩은 먹도록 택배로 보내주는 분이다. 그런데 그분은 술에 취하여 병원에 입원하기를 꺼리고 미안해하는, 수줍음을 많이 타는 분이다.

그래서 어디서 술을 마시며 병원에 있는 같은 아픔을 겪은 친구에게 전화를 하면, 그 친구가 가서 데리고 와 입원을 시키곤 했다. 이번에는 코로나19로 인하여 여러 번 전화가 왔는데 데리러 가지 못하고 수수방관하다가 결국 친구를 잃게 되었다고 다른 한 친구가 말하며 울먹거렸다. 시신이 가까운 병원에 안치되어 있어도 문상도 갈 수 없다. 코로나바이러스 때문이다.

그분은 결혼하여 노모와 함께 행복하게 살면서 아내의 보살핌을 받으며 사업을 열심히 해서 돈도 많이 벌었다고 한다. 그러나 술을 사업상 좋은 의미에서 좋은 술로 마시기 시작하였다고 한다. 처음에는 별문제도 없고 사업도 제대로 잘되었다고 한다.

그런데 차차 술로 인하여 귀가가 늦어지고 외박도 하게 되었단다. 부부의 관계에 틈이 생기고 갈등이 생기며 아내에게 병이 생기는 줄도 모르고, 그 좋은 술이 점점 나쁜 술로 변하여 자기와 가정을 서서히 망가트리는 것을 모르고 있었다. 그동안 예쁜 딸도 두 명이나 태어나고 그분은 행복한 가정인 줄 알았는데, 아내는 우울증이라는 무서운 병을 앓기 시작한 것이다. 그래서 아이 둘과 함께 고층 아파트에서 뛰어내려 자살을 하고 말았다고 한다.

그 이후로 나쁜 술은 미친 술로 변하여 착하고 선하고 열심히 살았던 임 씨 아저씨를 서서히 죽음으로 몰고 가서 아직 젊은 오십 대에 길거리에서 죽게 하였다. 이렇게 알코올 중독자의 삶은 미친 술에 의하여 비참한 종말을 예고하지만, 여전히 그것을 알면서도 계속 알코올을 갈망하고 들이켠다. 이번 일은 코로나바이러스가 간접 살인을 한 것이다.

또 한 분은 매너가 있고 신사적이다. 키가 크고 잘생겼으며 늘 미소를 잃지 않는 분이다. 그러나 퇴원 후 많은 술을 마시고 헤매고 다녔는데 코로나 검사비가 없어서 입원을 못 하고 있다가 결국 입원 시기가 늦어 죽고 말았다고 한다. 약 삼 개월이 지났는데 이제야 죽은 사실이 알려졌다. 최근에 퇴원한 친구가 그의 집을 찾아갔더니 삼 개월 전에 선종했다고 했단다.

음식을 먹지 않고 미친 술만 계속 마시다 선종 당시에는 앙상한 뼈만 남아 있었다고 한다. 평소 입원하면 해골바가지가 되어 들어오지만, 약 2개월 잘 섭생하여서 정상적인 체력이 되면 퇴원한다. 그리고 나가서 처음에는 좋은 술을 안주와 함께 마시다가 나쁜 술이 되면 안주 없이 미친 술로 마신다고 한다.

이분도 부잣집 자식으로 태어나 사업도 해 보고 좋은 직장에 다닌 엘리트지만 알코올 중독이라는 무서운 병에 걸려 사십 대에 운명을 달리했다. 이렇게 미친 술은 선하고 착하고 순수하고 순박한 알코올 병원의 좋은 친구 두 사람을 빼앗아 갔다. 두 분의 명복을 빌며 이 책을 마무리한다.